bois, a torto e direito

correr um bom pedaço..."

Rodeiro - roda de carro-de-boi

"jogando buzo" - à larga, ao léo, à von

Futricar - atrapalhar "futricar negócio"

" - meter-se onde não deve

Rodeio - circunlóquio, disfarce: "fala

sem rodeio"

levar no peito - à valentona

"acabando a galinha, aca

o resguardo..."

"dar a nota" - fazer bonit

apêrto - situação difícil

Refugar - recusar, protestar

fazer de conta - fingir.

Sapecar - tostar, queimar ligeiram

MÁRIO PALMÉRIO

Vila dos Confins

autêntica

EDITORA RESPONSÁVEL
Maria Amélia Mello

EDITORAS ASSISTENTES
Cecília Martins
Rafaela Lamas

REVISÃO
Miriam de Carvalho Abões
Rejane Dias dos Santos

CAPA
Diogo Droschi sobre imagem de Marcel Gautherot, Instituto Moreira Salles.

Foto do autor na contracapa: Acervo O Globo, João Roberto Ripper.

Imagem da guarda: Acervo Memorial Mário Palmério, fac-símile do Glossário Palmeriano.

DIAGRAMAÇÃO
Larissa Carvalho Mazzoni
Waldênia Alvarenga

Dados Internacionais de Catalogação na Publicação (CIP)
Câmara Brasileira do Livro, SP, Brasil

Palmério, Mário, 1916-1996.
Vila dos Confins / Mário Palmério. -- 11. ed. -- Belo Horizonte : Autêntica Editora, 2019.

ISBN 978-85-513-0313-9

1. Ficção brasileira I. Título.

17-11032 CDD-869.3

Índices para catálogo sistemático:
1. Ficção : Literatura brasileira 869.3

GRUPO **AUTÊNTICA**

Belo Horizonte
Rua Carlos Turner, 420
Silveira . 31140-520
Belo Horizonte . MG
Tel.: (55 31) 3465 4500

São Paulo
Av. Paulista, 2.073, Conjunto Nacional, Horsa I
23º andar . Conj. 2310-2312
Cerqueira César . 01311-940 São Paulo . SP
Tel.: (55 11) 3034 4468

www.grupoautentica.com.br

A meu pai

A
Rachel de Queiroz
Aurélio Buarque de Holanda Ferreira
Paulo Rónai
José Olympio

O SERTÃO DOS CONFINS É UM mundo de chão arenoso e branco, que principia na serra dos Ferreiros e acaba no ribeirão das Palmas. Esses, os limites que lhe dá o padre Sommer, a pessoa mais abalizada daqueles fundos, no dizer geral.

Algumas informações, judiciosas também, divergem ligeiramente: a do professor Elias Fragoso, por exemplo. Discordâncias, entretanto, de valia pouca – questões de somenos, comenta o Jorge Abdala, outra criatura de certas luzes e estimado dono da venda do Jorge Turco.

Começando na serra dos Ferreiros ou na margem esquerda do rio Urucanã, findando no ribeirão das Palmas ou no espigão mestre da serra dos Papagaios, o fato é que o sertão dos Confins existe. E é um mundão largado de não acabar mais.

Terra boa mesmo, coisa escassa: mancha ou outra de massapé roxo, de primeiríssima, como as invernadas do Batista, as furnas da família Belo (hoje, grande parte nas mãos de um paulista afazendado ali) e a mataria das vertentes da serra do Fundão. E afora as baixadas de terra preta do pessoal dos Correias – gente especial, a Correiama – e ralos borrifos de capões de mato, o restinho de cultura são apenas as estreitas tiras de capoeirão que beiradeiam as águas. Matas beira-rio: justafluviais, define-as com propriedade o culto padre Sommer.

Pouco mato e, por isso mesmo, madeira pouca. Nos Confins – claro que à exceção das zonas de cultura de primeira – o pau de lei é vasqueiro. Um isto que mal-mal dá para o gasto: canela, ipê (primos-irmãos, os dois: o ipê-roxo e o ipê-amarelo), a sucupira, o cedro. E a aroeira, que, apesar do madeirão respeitado que é, não padroniza, a rigor, cultura de primeira qualidade.

Tirante essas bondades, terra pobre: cerrado de um pelo, de dois, cerrado de três pelos; campos de flechão, membeca, mimoso, capim-sapê.

Ah, e a caatinga!

Farturão de caatinga possui o sertão dos Confins. Léguas e léguas dessa tristura de cerrado feio, espinhento e seco – desconsolado terreno – último furo em matéria de terra que não presta, frequentada quase que só pelos lagartões teiú, povinho sonso, surdo e rabudo, mestre em lanhar a chicote as canelas dos passantes descuidados.

Lavoura, lavoura mesmo, por ora nada: meia quarta de arroz aqui, litrinho ali de feijão comum; milho, cana e mandioca; e, lá uma vez na vida, um canteirinho de algodão.

Gado há, e bastante. Quase tudo ainda gado de antigamente, o ordinaríssimo pé-duro. Progridem, todavia, algumas zonas, resultado da cruza do zebu. O gir, o nelore e o guzerá melhoram: pé-duro e curraleiro viram mestiço, mestiço vira meio-sangue, meio-sangue vai virando aos poucos um gadão de muita caixa e peso, zebu inteirado, de cupim, barbela e gavião. É só não desanimar, que o cruzamento compensa. No começo, costumam morrer de parto as miúdas e raquíticas vacas crioulas, que a cria nasce cabeçuda e perna-longa, bem puxada ao pai; mas, apesar de estouvada, dá-se bem à mamadeira e cria-se também com mãe alheia sem trabalho nenhum. Bezerro enjeitado não olha peito – regra verdadeira, válida para toda espécie de criação. Receita de grande sabedoria é a de se reservarem as bezerras para serem cruzadas mais tarde com o próprio pai – preceito muito ensinado pelo Nequinha Capador. Homem jeitoso e sem preguiça, esse um. Todo ano aparece no sertão conduzindo boa leva de tourinhos comprados nas zonas zebuínas. E vende tudo que é bicho numa trama, aceitando em pagamento alcaides de fazenda, concedendo prazos, facilitando negócios. Pessoa de grande serventia, o prosa mas honrado zebuzeiro Nequinha Capador.

E muita gente vivendo nos Confins. Gente boa, gente ruim, gente velha, gente nova: homens, mulheres, criançada. Gente igualzinha à de toda parte, morando na roça e na cidade.

Cidade?!

Sim senhor, cidade! A Vila tem igreja, farmácia, venda; escola particular, Coletoria, cemitério. Ah! E também a sapataria-farmácia-armazém de Carrilho & Cia. Ltda. Casa de platibanda nova, de esquina, pintada de pouco. Segundo as últimas notícias, já se amontoa à porta importante pilha de tijolos de olaria, começo de bomba de gasolina.

Não senhor, não consta das cartas. Município novo, recém-emancipado, mas com Prefeitura e Câmara de Vereadores já em funcionamento. Muito falada que foi essa primeira eleição municipal. Entretanto, se a Vila dos Confins não aparece em mapa algum, a despeito de existir o lugarejo desde o tempo das sesmarias, a culpa não é da Vila nem de ninguém de lá. Culpa mesmo do governo, que, afinal de contas, sempre foi, é e será ele o culpado de tudo o que acontece de errado e malfeito por esse mundo de Nosso Senhor.

Se o sertão dos Confins é magro de boas terras, tem lá as suas compensações. A caça encontra-se à vontade nas tiras de mato e nos varjões beira-rio: jacus, jaós, patos, e tudo o que é raça de passarão morador nas redondezas de água corrente e parada. Nos campos pragueja a caça miúda das perdizes, codornas e nhambus. Para os que apreciam bichos de porte, há fartura de emas, queixadas, capivaras, e todo tipo de veados das três moradas: campeiros, catingueiros e mateiros. Antas e cervos não fugiram de todo ainda, apesar de um ou outro caçador que sempre dá de aparecer por aquelas bandas. Tampouco as onças-pintadas, e outras pestes da mesma marca: sucuris e jacarés, sem falar nas piranhas, a maldição mor das águas sertanejas. As sucuris (padre Sommer mostra aos descrentes um couro de cinquenta e nove palmos), essas, então, infestam as cabeceiras e brejos daqueles cafundós. Uma desgraça! Jacaré, também, enxame deles. E jacarés-de-papo-amarelo, dos manatas – sornas sempre, mas refinadíssimos ladrões de tudo o que é criação de terreiro.

Uma beleza, o sertão dos Confins, para quem gosta de caçadas. Na Vila há bons especialistas no gênero. De todos, padre Sommer é o rei.

Na falta dele, pode-se convidar o Antero Ferreira, caboclinho falante e politiqueiro, mas uma joia de rapaz. E o caçador de fora é sempre muito bem recebido: além de ser esse mesmo o jeito do povo do lugar, sobeja a caça, e a matança até que favorece os fazendeiros, tal o estrago que a bicharada apronta nas roças e retiros de parição.

Para quem gosta da pesca, então, é que é pagode! Peixe por demais: de escama ou de couro, de bigode ou sem bigode, a peixaria é um dilúvio. Dourados e matrinxãs, surubins e pacus, taguaras e piaus, jaús, pirás, corvinas... – povo aquático de todas as categorias e tamanhos. Tarrafa jogada em rasoura não volta murcha. Na pior das desgraças, são lá as suas oito ou dez curimatás de palmo e tanto, e cascudões de mais de quilo (um ensopado de cascudo, torrado antes no borralho para se conseguir arrancar o capotão de couro duro que nem ferro, e temperado sem misérias de pimenta, é prato de muito luxo). Anzol iscado com muçum não esfria na água e vai parar certinho no bucho de um moleque dos seus oito ou dez quilotes. Isso, quando o pescador é azarado, porque na maioria dos casos o peixe costuma pesar arroba e coisa. E não é novidade, não senhor, arrancar-se um pintadão de mais de cinco arrobas!

Para os pescadores de fora, o companheiro mais indicado, prático em tudo o que é ponto de ceva, corredeira e rebojo, chama-se Gerôncio – Gerôncio dos Santos, preto ainda novo e risão, especialidade de sujeito. Mora mesmo no porto, do outro lado do rio, e cuida da balsa do governo. O porto está de grito do arraial e o movimento é pequeno, permitindo largas folganças ao balseiro. Um agrado de dois ou três anzolões fundo-de-agulha e uma rodilha ou outra de boa linha de aço trançada fecham logo sólida camaradagem entre o forasteiro e o simpático ribeirinho. Amizade que vale ouro, a do balseiro Gerôncio.

Prosa na Vila dos Confins é outra coisa que não falta. O ponto de reunião fica na casa do Jorge Turco. Na casa e na venda, que é tudo uma mistura só. Casa de homem solteiro, sem implicância de mulher: a Ambrosina cozinheira, essa não conta mais – resmunga, resmunga, mas acaba fazendo o que a gente quer: peixada ou galinhada com arroz, seja lá a que horas. É preta como o Gerôncio e de alma igualzinha, também.

Este, um ligeiro apanhado do sertão dos Confins. Esqueceram-no as geografias, esqueceram-no os governos. Quem desejar pormenores, só mesmo dando um pulo até lá.

Bom para tais esclarecimentos seria o padre Sommer. Difícil, porém, topar com o homem – sempre desguaritado, perdido sempre pelas cabeceiras do ribeirão das Palmas e fins de mundo da serra dos Papagaios. Mas há outros: Jorge Turco, Antero, seu Horácio...

1

Sol já meio de esguelha, sol das três horas. A areia, um borralho de quente. A caatinga, um mundo perdido. Tudo, tudo parado: parado e morto.

Mas alguém cruza aquelas lonjuras. E cruza sozinho, a mala nas costas. Quem será?

O sol o conhece. A areia é sua velha amiga, a caatinga também. Não há mina-d'água que não o chame pelo nome, com arrulhos de namorada. Não há porteira de curral que não se ria para ele, com risadinha asmática de velha regateira. E nenhum cachorro de fazenda lhe nega lambidas de intimidade, quando ele chega.

Lá vem ele! E ganjento, pilantra: roupinha de brim amarelo, vincada a ferro; chapéu tombado de banda, lenço e caneta no bolsinho do jaquetão abotoado; relógio de pulso, pegador de monograma na gravata chumbadinha de vermelho.

Fazenda nenhuma lhe cobra pouso; e merece comer na cozinha, com a dona da casa e as moças solteiras. É que em todo o sertão dos Confins – e olhem que é um mundão largado de não acabar mais – não há mesmo quem não o conheça e não lhe queira muitíssimo bem.

Passinho miúdo, apressado. Botina chienta na areia que ringe também. Lá vem ele!

Quem viaja sozinho e a pé por essas largas das estradas boiadeiras cultiva distrações. O chão é muito, dilatadas são as horas. O andarilho inventa modas para poder matar o tempo e a distância: bota a cabeça a funcionar, imaginativa, e assim consegue vencer a canseira e a sem-graceza da pernada.

Xixi Piriá tinha lá também as suas manias: a predileta era brincar com a própria sombra, vigiar o espicha-encolhe provocado pelo sol a subir e a descer. Divertido a gente se ver crescendo, crescendo, até acabar num caboclão apaideguado, dono de toda a largura e comprideza da estrada!

E vinha de cara boa, o Xixi Piriá. Pudera! – dona Mariana andava com noivado em casa, enxoval da menina caçula. Mutirão de mulher costurando e bordando, quando o mascate chegou à fazenda da Terra Preta. Pessoão, o seu Chagas:

– Bote tudo na mesa, Xixi.

Xixi Piriá é caprichoso: estica, primeiro, o oleado na mesona de uma tábua só de cabriúva; começa, depois, a enfileirar as meadas de lã e de seda:

– Olhem: perpétua, turquesa, pavão; jacinto, laranja, celeste...

Os botões, agora: botão para camisa, botão para roupa de baixo, botão que não acaba mais. E colchetes, e contas de vidro, e novelos de renda:

– De bico, entremeio, crochê. Renda do Norte, tira bordada, racine, milão...

– Hum, que chiqueza!

Tesouras, dedais, alfinetes... Facas, colheres, perfume... Espelhos, medalhas, batom...

– E esse pacotinho aí, seu Xixi?

– Encomenda: é o relógio do seu Gustavinho Solé.

Pó de arroz, sabonete; apito, baralho, gilete; fermento para bolo, alfinete de fralda...

– E que cordame é esse?

– Tudo mi – mi de baixo, bordão. As fininhas acabaram. Olhe um lá, olhe um sol...

Escovas de dentes, unto para o cabelo, grampinho ramona. Ruge, esmalte, colar...

– Que encanto, este gorgorão!

Debaixo do sol, por cima da areia, vinha vindo o Xixi Piriá. A mala, mais leve agora – que gente, a da Terra Preta, que enxoval, que fartura!

Mas o sol está quente demais, e o jatobá, à beira da estrada, é uma tentação de sombra. Um cigarro na fresca não bota ninguém mais pobre...

Outro que pensava também assim era o seu Bento Correia: quando o mascate chegou, já lá estavam os dois, fazendeiro e cavalo, pensando na vida – lombeiros, lombeiros, na sombra do pau.

– 'tarde, seu Bento! O senhor não morre tão cedo... Lá em-vinha caminhando, lá em-vinha banzando: – "Vou comer o feijãozinho com pele da dona Sinhá do seu Bento Correia... Só meia leguinha de volta..."

– Sente um pouco, Xixi. Me dá um de-papel dos seus.

Xixi forrou primeiro o toco de pau com o lencinho desdobrado; ofereceu a cigarreira, e bateu, depois, a binga luxenta. Quem tinha mesmo razão era a Iaiá do seu Lucas: – "É um amor de criatura, o Xixi Piriá!".

Seu Bento olhava a mala:

– Vigie... está que nem vaca amojando...

– Quase que só encomenda. O povo do seu Chagas me alimpou – casamentão, o da Filota! Mas, por falar em encomenda, tenho uma coisa aí dentro que é bem perigoso ser para um tal de seu Bento Correia...

– Arte da patroa ou dos meninos – o outro não se fez de rogado.

– Não senhor! A coisa é surpresa mesmo – surpresa do seu Bento para a dona Sinhá... Ou o dia de anos da comadre vai passar em brancas nuvens?

– Passa não. Qu'é da lembrança?

Xixi Piriá abriu a mala – cheiro bom de sabonete! Enfiou a mãozinha sardenta por dentro do amontoado de guardados e trouxe o pacotinho de papel cor-de-rosa:

– Correntinha de ouro, de cruz. Não é de hoje que a comadre cobiça... E barato: quinhentos e trinta.

Bento Correia olhava com pouco caso a cobrinha dourada, cabeça de cruz, enrolada no fundo da mão cascuda de vaqueiro. Sacudia a corrente:

– Puxadote! Mas, se a velha está inclinada, que fique com a bichinha. Me embrulhe ela de novo.

Xixi economizara uma légua – meia para lá, meia para cá. Começava a fechar a mala, quando seu Bento falou:

– E artigo para homem, coisa de prestança?

Do fundo do cheiroso tem-de-tudo veio o estojo de papelão. Bicharedo de canivete: meio curvo, taludo e despontado que nem guampo de garrote gir. Dentro, as novidades: uma, duas, três folhas de corte; saca-rolhas, abridor de lata e de garrafa de cerveja; chave de parafuso, sovela, furador.

– Ei, bicho bom! Para quanto?

– Duzentos. Estrangeiro, alemão – não se acha mais.

Bento Correia experimentou o corte no casqueiro da unha do mata-piolho. O mundo estava mesmo perdido: um objeto daquela serventia, muito mais barato que a tal da correntinha... Pesou e sopesou:

– Tenho uma corrente de prata lá em casa que anda atrás de uma trenheira destas para pendurar na ponta. Setecentos e trinta, tudo. Setecentos, vá lá! Me espere em casa, que eu ainda vou dar uma espiada na novilhada parida da vereda. Chego logo e lhe pago.

Pressa aquela do Xixi! Fechou a mala e jogou-a no ombro. Despediu-se:

– Carece não, seu Bento. Economizo viagem. Me guarde o cobre, recebo na volta...

Seu Bento Correia ainda ficou sacudindo por muito tempo o canivete na mão. A correntinha, guardou-a no bolso da camisa de riscado. Quinhentos e trinta – preço de uma novilha de sobre-ano! Mas a velha merecia, coitada...

O sol castigava. A areia do chapadão virara poeira de mica: cinza de fogo branco, fogo quente de verdade.

Mas Xixi Piriá não podia parar. Não podia, que um mundo de gente esperava por ele. Na mala, além de tanta encomenda, iam segredos também: recados, bilhetes... – mensagens ainda frescas de beijos, escondidas em muito embrulhinho inocente. O mascate não podia afrouxar a marcha: todo o sertão tinha encontro marcado com ele.

Coitada da dona Ermesinda! O Betico, tão moço, e já criminoso fugido: caçado, rastreado, acuado que nem bicho-fera... E o boato era que ele já estava cercado, ferido, sem mais salvação. Boato só, exagero:

– Olhe, Xixi, fale com a mãe que não se cuide. Aqui neste oco de mundo, ninguém me acha, não. Desta vez, escapei...

Corra, Xixi Piriá! Depressa, que a mãe do Betico está morre não morre de tanta aflição. Só você é quem pode salvá-la, que em você todo mundo acredita, que mentira sua boca não diz.

E o sol não judia mais. E a areia esqueceu a quentura. E a mala, maneira ficou.

Porque Deus acompanha os passinhos ligeiros. Porque a pobre da dona Ermesinda não pode perder a esperança: precisa tanto de sossego, de pelo menos dormir...

Xixi Piriá. Lá vai ele: chapéu tombado de banda, a botina de elástico chiando na areia rangente. Insofrido, insofrido...

– 'vespa foi que te atentou, ô Xixi Piriá?

Na encruzilhada da Seriema, Xixi Piriá afrouxou o passo: ouvia agora bem nítido o ronco de automóvel subindo o lançante do espigão. Vindo daquelas bandas, o barulho só poderia ser do caminhão de creme, que chegava do giro pelas fazendas do Riso e da Mutuca, ou do carrinho velho do seu Sebastião do Boi Solto. Talvez o João Soares... Capaz mesmo: Jorge Turco já estava de casa arrumada, esperando pelo doutor Paulo, e mandara recado para todo o pessoal da União Cívica. O deputado vinha para ficar até as eleições, e ia correr o município de ponta a ponta.

Vontade de pousar a mala na sombra da lixeira – solzão desgramado! – e esperar pelo automóvel, tirar a dúvida...

Mas não: dona Ermesinda aflita daquele jeito... Agonia de tanto tempo – ror de dias sem notícia do filho, a polícia toda de Santa Rita atrás dele, a jagunçada do seu Mariano ajudando o cerco...

Lá se vai de novo o Xixi Piriá. E tão rápido, e tão desinsofrido, que num instante se sumiu, enfiado pelo trilho já quase que vedado de todo pelo verde-amarelo vistoso das moitas altas do gravatazal.

2

O RIO URUCANÃ ROLAVA SEM PRESSA – calado, emburradão. Tão de manso, tão de manso rolava, que parecia dormir que nem o povoado nascido e crescido no barranco.

Corrutela de lugar, a Vila: a igreja, um punhado de casas de adobo e de telhas, e uma porção de ranchos de taipa e folha de buriti. Rua mesmo, uma só: começando na igreja e acabando no cemitério, tal e qual a vidinha do povo que mora lá.

Mas nem tudo dormia. O deputado Paulo Santos fumava ainda no catre de ferro esmaltado – riqueza de cama aquela, importante no meio de tanto baú, caixote e sacos de mantimento. Atravessadas no quarto, por cima daquele mundo de coisas em desordem, as duas redes, de João Soares e Aurélio. Antes houvesse esticado uma delas debaixo da laranjeira toranja do quintal! Mas Jorge Turco se ofenderia na certa: uma desfeita, se o deputado enjeitasse aquele luxo de cama e preferisse a rede de seda de buriti.

Estranho tipo, o Jorge Turco. De onde teria vindo, que motivos teriam dado com aquele sírio, já velhusco e entretanto ainda solteirão, à beira do Urucanã, pelos perdidos ermos dos Confins? Ali, na encardida bruaca de couro cru, os livros: esquecidos, hoje, dentro da mala – boas obras, via-se pela encadernação e riqueza das gravuras, e pelo jeito sério que apresentavam. Jeito só, que as páginas, em árabe, eram incompreensíveis, um garatujado esquisito, macega impenetrável e misteriosa. Antes, nas suas primeiras viagens à Vila, Paulo topava às vezes com um ou outro desses livros, largados por sobre a mesa da cozinha, misturados na confusão do quarto de dormir, por baixo das gaiolas de taquara, manchados da sujeira aprontada pelos filhotes de pássaro-preto e sofrê que o Jorge Turco criava com papas de angu e moles fatias de mamão maduro. Hoje, nem lidos vez ou outra eram mais: Jorge Turco só se ocupava com o manso ramerrão da magra freguesia da Vila e com os fiados à esparsa fazendeirama do sertão. A luneta, essa o vendeiro talvez a usasse ainda, talvez continuasse armando-a contra o estrelado faiscante do céu sertanejo, andando com ela em demorados passeios pelos perdidos e assombrados caminhos do infinito. Lá estava ela no estojo de sola, espécie de comprido e grosso canudo de diploma, pendurada no chifre de mateiro, na parede do fundo do quarto. Mas acabara, com certeza, o capricho das anotações em árabe, as notas e correções no gordo e pesado atlas que, um dia, de tanto bisbilhotar, Paulo achara a servir de tampa a um caixote de querosene, cheio de cartuchos de espingarda. Estranho tipo, o Jorge Turco!

Céu de lua quase cheia. Chegava o vento frouxo e quente da caatinga. Dormir como? Ainda mais com aquele dueto desafinado de reco-recos – grosso e fino, fino e grosso – dos companheiros; e o diabo também do grilo irritante a ringir, a ringir sem mais fim, nas juntas de ferro dos pés da cama. Mas, apesar dos roncos e do rangido do catre, o deputado achou graça.

Lembrou-se de um caso. Na serra dos Baús, na fazenda do Maximino, noite assim de lua cheia. Pulara a janela do quarto e fora para o aparado da serra, logo no fundo dos currais. E deixou-se ficar por ali, apreciando o luar a cair nas furnas e grotões, e em toda aquela imensidão que se alargava lá embaixo. Acordou com o sol na cara e a berraria da vacada. Na fazenda, contou para o Maximino como passara a noite, em namoro com a serra enluarada, esticado no gostoso do capim molhado de sereno. Mas encontrou o velho magoado. Só depois, seguindo viagem, foi que tio Aurélio falou: – "Paulo, o Maximino está queimado. Achou que aquela história de ir dormir lá fora foi medo dos barbeiros. Me disse que na casa dele não há desses bichos e não carecia você desconfiar. Ficou ofendido. E é pena, porque o velho arrasta uma porção de votos. Na minha opinião, você perdeu a serra..." É, tinha sido isso mesmo. No jantar, Paulo conversara com Maximino sobre o mal de Chagas e procurara inteirar-se da sua extensão por aquelas bandas. O perigo dos barbeiros, o modo pelo qual os malditos agiam e contrabandeavam a doença sem remédio, tudo isso ele havia explicado ao Maximino. E o fazendeiro concluíra que o motivo de ter ido o hóspede dormir fora de casa, ao sereno, fora o medo da moléstia...

Paulo levantou-se, e saiu. O vento aumentava, mas ainda quente, pesado: mal frufrulhavam as folhas secas penduradas das guarirobas e macaúbas. No casario tudo continuava silencioso, morto. E o rio? Talvez alguém ainda andasse a vigiar as pindas amarradas nos galhos dos barrancos, à espera de algum surubim. Gerôncio, esse com certeza estaria na balsa, linha-larga na mão, bebendo os seus goles e namorando a cabaça flutuante a metro e pouco do anzol iscado de muçum. Tranca de boa-vida! Louco por um tiroteio nos jacarés...

Paulo teve vontade de voltar à venda e apanhar a carabina. Se o negro não estivesse na balsa, era só rebentar um ou dois tiros à beira do rio, e o Gerôncio apontava descendo ou subindo o Urucanã na canoa de tamboril. E companheiro não ia faltar para esse resto de noite...

Muitas noites passadas assim, os dois rodando rio abaixo. Lanterna acesa numa das mãos, a carabina na outra, Paulo fazia o foco de luz amarela ir varrendo a galhaça das coivaras do barranco. De longe, o jacaré acendia as brasas dos olhos japoneses. Era só ir chegando, devagarinho, devagarinho, a canoa solta na correnteza mansa, a lanterna firme... Mais e mais perto, o casal de vagalumes inchando, inchando, vermelhões... Às vezes, Paulo deixava o Gerôncio atirar. O negro gozava: – "Toma, herege! Vai comer leitão e galinha, agora, seu filho da mãe!"

A balsa estava acorrentada do lado da Vila: sinal de que o Gerôncio andava correndo as suas pindas ou iscando as varas de espera que ele costumava armar na barrinha do corgo dos Moreiras. Paulo quis chamá-lo, mas teve preguiça de gritar. Esticou-se na balsa e ficou olhando céu e rio.

Misterioso e mau, o Urucanã. Traiçoeiro, aquele jeito inofensivo de correr macio entre os barrancos altos. Ai da rês imprudente que chegasse perto demais da beirada podre! Tibum, e pronto! – engoliam-na as profundezas... Tudo se passava num átimo, de acordo com a teoria do Aleixo Telegrafista: – "Bicho caiu no rio, seu doutor, o caboclo-d'água só faz desta: mete o dedo na boca, dá o assobio, e ajunta a piranhama – ele é uma espécie de madrinha delas..."

Aleixo Telegrafista... Rufino... Tatá... companheirada especial! Bons tempos, aqueles: as grandes pescarias do começo das águas, as reuniões preparatórias no bar do Anacleto, a arrumação cuidadosa da tralha... E agora, a maldita política! Nem mal acabava uma eleição, inventavam outra...

O vento crescia, começando a enrugar o lombo enluarado do rio, arrepiado de escamas agora, que nem as piracanjubas pretas das corredeiras da Onça. Chuva, mais lá pela madrugada... As corvinas não enganavam: aquele abrir sorrateiro de marolas à flor da água eram elas, as velhacas, a apontar só o focinho no espelho dos remansos, assuntando o tempo. Que bicho caiu agora – xuá balofo, surdo, de terra desmontada – longe, bem longe, lá perto do esgoto do varjão? Anta! Anta, sim: onça entra na água mas é de mansinho, sem alardes...

Porém o deputado não pôde continuar divagando. Passadas na areia fizeram-no voltar-se. Era o João Soares:

– Ué, seu doutor, vai esperar o chuviscão aí fora? Vi o catre vazio e vim logo no seu rasto...

– Sente aí, João Soares. O calor estava por demais e me deu vontade de rodar um pouco pelo rio com o Gerôncio. Mas o diabo do negro sumiu. Será que este vento é de chuva mesmo?

– Chuvão na certa, e não demora... Graças a Deus! Perdedeira de gado como a deste ano, nunca vi! Quer um de-palha?

Paulo aceitou o fumo de rolo e o canivete:

– E a viagem lá no Nélson?

– O senhor é quem sabe. Se a gente pudesse ir amanhã mesmo... E no Neca Lourenço também. Lá do Nélson ao Bacurizal, é coisa só dumas cinco léguas. A gente devia pegar os dois o quanto antes...

– E o Chico Belo? Será que demora?

– Sei lá... O Antero me disse que ele mais o Braulino estão estourando por aí. O boato é que foram buscar delegado militar. O doutor Osmírio foi com eles...

Paulo esperava por aquilo. Com a aproximação das eleições nos municípios recém-emancipados, a política estadual se agitava. Os chefes do interior exigiam prestígio do governo, e nada melhor para manter a autoridade local que a presença de um delegado militar nomeado nas vésperas do pleito. Nos três municípios da zona dos Confins criados havia pouco – Vila dos Confins, Ipê-Guaçu e São Benevenuto – a medida vinha sendo adiada; mais dia menos dia, porém, o governo acabaria atendendo ao Partido Liberal. Mas o deputado não queria assustar os companheiros. Pelo contrário:

– O governador tem compromisso comigo, João Soares. Comigo e com o partido: a coligação está de pé, e o governo tem de ser manter neutro nos municípios onde disputamos com os liberais a eleição para prefeito. A nomeação de um delegado militar numa altura destas é o rompimento do acordo. E ele precisa dos nossos deputados na Assembleia... Depois, mesmo que isso aconteça, delegado não ganha eleição... você tem muito mais prestígio com o povo do que o Chico Belo...

Mas João Soares não se iludia:

– Sei não, deputado. Eleição se ganha mas é com dinheiro e polícia. O senhor está vendo o estrago que o Alcindo anda aprontando na Coletoria. Aumenta e diminui os impostos à vontade: o Tinoco, coitado, vai ter de pagar quase o dobro pela chacrinha; seu Horácio, esse então já fala até em fechar a farmácia por causa do lançamento deste ano: de conto e pouco, o imposto pulou para três e quinhentos! Se vier o tal delegado militar, então é que a vaca vai mesmo para o brejo... Gente de roça tem medo de soldado, doutor. No dia da eleição só aparecem para votar os eleitores deles...

Um cheiro forte de terra foi o definitivo sinal da chuva. A ventania correndo rio acima soprava forte na ramada das gameleiras e jogava na água folhas, galhos secos, restos mortos de cipó. Pios, resmungos, gritos... – bichos em desassossego adivinhando a tempestade.

Paulo e João Soares atravessaram, correndo, o largo da igreja. Vergavam agora os coqueiros na dança doida com o vento, e nos quintais continuava o protesto da bicharada caseira, acordada fora de hora pelo chiado da ventania e o esborrachar maduro dos mamões pinchados no chão.

Já no quarto da venda do Jorge Turco, João Soares mostrava os relâmpagos que clarejavam pelos lados da serra:

– A coisa no Fundão está que é uma beleza!

– Beleza mesmo, João Soares: há muito tempo que não vejo um pé-d'aguão assim... Quando será que o padre chega?

– Está na época...

Padre gozado! Meses e meses sumido, só voltava à Vila dos Confins com as chuvaradas. Conversa, aquela história de viagem paroquial! No rio, acompanhara-o por toda parte, atrás de anzol, bala de carabina, linha de aço. padre Sommer gostava mas era de soverter no sertão – ele, o Crispim e a cachorrada onceira. Quando chegava daquele fim de mundo dos Confins, vinha preto de sol, barba e cabelo de metro, carregado de tudo o que era bicho de pelo e filhote de tudo o que fosse raça de arara e papagaio. padre Sommer... igual mesmo às chuvas: trazia vida nova ao arraial, e só ele para lavar aquelas almas de tanta sujeirinha acumulada.

– Já ando com saudades do padre Sommer, João Soares. Uma pena, se eu não puder topar com ele desta vez. Será que ele não anda pelos lados do Bacurizal?

João Soares não respondeu, caído de sono. Grosso e fino, fino e grosso, outra vez o desafio de reco-reco dos dois companheiros de quarto. No terreiro, as goteiras faziam música na lata vazia largada pela Ambrosina. E a cama de ferro começava de novo a balançar, despertando o grilão aborrecido.

– Cama desgraçada! – Paulo resmungou. – Mas amanhã o Jorge Turco me paga! A turma quer dinheiro, e eu lhe arranco, do dele, vinte contos para a caixa do partido...

Chuva pesadona, agora. O vento sossegara e a bicharada tinha pegado outra vez no sono. Lá fora, era apenas a água malhando rija nos telhados e aquele piano de brinquedo que a goteira tocava, tocava sem parar, martelando numa nota só.

3

QUANDO O DEPUTADO ACORDOU, PASSAVA das nove. Chovia ainda. Jorge Turco entrou no quarto com o café – ligeiro, parecendo até que ficara vigiando o hóspede:

– Ande, levante-se, que a turma está toda na venda: o Antero, o Tinoco, o Nenzinho... Está aí um pessoalão.

O pessoal esperando lá fora, nove horas e tanto, isso impressionava mal. Mania aquela de todo mundo se levantar com as galinhas! Paulo reclamou:

– Por que não me chamaram mais cedo?

Perguntava à toa. Sabia que a chuva não passara e que a viagem à fazenda do Nélson tinha de ficar para mais tarde. Apareceu à porta do fundo da venda para uma satisfação:

– Bons dias. Desculpem a demora: a culpa é desta chuvinha de vocês, modorrenta. Vou-me vestir e já volto.

Quem seria aquele sujeitinho que estava de pé, encostado ao balcão, todo importante no terno de casimira? Tipo diferente, escovado: óculos, barba feita... Quem seria, santo Deus? Respondera ao cumprimento com um gesto tão à-vontade, puxando conversa: – "Nós precisamos do senhor é mesmo descansado... não se incomode..." E tudo entremeado de risadinhas e rapapés. Quem seria aquele chaleira, alinhado e maneiroso no meio da gente barbuda e secarrona da Vila dos Confins?

Conhecia aquele sujeito, tinha certeza. Mas de onde?

Passou pela cozinha, atravessou correndo o quintal até o chuveiro – desajeitado chalezinho de adobo sem reboco. Mal conseguiu meter-se ali dentro.

Aquele banho exigia técnica. Simples, o aparelho: lata de querosene, carretilha e corda. Soldado ao depósito da lata, um cano com torneirinha e um chuveiro de regador; a corda passava pela carretilha, uma ponta amarrada na alça da lata e a outra solta. A Ambrosina já enchera a lata de água morna, e Paulo puxou a corda, levantando o depósito até à carretilha e amarrando a outra ponta no prego da parede.

Não conseguia ficar de pé, mas começou a empregar a técnica: molhou a cabeça, ensaboando-a logo depois, e soltou novamente a água para enxaguar-se bem. Foi fazendo assim com o corpo inteiro: molhava – fechava a torneirinha; ensaboava, ensaboava – abria a torneirinha. Tinha de ir por partes, racionando a água, até completar o banho.

Enquanto se lavava, Paulo ia calculando: um sujeito como o senador Fonseca, por exemplo, grandalhão e barrigudo daquele jeito, jamais tomaria um banho ali; impossível caber dentro do chalé, e depois, a água não dava. Simples questão de proporção entre o volume do corpo da pessoa e o volume da água da lata de querosene. E inversamente proporcional: gente grande, meio banho; gente comum, banho inteiro. O Zé Garricha, por exemplo, tomaria até dois banhos folgados com a água gasta por Paulo, e três com a que exigia o corpulento senador Fonseca. Zé Garricha... Por onde andava o pequenote? Desde os tempos de pescaria que não o avistava. Magricela, cabeça de filhote de papagaio mal se equilibrando no corpinho de menino, mas um artista, o danado! Garimpava, consertava relógio, desenguiçava automóvel... Gaiola para passarinho, ninguém fabricava igual – nem redes e tarrafas para todo tipo de peixe. Onde se metera o Zé Garricha?

Curiosa, a força do pensamento: o circunspecto senador Fonseca, com toda a sua barriga e todas as suas imunidades, espremido ali naquele banheiro, e pelado, ainda por cima, em tais intimidades com um tipo de baixa extração como o Zé Garricha!

Mas, meu Deus, onde vira, antes, aquele sujeitinho de óculos e de casimira, tão saliente lá na venda?

Paulo esfregava na cabeça, como para fazê-la funcionar, a toalha de saco de farinha de trigo. Não estava gostando daquilo. Importante, para um político, andar sempre com a memória em dia: guardar o nome do eleitor, o da patroa, se possível até o dos meninos. O pessoal apreciava – sempre era uma prova de atenção, de amizade...

Na venda, os correligionários esperavam. Quase todo o diretório: João Soares, Antero, Tinoco, Jeová, o Jerominho...

– Então, Tinoco, que pé-d'água, hem? – o deputado procurava falar com todos. – E lá para as suas bandas, seu Militino, será também que choveu?

Ia observando: pouco a pouco, as coisas clareavam na Vila dos Confins – nem o Alcindo da Coletoria, nem o Juvêncio, juiz de paz... intendente e delegado, esses não apareceriam mesmo. Antes, quando visitava o povoado, as autoridades todas vinham vê-lo, cercavam-no de atenções; bastou, porém, fundar o diretório da União Cívica – e, o que era pior, aproveitar o Antero e os poucos elementos dele – para que Chico Belo exigisse dos liberais o rompimento de relações com o deputado. Argola-de-laço, o Chico Belo! E vingativo: não perdoaria nunca mais àqueles que se reuniam hoje para apoiar a candidatura do João Soares. Às vezes Paulo sentia remorsos. E se perdessem aquela política? Ele, deputado federal, terminado o pleito voltaria para o Rio, ia cuidar da sua vida... Mal nenhum lhe podia fazer o Chico Belo – mas, e aos outros? Ainda não era o prefeito, e já mandava e desmandava. Com o pai do Antero, fora aquela barbaridade do pasto dos frades... Escritura passada pelo bispo, posse antiga da Igreja, e entretanto o Chico Belo correu a cerca de quatro fios pela beira do córrego, de fora a fora, e fechou os trinta e tantos alqueires de capim-angola... Soltou a vacada de leite na invernadinha do pobre do velho Honorato – colosso de terra puba – e nem confiança deu! A demanda corria, corria... até um resto de fazenda o Honorato teve de vender para custear as despesas, e acabou morrendo de desgosto, sem conseguir recuperar o que era seu! Com o corredor da estrada salineira, a mesma coisa: mudou a cerca, alargou a fazenda dele com mais uma tira de duas léguas de comprido, e a Prefeitura de Santa Rita fechou os olhos... E a história do rego-d'água da dona Ermesinda? Por enquanto, o rego tocava ainda o monjolo da fazenda da Seriema, porque o Betico não era deste mundo e deitou fogo mesmo nos dois agregados do Sinhô Mariano, cunhado do Chico Belo e vizinho da velha, quando esses, já pela segunda vez, tinham ido desviar a água na cabeceira do corguinho. Mas, e o resultado? Toda a polícia de Santa Rita e mais o Filipão e dois outros jagunços dos Belos caçavam agora o rapaz com ordem de apanhá-lo vivo ou morto...

A história do rego-d'água fez Paulo dirigir-se ao Antero:

– E o Betico, Antero, tiveram notícias dele?

– Diz que pegaram ele lá perto da Moeda. Mas, para mim, isso é boato... Companheirão nós perdemos...

– Contrataram advogado para ele?

– O doutor Bernardino tomou providência, entregou a causa para o doutor Augustinho, sobrinho dele. Mas o senhor sabe: quem manda no juiz de direito de Santa Rita é o doutor Osmírio; no juiz, no promotor, naquela cambada toda lá do Fórum. Conheço aquele povo... Todo mundo sabe que o Betico agiu em legítima defesa, que o peão do Sinhô Mariano avançou para cima dele de foice, o outro companheiro já puxando da garrucha... Dois contra um...

– Mas também nem do lugar eles saíram – completou o Jerominho. – Morreram na fumaça. E queira Deus que o Betico não inteire uma meia dúzia antes da polícia botar mão nele. Agora estão querendo envolver no processo o Haraldo do seu Bento Correia...

– Aquele rapazinho novo, filho do Bento? – Paulo perguntou. – Uma criança... O que é que ele tem com a história?

– Os dois não largavam um do outro, ele e o Betico. Por causa disso, querem comprometer o menino. Dizem que o revólver, o Haraldo foi quem emprestou... que estavam de combinação...

– Mas isto é uma barbaridade, um absurdo...

– É para o senhor ver, deputado – falou de novo o Antero. – Só agora foi que descobriram isso, depois que o Bento Correia resolveu apoiar o João Soares...

– A gente acaba mas é perdendo o Bento e a família dele toda, vocês vão ver... – aparteou o Tinoco, sempre calado, mas que falava seguro quando falava.

O Tinoco estava com a razão. Pura política, aquela perseguição ao Bento Correia: envolviam o filho no processo e depois negociavam... Pai é sempre pai, e não havia mesmo resistir...

Não. Tinham de reagir, ganhar aquela eleição. A turma era boa, disposta; João Soares, pessoa estimada no município, homem sem defeito. O diretório, bem organizado, com gente escolhida em zonas diferentes: Carrapato, Fundão, serra do Sono, Água Limpa, Riso, Brejo Seco, Mutuca... A falha era só no Brejal e no Bacurizal; mas, se o Nélson e o Neca Lourenço topassem, então é que o Chico Belo estaria derrotado sem apelo. Depois, o voto era secreto! Um trabalho de qualificação benfeito, o esclarecimento de porta em porta, de eleitor em eleitor, bons cabos para ensinar aos novatos, entregar as marmitas já preparadas ao eleitorado, fornecer condução à vontade, quartel com fartura de churrasco, e um bom pagode, um comício no largo da igreja, bem na cara do Chico Belo, para desmoralizar o bicho...

O banho morno lavara a moleza da noite mal-dormida. E o café – gosto amargoso, esquisito, da sementinha de nome difícil que o Jorge Turco mandava a Ambrosina misturar ao pó – tanto café e cigarro acabaram de vez com o resto de preguiça. O deputado entusiasmava-se:

– Pois olhem: o jeito é ganhar essa eleição de qualquer maneira. Do contrário, o Chico Belo monta mesmo, acaba com a vida de vocês. E nem eu nem ninguém pode evitar que o governo dê prestígio a ele: em política, vale quem vale, só é respeitado quem ganha. O Chico Belo tem essa força toda, abusa de vocês todos, pinta e borda com todo mundo, porque vocês dão sela para ele. No dia em que ele for derrotado aqui na Vila dos Confins, nem o coronel Rocha, nem o Osmírio, nem o governo, ninguém mais lhe vai dar essa asa. Vocês viram o que aconteceu em Santa Rita: só porque o doutor Bernardino não arreia fácil, o Osmírio vive propondo acordo a ele...

– Velhacaria do Osmírio, doutor! – falou o Antero. – O que ele quer é ser deputado estadual e ver se afasta o doutor Bernardino da parada...

– Estou cansado de saber, Antero. Mas, se o Bernardino fosse um água-mole, nem prosa com ele os liberais queriam. Antigamente era que adversário morria adversário; hoje, não: com essa balbúrdia de tanto partido, nenhum vence sem coligação. Veja como tudo tem mudado: nas eleições passadas, nós nos aliamos aos democratas para vencer os liberais; nas últimas, nos unimos aos liberais para derrotar os democratas; agora, o boato é que os democratas estão se aproximando dos liberais para acabarem com a gente... Nessa confusão toda, sobram apenas os mais duros, que ninguém é bobo de fazer casa com pau bichado...

– Então o senhor acha que o governo abandona o Chico Belo se ele perder a eleição para prefeito? – perguntou João Soares.

– Ora, João Soares, que inocência... O governador é político, ambicioso, e já deve estar pensando, numa hora destas, em ser candidato a senador, queira Deus se não a presidente da República... O que ele quer é voto, muito voto! Se o Chico Belo perder, demonstrar fraqueza, quem vai mandar na Vila dos Confins é você, seu João Soares, o ganhador...

A conversa comprida, atenciosa, agradava – via-se pela cara boa de todos. Daquilo é que os companheiros precisavam: apoio moral do chefe mais esclarecido, assistência, contato direto, explicações como essas... O deputado corria satisfeito os olhos pela turma. Esquecera alguém? Não, havia conversado com todo mundo: Nenzinho, Jeová, Militino... De repente, o nome veio-lhe à cabeça: Carrilho! José Carrilho! Mas, por onde andava o sujeitinho de óculos e terno de casimira? Chamou João Soares de lado:

– Aonde foi parar o Carrilho? Que tal é ele, hem, João Soares?

– Sei lá... – o outro fez cara de dúvida. – Sujeito conversado, isso ele é. Fala muito no senhor, pergunta sempre, parece que é seu amigo... Mas não passa sem uns rapapés ao povo dos Belos. Em todo caso, como negociante precisa mesmo de todo mundo...

Até que enfim a Ambrosina apareceu, chamando para o almoço. Onze horas, quase! Nem todos, porém, aceitaram o convite do Jorge Turco. Mas aos que saíam João Soares avisava:

– Às quatro horas, aqui na venda. Quero ver se amanhã bem de madrugadinha boto o deputado na estrada para ir conversar com o Nélson e o Neca Lourenço. Quatro horas da tarde, por favor! Precisamos deixar um eito de assuntos resolvidos hoje.

E baixo, para Paulo, quando pôde ver-se sozinho com ele:

– A turma gostou da explicação. Aproveitei o embalo deles e convoquei outra reunião para hoje à tarde. Vamos pegar logo essa bicharada no caixa...

4

DEMORADA, CACETE, A TAL REUNIÃO do diretório. Com um tempo daqueles, escuro já, a chuvinha caindo jeitosa – boca de noite parece até que inventada de propósito... Mas o Gerôncio apareceu, finalmente:

– A tralha está todinha na canoa, doutor Paulo.

O deputado levantou-se:

– Vocês me desculpem, mas há muito que não bato vara no Urucanã. O João Soares assume a presidência, e o Aurélio funciona de *ad-hoc* – deixe a ata por conta dele, Antero...

E saiu com o preto, antes que o tio pudesse protestar.

A mesma canoa, ainda: o mesmo tronco de tamboril ocado com capricho e competência, cômodo, macio, obediente... As varas enormes, a meia-cabaça com as iscas, a garrafinha de cachaça...

Paulo sentou-se à proa, Gerôncio no piloto:

– Ainda existe aquele rebojo da peroba-rosa?

– Está firme no mesmo lugar, doutor... Ferrei um pintadão, um dia destes, de mais de arroba – um animal! Vamos direito para lá, ou o senhor quer dar uns tiros na jacarezama? Tem um casal deles morando na prainha do esgoto. Dois manatas!

– Não. Ando com saudade mas é de uma ferrada de surubim. Vamos logo, senão passa a hora.

Vida engraçada! Ali estava ele descendo outra vez o rio Urucanã, rumo à peroba-rosa. A primeira vez – dois, três?... não: quatro, quatro anos e tanto, já... – viera com o Rufino, no canoão de cedro, a força do motor de popa botando o Gerôncio de boca aberta.

– Você se lembra, Gerôncio, daquela nossa primeira pescaria de surubim lá no rebojo?

– Gozado, doutor: estava pensando justinho nisso... Já tem bem uns cinco anos! E o seu Rufino? Nunca mais apareceu...

– Toda vez que me encontro com ele, em Amburana, pergunta por você. Anda querendo vir comigo à Vila, mas as férias dele nunca acertam com as minhas viagens.

Não; pescaria como aquelas, nunca mais. A turma dispersara-se, impossível reunir de novo a mesma companheirada. O Zé Garricha, sumido; o Jãojão e o Lino, coitados, carregados pela maldita cachoeira do Inferninho; o Tuta, promovido a gerente da companhia e transferido para o Norte; o Lobo, um traste de dar pena, com o baço do tamanho duma melancia, morre não morre da maleita sem mais jeito... E ele, Paulo, virado político, sem mais hora nem sossego. Depois, o menos importante era chegar ao rio e apanhar o peixe: o gostoso eram as reuniões do bar do Anacleto, a arrumação da tralha, a expectativa – contar os dias na folhinha, a preparação daquele mês inteiro de beira-rio, para que fosse realmente um mês de gozo absoluto. O Mauro, por exemplo, sempre pendurado nos bancos, com promissórias vencendo todas as semanas, esse não assinava título novo nem reformava os velhos com vencimento para outubro: aqueles trinta e um dias eram sagrados...

– Bata o remo, Gerôncio, bata o remo! – Paulo mandou impaciente. – Se a gente passar das sete, bau-bau... Hora de surubim grande é no começo da noite; depois, só dá moleque...

– Estamos perto, doutor Paulo... Ixe, olhe as matrinxãs: vigie a abrição de água que estão aprontando! Isso é figo que rodou no enxorro... Noitão, hoje – ainda mais com essa chuvinha maneira, sem um vento...

A canoa descia veloz o rio, empurrada pelo remado valente do piloteiro. A barra do Pretinho já ficara longe, a figueira grande do esgoto do varjão, o corguinho dos Nunes...

– Estou falando... olhe o pau, doutor! Bem no bico do bote...

Lá estava a peroba-rosa: corpulenta, recortada em alto murundu saliente na sombra escura da mataria do barranco. Ali, dobrava-se o rio em redondo cotovelo. A correnteza, acostumada já com mais de légua de rumo em linha reta, esbarrava de repente na curva, confundia-se, avançava além do conveniente. Recuava, depois, para poder seguir o caminho certo – e o vaivém criava o rebojo. Profundas, as águas naquele ponto morto: sumidouro ocado pelo puar eterno do redemoinho, traiçoeiro remanso de lento regirar de espuma; mas o melhor ponto do rio para a pesca dos grandes peixes de couro.

Paulo comandava:

– Mais para o meio. Isso, mais um pouco... Deixe rodar... Vá soltando a poita... Agora!

A pedra custou a chegar ao fundo. Puxando e soltando a corda, Gerôncio regulava a posição da canoa, até que a poitou exatamente na margem do poço. As folhas que desciam o rio paravam por ali, redemoinhando juntamente com a escumarada.

Paulo acendeu a lanterna e apanhou a rodilha de aço trançado. Desenrolou-a com cuidado para evitar as crocas e enganchou o girador no anel de aço da ponta do bambu. Serviço resistente, o cabresto do Gerôncio; mas o outro achou de reclamar:

– Tenha paciência, Gerôncio! Isto é lá cabresto? E esta ponta rombuda... vara de pescador de traíra!...

– Mas é danada de pegajosa, doutor...

Na cabeça, os muçuns. Paulo escolheu o mais taludo e, de um golpe só de facão, separou o torete carnudo e pingando sangue; ajeitou-o com capricho e enfiou-o pela fisga do anzol. Ficou de pé na canoa e levantou a vara bem na perpendicular, segurando a isca embaixo, junto ao pé do bambu; abaixou a ponta, soltando a isca, e esta pendulou; novo impulso fez que o anzol iscado continuasse veloz o movimento; outra vez bambu para baixo até que a linha chegasse à horizontal, completando ambas, linha e vara, uma reta só. A isca caiu na água, com aquele som molhado e fofo: tibum!

– Boa, muito boa... – aprovou o Gerôncio.

– Então passe um gole, em homenagem ao lance...

Silêncio, escuridão. Suaves, vinham chapinhar no lombo da canoa as maretas do rebojo. O sumidouro como que dormia, nas profundezas, um sono pesado: arfava, em cadência, levantando e abaixando o bote de tamboril num balouço macio.

A espera. Mãos atentas, o olhar pregado na ponta do bambu, que também balançava vagarosa, acompanhando o sobe e desce da canoa. Nenhum dos dois falava. Gerôncio lançara a linha-larga, iscada com o graúdo canivete de listras, bem longe do rebojo, justo no encontro das duas águas-brabas que ladeavam o redemoinho, e onde renascia a correnteza; e enrolara todo o resto da corda na rodilha enfiada no braço. Vigiavam ambos. A noite, cada vez mais escura. E a chuva...

Ah, uma daquelas varas de bambu-jardim! Paulo ia buscá-las, ele mesmo, nas touceiras da chacrinha do seu Cesário. Escolhia-as com capricho e só as cortava na lua certa. Serviam apenas os bambus bem maduros, os de gomos bem grossos no pé. Em casa, desbastava cuidadoso os ramos laterais para não ferir as fibras dos nós. Sapecava em seguida a vara, depois de bem untada com sebo de boi. E, por último, pendurava-a pelo pé num galho alto da mangueira do quintal – o peso de uns trinta quilos amarrado firme no cabresto provisório da ponta. Dias e dias o bambu ficava assim – espichando-se e desentortando, curtido ao sol e ao sereno... O cabresto, depois: o arame de aço escondido dentro do volteado-de-cordão são-jorge, cada volta em nó-de-porco apertado...

– Doutor, doutor... O bicho está mamando... olhe a ponta... – soprou, rouco, o Gerôncio.

– Não é peixe, não. Algum ramo à toa que está rodando no fundo e esbarrou na linha... Me passe outro gole.

Silêncio outra vez, escuridão. Apenas o pisca-pisca descansado das brasinhas dos cigarros e o chape-chape das marolas na canoa.

Aleixo Telegrafista – outro companheiro de categoria! Paulo chamava-o sempre, para dar a opinião final, depois de prontas as varas de bambu-jardim. O Aleixo implicava com o nó-de-porco: – "É, está colossa – uma vela! O diabo é esse nó-de-porco: um dia você ainda topa com um peixe de responsabilidade e vai ficar só com a vara na mão, com cara de ora-veja. Serviço meu, Paulo, nem o caboclo-d'água arrebenta. Nó para cabresto, nó nó mesmo, é nó-de-vaca. Nó-de-vaca!" Mas o Aleixo não era um artista. Só o nó-de-porco para dar aquela graça à espiralzinha caroquenta que vestia os dois palmos da ponta do bambu...

A espera. Gerôncio, insofrido, recolhera a linha-larga e trocara a isca. Os dourados não andavam pela corredeira, e ele resolveu também experimentar os surubins. Pinchara o anzolão – um muçum inteiro, o exagerado do Gerôncio! – na água-braba.

– Isto, jogue essa porcaria bem longe! – falou Paulo. – E não deixe a corda correr para o rebojo, senão ela vai engarranchar na minha linha...

– O senhor está parecendo o seu Rufino, doutor... Ô hominho implicante!

Paulo riu. Implicante mesmo, o Rufino: se já desprezava pescador de vara comum, quanto mais de linha-larga... Com ele, era só na carretilha: – "Vocês todos são uns barrigas-rajadas... *piscivorus vulgaris*..." Tudo nele era estudado, técnico: as camisas e os calções especiais, os sapatos de lona e sola de corda, aquele gozado chapéu de inglês na África... E não usava nada que não fosse da cor verde-garrafa recomendada pelos tratadistas: – "Pescaria é ciência como outra qualquer. Vocês debocham, debocham, mas o peixe quem pega sou eu..." E pegava mesmo! E logo no primeiro dia... Os outros, pescadores de barranco, tinham de esperar: as cevas só reuniam peixe depois de bem tratadas – três, quatro dias de muita mandioca picada e milho em espigas mergulhadas nos fartos atilhos por baixo das coivaras. Nem todo ponto servia: a água devia ser profunda, e o leito do rio, empedrado; os barrancos, favoráveis, com boa sombra; e bater os ramos, fincar forquilhas para o apoio das pesadas varas, cortar uma ou outra árvore que pudesse constituir estorvo quando se lançavam ou se recolhiam as compridas linhas de aço... Com o Rufino não havia nada disso. Chegava, trocava a roupa de viagem pela complicada indumentária verde-garrafa, montava a caríssima vara inglesa, adaptava a famosa carretilha, e ia olhar o tempo. Se o sol estivesse a jeito, o vento favorável, a água dessa cor assim-assim... – para cada tipo de água, tal colher de aço cromado, tal linha de seda, tal chumbada – se o rio palpitava, o Rufino decidia. Chamava o cozinheiro: – "Bote a manteiga na frigideira, seu Tatá. Pouca cebola e nenhum alho. Gosto de dourado mas é com gosto de dourado..."

A chuvinha caía mansa, porém caía. E a espuma rodava, rodava em círculos largos, medrosa do centro do rebojo, onde continuava o respirar cadenciado do sumidouro. A ponta da vara, impassível – apenas o levantar e descer vagaroso acompanhando o balanço da canoa.

– Como é, doutor, nada? Já me comeram a isca, uma vez. Algum mandi...

Tão distraído estava o deputado que não vira o companheiro recolher a linha-larga, trocar o resto de muçum por um minhocão novo, e pinchar outra vez o anzol na corredeira. Distraído, pensando na boa vida de antigamente, mas atento à ponta do bambu:

– Pois na minha não mexeram ainda. Peixinho pequeno é lá besta para vir zanzar neste locão de peixe grande?

– Se o seu Rufino estivesse aqui, já tinha dado o desespero nele. De canoa só pescava mesmo para servir de companhia...

Era isso. Naquela primeira pescaria no rio Urucanã, o acampamento fora feito no porto das Tabocas. Por ali não havia corredeiras, nem um golfo ao menos. Rufino batera todas as imediações atrás de um bom ponto de água-braba onde pudesse fazer os seus lances de carretilha. Nada! E foi choramingar junto ao amigo: – "Pelo amor de Deus, Paulo, desça comigo. Vamos no canoão de cedro, que o motor aguenta. Nem cinco léguas até o porto dos Confins – questão de poucas horas... A barra do pretinho é lá, o Zé Garricha me informou. Dourado que não é vida! Não estrague as minhas férias..." Que remédio senão concordar? Tinham saído à noite, já bem tarde. Beleza de noite clara, o rio fundo, tranquilo. Motor a toda roncando por aquele sertão bruto, a acordar a bicharada dos barrancos... Ideia do Zé Garricha: – "Peixe, pessoal, é no Urucanã! Longe, mas vale a pena. A gente vai de automóvel até às Tabocas. Estradinha ruim, mas passa caminhão... Depois, querendo, vai-se de canoa até os Confins. Tem uma barra lá que é barbaridade de dourado!" Mas era muito longe – quase oitenta léguas de Amburana ao tal porto das Tabocas! – e a sugestão do Zé Garricha vinha sendo adiada, ano trás ano. Até que a turma resolveu, e a pescaria foi marcada para o rio Urucanã. Quatro dias de caminhão, e em que estrada!

Valera, porém, a pena: peixe por demais! Menos dourado – e daí as nervosias do Rufino, a loucura para chegar à tal barra do Pretinho tão falada pelo Zé Garricha...

– Friozinho danado, Gerôncio. Passe um gole, passe. Sabe de que é que estava me lembrando? Do dia em que fiquei conhecendo você, a Vila, o Jorge Turco...

– Eu estava lotando a balsa com uma carga de milho, bem cedinho, quando escutei o ronco do motor descendo o rio. Pensei primeiro que fosse aeroplano, depois o senhor chegou com o seu Rufino no canoão de cedro...

– Foi sim. Quase cinco anos, hem, Gerôncio? O Totonho ainda era um cisquinho de gente, engatinhando. A Ritinha, meninota ainda dos seus dez, onze anos... O tempo passa, Gerôncio! Veja você quanta coisa me aconteceu: virei político, me elegi deputado, me mudei para o Rio de Janeiro...

– E agora está botando o Chico Belo apertado... Ei, coisinha boa, se o João Soares der mesmo uma tunda sarada nele! Desta vez acho que ele roda.

Hora e tanto já, e nada de peixe. Mas o gostoso era ficar assim na canoa, pensando na vida, imaginando coisas. Passada aquela eleição, ia sossegar. A política matava, acabava com a pessoa. Depois que se metera nela, nunca mais pudera ter uma semana de descanso. Escravo dos outros, do partido, do eleitorado. E os adversários não dormiam, os concorrentes vigiavam. Todos os dias, uma notícia má, nomeações que não saíam, chefes do interior que ameaçavam romper por causa de pedidos impossíveis... E ter de mentir, de prometer...

– Doutor, doutor... agora é a peixa... é a peixa, sim... – engasgava o Gerôncio. – Ferra, doutor, ferra!

Mas era Paulo quem estava no cabo da vara; sabia que precisava esperar – sentir primeiro aquele tranco surdo trazido das profundidades pela linha de aço e pelas fibras do bambu.

– Calma...

Agora! O pescador abaixou a vara – um pouco mais, mais um pouco ainda, para bambear o aço – e voltou com ela, num golpe duro, seco, certo.

– Ladrão! – Paulo gritou quando sentiu a vara erguer-se frouxa, sozinha.

– Escapou, o bandido...

– Lhe falei, doutor... O senhor dormiu no ponto...

Fora peixe grande, mesmo. Do muçum, nem notícia: o anzol sem um fiapo de isca...

– Ferrou de mau jeito, Gerôncio. Mas antes escapar no começo que na hora de embarcar o bicho na canoa. Já-já o safado está de volta... Você trouxe alicate?

A ideia do alicate era desculpa. Paulo sabia que Gerôncio não se dava a esses luxos de carregar a porção de ferramentas que pescador de cidade costuma trazer nas capangas. Com a volta do anzol mais entortada ou exatamente como se achava, não seria por isso que o peixe ia escapar da fisgada. Falta de treino, isso sim. Errar logo um peixe de couro! Felizmente, o Rufino não estava perto. Se estivesse...

Paulo ajeitou outro torete de muçum no anzolão. Perfeita, aquela enguia preta e encontradiça em qualquer brejo ou resfriado dos rios do sertão dos Confins. O Lobo, outro fanático pela pesca dos grandes peixes noturnos, tentara aclimá-la em Amburana, inventando um brejo artificial no quintal da casa dele, planejando até uma criação para vender as iscas vivas à companheirada. Mas o muçum só vivia mesmo era pelas bandas do Urucanã, nativo de lá, e a tal criação dera em nada. Uma pena, pois, como Lobo dizia, Deus quando inventou o mundo previu até a pesca do surubim. – "Que outra serventia? – perguntava ele. – Prestem atenção na cobrinha: carne dura, sangrenta, o tubo digestivo um canudo só, de calibre certo para se ajustar aos anzóis fundo-de-agulha – e revestido, ainda por cima, desse músculo contrátil, acomodatício, agarrando-se ao aço como guarnição de borracha..." Outro que gostava dum palavrório, o Lobo. E as discussões dele com o Rufino? Os peixes em latim, os *plecostomus*, os *bimaculatus*...

– Foi pena você não conhecer o Lobo, Gerôncio: companheirão estava ali! – Paulo disse, depois que atirou novamente a isca no centro do rebojo.

– O senhor fica conversando, doutor Paulo, e daqui a pouco o peixe passa outa vez a perna no senhor... – provocou o maldoso do Gerôncio.

Mas o pescador estava prevenido. Sustentava, agora, a vara com ambas as mãos, sem deixar que encostasse na borda da canoa, para que as mínimas vibrações do bambu lhe chegassem imediatas e perfeitas. Ferido na boca pela ferrada malsucedida, o peixe ainda demoraria a voltar e a sucumbir ante a presença do outro muçum carnudo e tentador... Mas havia outros: o rebojo da peroba-rosa nunca deixava ninguém de mãos abanando...

Tontura gostosa dava a pinga forte do Gerôncio. E o silêncio, o balançar maneiro do rebojo, o fresco da chuvinha manhosa, a escuridão do rio... Impossível fixar-se numa ideia só, ou concentrar-se apenas na ponta do caniço: os pensamentos libertavam-se naquelas horas de espera, as preocupações sumiam, vinha a suave sensação de leveza e bem-estar. Daí, o irresistível daquelas fugas para as beiras de rio, o vício em que elas se tornavam. Boa vida, a de antigamente! Mas metera-se de uma vez na política, e agora era tocar para diante, que jeito já não havia de recuar. Abandonar, por exemplo, o João Soares... E os compromissos com o Bernardino, esse quase convencido, afinal, da inutilidade da antiga e terrível oposição aos Rochas, já aceitando os argumentos de dona Candinha, já se afastando da briga, dedicando-se mais à clínica e à família... Impossível... Fora ele, Paulo, que aparecera em Santa Rita para açular o pobre, metê-lo em brios... Razão tinha, e de sobra, a mulher do Bernardino, em mostrar aquela má vontade, aquela quase hostilidade... E os outros? O pessoal de Amburana, de Pedra Branca, os companheiros dos vinte e tantos municípios onde fora fundar partido e reforçar a luta contra a situação? Recuar como? Fugir como?

– Agora, doutor! Ixe, que monstra! Não dê a ponta, não, que a linha arrebenta! – berrou de súbito o Gerôncio.

Desta vez, a ferrada fora certeira. Ao golpear a vara, Paulo sentiu o soco da fisgada, firme tal e qual machadada de machado novo em tora macia de cedro. E um despropósito de peixe, que a vara se arqueou em curva alta, fechada, atingindo até os gomos atarracados do cabo.

– Surubim! E dos manatas, olhe a vara! – continuava o escandaloso do Gerôncio. – Não dê a ponta, não, doutor!

– E dos pintados! – o deputado gaguejou. – Está puxando de esguelha, o ladrão... Duas arrobas, no mínimo. Virgem, é um cavalo de peixe!

Sempre com razão, o Aleixo Telegrafista! Ferrada misteriosa. Sim, quem puxava o anzol com aquela força não podia ser bicho deste mundo. Era o caboclo-d'água. O chupão das profundas do rio levara quase metade da vara para dentro do rebojo. Mantê-la em pé, embodocada, as mãos destreinadas de Paulo já quase não o conseguiam – e, se o peixe lograsse diminuir de mais um tico o ângulo que o bambu ainda mantinha com o nível do rio, aí então é que nada evitaria o desastre: linha, vara, pescador (bastava que este caísse na bobagem de bancar o teimoso), tudo seria engolido de uma vezada pelo horrendo sumidouro...

Nos seus bons tempos, Paulo não admitiria aquilo – mas teve de aceitar, agora, a demão do Gerôncio. O preto passara-lhe os dois braços rijos pela arca do peito, cruzando as mãos num arrocho definitivo, ajudando a fazer força. Pés calcados no reforço transversal que todo canoeiro prático já deixa pronto, inteiriço, na hora de ocar a tora de pau, o negro bufava:

– 'Guente o galho do seu lado, patrão, que do meu lado eu 'guento!

O bambu estralava que nem taboca no fogo. O cabo de aço – três fios doze trançados, decerto presente do padre Sommer ao Gerôncio – parecia laço em cabeça de boi xucro. Zanzava, doido, cortando o rebojo de fora a fora, enfiando-se por baixo da canoa, procurando a água-braba, fugindo, voltando, regirando agora, desatinado...

– Recolha a sua linha, Gerôncio! Me largue! Deixe o bicho sozinho por minha conta. Recolha a linha, senão o peixe se embaraça nela!

Mas o Gerôncio não largava. Conhecia o tamanho daqueles surubins do rebojo e, pelo tinido da linha, adivinhava o animal que o doutor Paulo havia ferrado.

– Tem perigo não, doutor Paulo. Ei, linhinha macha! Fica pancrácio, fica, bigodeira de jauzão! Ixe, Nossa Senhora, bicho feroso este, cruz!

Linha às costas, agora, o peixe esbarrava, velhaco, no centro do rebojo, onde a ventosa da água chupava irresistível como boca de sucuri. A vara envergava, envergava, ringia, estalava.

– 'Guenta, doutor! Incomode com a canoa, não – isso é brinquedo para ela! Se entrar mais água, eu solto a poita...

Bicho desgraçado! O repuxo era tal que a canoa embicava, popa levantada, a proa apanhando água. Se o peixe se mantivesse empacado daquele jeito, que nem estorvo em boca de bueiro, o remédio era mesmo soltar a poita para aliviar a canoa e ficar rodando com ela por sobre o redemoinho, até que se cansasse e cuidasse de inventar outra moda. O tempo passava, Gerôncio sem se resolver a largar o companheiro, e a canoa pegando cada vez mais água.

– Pode-me largar, Gerôncio. Solte a poita!

Mas não foi preciso: o surubim desembestara, agora num volteio maluco de pião. Lá estava, porém, na argola de arame do cabresto, o girador. A linha de aço se destorcia quando chegava ali, afastando o perigo das crocas. Muito peixe escapo assim, em vara sem girador, a linha arrebentada no melhor da hora...

Tempão lutou o peixe antes de pranchear, entregue. A espaços apontava a cabeça à superfície – toco feioso de pau preto – para, em seguida, remergulhar num último desespero. A vara, porém, empinada, quase a prumo, obrigava-o mais e mais a acercar-se da canoa. Gerôncio deixara, afinal, Paulo gozar sozinho a luta com o surubim já dominado.

– Me apanhe a carabina, Gerôncio. Tome a vara, tome...

O surubim boiou por derradeiro quando boiou bem no centro do rebojo, lá onde as espumas não chegavam. Paulo atirou. Bruto tiro de morteiro que quis ameaçar um ror de iguais respostas nos barrancos – mas que mal deu em tímido pingue-pongue de ecos frouxos, porque molhados e apagados logo pela chuvinha que apertava.

5

CEDINHO, MADRUGADA ESCURA AINDA, quando João Soares acordou o deputado. Noite maldormida: chegara tarde do rio – meia-noite e tanto – e a venda não se esvaziara de todo. A pobre da Ambrosina continuava na cozinha a coar e servir café, e ainda teve de retalhar e temperar o peixe que o Gerôncio inventara de trazer. No tabuado da balsa, o balseiro sangrara-o e limpara-lhe o fato – um mundo de sangueira e porcariada – mas, mesmo assim, o Gerôncio chegou arcado à venda, com o bicho às costas. E Paulo teve de contar a história toda, a luta com o surubim, o upa até dar com ele na canoa, o isto de piranha que ajuntou... Dois metros de comprido e bem mais de três arrobas, o animalão!

Moído embora de canseira e sono, o deputado levantou-se. Gerôncio já esperava com a balsa pronta para a travessia:

– Desça com cuidado, doutor. A rampa virou quiabo.

Paulo dirigia a camioneta com cuidado, pé nos freios. Mas para baixo os santos ajudavam. E embarcou sem dificuldades.

– Anda um chuvão brabo pelos lados da Brejaúva. Olhe o rio, Gerôncio: pura terra massapé, da roxa... – disse o João Soares.

Gerôncio não deixou passar a deixa:

– É mesmo, o barro vem de lá. E mandou a marca na frente, que já rodou imundícia de folha de bacuri...

Retirados os pranchões de embarque e soltas as correntes, Gerôncio regulava o cabresto. Os varejões, agora, ajudando o desatracar; e a carretilha começou a cantiga no cabo de aço.

– Nada burro, não, o sujeito que inventou a balsa – proseava o Aurélio. – Dois canoões, tabuado por cima, cabo de aço e boa carretilha...

– Engraçado – começou Paulo –, até hoje não entendi direito como é que isto funciona. Sei que é só pela força da água. Mas o resto...

– Pois é uma simplicidade, Paulo – aproveitou o tio. – Tudo por causa deste jeito meio torto das canoas: a correnteza vem, esbarra nelas, e força a balsa a andar de lado que nem caranguejo... O cabo de aço e a carretilha fazem o resto...

– E para voltar?

– A mesma coisa: vira-se a posição das canoas, o cabresto agora do outro lado. A correnteza, em vez de bater do lado de cá, passa a fazer força do outro. O empuxo da água é o mesmo; só o entortado da balsa é que muda...

– Parece até invenção do Toteiro... Já lhe contei essa, tio Aurélio?

– Qual? A da roda-d'água emendada com pilão de monjolo?

– Não, a das capivaras... O Toteiro, João Soares, é um amigão nosso, morador na beira do Paranaíba, nas divisas com Goiás. Já pesquei muito no canal de São Simão, e o Toteiro ia sempre comigo – bom pescador e melhor caçador ainda. Faz tempo, encontrei-me com ele em Amburana e ficamos horas conversando, relembrando as nossas pescarias. E me contou a tal história das capivaras: que tinha comprado umas terras do outro lado do rio... que resolvera tocar lavoura... etc., etc. – "Já estava cansado, doutor Paulo, de atravessar o rio de canoa, no puro remo. O senhor sabe, o Paranaíba, lá onde eu moro, é espraiado, com quase meio quilômetro de barranco a barranco. Gente para levar e trazer todo o dia, um tal de carrega-e-traz que eu não aguentava. Aí foi que eu imaginei: eu tinha no chiqueiro uma capivara nova, das goianas, apanhada no mundéu; era só arranjar uma das mineiras... Não demorou nem dois dias e eu já estava com a bicha caída no laço.

As duas ainda estão lá, no serviço, para quem duvidar. Quando eu vou para Goiás, encabresto a capivara goiana na proa do canoão e boto a mineira dentro: é um nadado só, de ponta a ponta, melhor que muita besta marchadeira... Para voltar, destroco: boto a mineira no cambão e embarco a goiana." E o Toteiro explicou: – "Querência de capivara, doutor, é querência braba, mais forte que querência de boi pantaneiro..."

Gerôncio ouvia com aquela atenção engraçada:

– Uai, doutor! E não é que com um motor desses, dumas duas antas boas, em vez de capivara, até que dava mesmo um resultado bicharedo?

O barranco do outro lado aproximava-se cada vez mais. Paulo olhou a rampa e resmungou:

– Levou quem trouxe. Agora é que são elas!

E foram elas. Mais de meia hora naquela subida. Um inferno: calça, acelera, freia. O motor fervia, as rodas patinavam, girando em falso e espirrando lama em todo mundo. Os pneus catingavam tal qual borracha queimada. Ia não...

Mas Gerôncio estava acostumado àquilo. Muito caminhão já atolara até os eixos naquela subida, e mais de um estaria hoje no fundo do rio, não fosse a calma e a prática do balseiro:

– Praga não adianta, doutor. Afobe não... Pode apagar a gasolina. Com o enxadão, Totonho, ali naquele murundu. Me dá o chicão, João Soares... Sem macaco não vai.

Um capeta, o Totonho! Nem dez anos ainda – sete, oito no máximo – e já esperto como o pai. O tempo passava mesmo... Vira aquele crioulinho engatinhando – barrigudinho, porqueira de leitãozinho chorão... Espigado, agora, o moleque! Forçudo, manobrando a balsa quase sozinho, expedito ali naquele serviço de desatolar a camioneta...

Caindo nas valetas, agarrando-se aos facões e patinando no capim que o Totonho jogava por debaixo das rodas, a camioneta varava a rampa. Uma luta!

Paulo apeou à porta do rancho. Entrou gritando:

– Rosa, ô Rosa, qu'é do café?

Invadiu sem cerimônia a cafua. Nem um pau mudado! – a mesma divisão de taquara que dividia os quartos, decerto ainda o mesmo telhado de folha de coqueiro, preto de fumaça... A mesma pobreza e desleixo...

Respirou, na cozinha. Um pouco mais de alegria, que o sol da manhã entrava pela porta escancarada. E a pintalhada, a leitoada, o cachorrinho paqueiro. A Ritinha acendia o fogo. Rosa, a mãe, andava pelo rio, lavando roupa.

– Coe um café bem forte, Ritinha. Bastante pó e pouca rapadura.

O deputado sentou-se no tamborete baixo. Carrapato... – nome horrível para se pôr em povoado! E que volta, duas léguas no mínimo! Mas o Nenzinho queria porque queria: o pessoal pedira tanto!... aquilo era bom para a política do João Soares... havia o seu Sebastião, se ele se resolvesse... ia mostrar também o terreno do patrimônio reservado para a escola... apresentá-lo à professora...

O cheiro da fumaça de lenha molhada enchia a cozinha. Que bom ficar por ali, cochilando como a galinha que chocava debaixo do jirau do fogão, distraído com a lereia do papagaio que remoía a cantiguinha violeira – composta com certeza por ele mesmo, o pândego!...

De costas para ele, quase esbarrando nele, a Ritinha soprava o fogo. Apertada, a cozinha, mal chegando para os dois. A moça dobrava o corpo para a frente, agachava-se, levantava-se, agachava-se de novo. Soprava, tomava fôlego, soprava... Mãos nos joelhos, o movimento do corpo fazia subir a saia. Nunca prestara muita atenção à mulatinha. Quantos anos? Dezessete, dezoito... No ano passado, parara pouco na Vila e não fora até ao rancho. Mas o Gerôncio estivera com a Rosa e a filha na venda do Jorge Turco: meninota ainda, lembrava-se bem dela... Como encorpara, de repente, a Ritinha! As coxas, grossas, de um roxo desmaiado de nódoa de jenipapo; as ancas crescidas, esticando com força o pano da saia; os seios também, as pontas já puindo, com o duro roçar, o ralo da fazenda da blusinha apertada. Força de mulher completando-se – broto de planta que, ao nascer, rasga tudo, semente e chão.

Ritinha andava, agora, apanhando coisas. Pisava com os pés descalços a terra socada da cozinha, num rijo sacudir de carne roxa, roxa e nova, ainda de vez... Aquelas esteiras de taquara que dividiam os quartos de dormir... – o deputado lembrou-se delas. Apenas aquele tabique ralo, a meia altura do rancho, separava as noites de Gerôncio e Rosa das noites de Ritinha. O que se dizia num quarto, o mesmo que ser dito no outro... E nem sempre o Gerôncio ficaria vigiando as linhas-largas e fisgando peixe. O frio do sereno faria o negro sentir saudades do corpo quente da sua Rosa. Subiria o rio, remando forte. E Ritinha acordaria com a palha de milho indiscreta do colchão... suspiros atravessavam a espaçada malha do trançado de bambu – suspiros, risadinhas...

Paulo espantou aqueles pensamentos. Entrava na cozinha o Gerôncio com os outros companheiros. A filha serviu o café forte e amargo.

– Mais uma xícara, Ritinha – pediu Paulo. – Olhe: vou ver se lhe arranjo um noivo: bem que você merece.

A moça morria de acanhamento, mas o Gerôncio era um pai sem seca. Deu risada e foi dizendo:

– Arranje mesmo o moço, doutor. Já sou seu parente no nome e viro também seu compadre. Padrinho a Rita já tem... Só falta o noivo.

Paulo tirou a carteira e escolheu uma nota das grandes:

– Tome, Ritinha, compre um vestido novo. Nesse você não está cabendo mais...

E foi saindo da cozinha, com aquela sem-cerimônia de sempre, sem se despedir. Chamou:

– Vamos embora, pessoal. Daqui ao Carrapato é chão que não é vida!

Na outra margem do rio Urucanã, mudava a paisagem: tira estreita de mato ralo, sinal de terra inferior.

– Repare, tio Aurélio: a margem de cá é menos fértil do que a direita. Na maioria dos rios que conhecemos, a margem esquerda é sempre mais rica em terras de cultura. Já parafusei a cabeça, inventei explicações, mas até hoje nem eu nem ninguém descobriu a razão da coisa. Talvez que noutras zonas isso não aconteça. Mas por onde eu tenho andado, é sempre assim.

Atravessavam, agora, o varjão. Seca braba, mesmo: não obstante a chuva e o terreno plano, sem escoamento, raras as poças-d'água. A chatice da várzea imensa chamava o sono. Paulo reagia:

– Passe um cigarrão de palha, tio. Grosso, forte... – de manhã sou imprestável...

Forçava o assunto:

– O pessoal foi correto na questão do caixa. Mas rendeu meio pouco, João Soares...

– Um nadinha, doutor Paulo... Com os vinte contos que o senhor prometeu, a coisa não chega a sessenta... Dos candidatos a vereador a gente não pode esperar nada: eles já têm as suas despesas com a qualificação, e nessas horas o povo explora mesmo – um ajutório aqui, um abono ali, um dinheirinho emprestado... O senhor tem que falar com o doutor Bernardino – nós damos apoio a ele para deputado estadual, mas com essa condição...

– É claro. O Bernardino tem de entrar também com vinte – aqui, em Ipê-Guaçu e em São Benevenuto; o mesmo que eu... E o vice-prefeito? O quê que você resolveu?

– Pensei no Bento Correia, no Nélson, no Jeová... – em gente que possa ajudar um pouco nas despesas. O Bento, com essa história do Haraldo envolvido com o Betico nas duas mortes dos peões do Sinhô Mariano, acaba tirando o corpo... O Nélson, não sei... vai depender da conversa do senhor com ele. Tem o Jeová; meio fraco, mas serve... Em último caso, a gente lança o seu Horácio: não tem onde parar em pé, mas pelo menos goza de prestígio, conhece todo mundo, pessoa serviçal... Mas, sem dinheiro, é perder na certa – com menos de duzentos contos a gente não toca essa política da Vila dos Confins...

– Tudo isso, João Soares?

– De que é que o senhor está se espantando? Faça as contas: qualificação, as viagens a Santa Rita para arrumar os títulos, churrasco nos pontos de entrega quando o juiz ou o escrivão vier com eles prontos... Os envelopes e as cédulas, tudo isso a gente é que tem de fornecer... E no dia? No mínimo doze caminhões a seis, sete contos, o senhor vai ver... E o quartel? E os cabos?

João Soares não se iludia. A luta contra o Chico Belo ia ser difícil: o coronel era vaidoso, rico – podia gastar à vontade. Dinheiro não faltava também aos Rochas, tão interessados naquela eleição como o próprio Chico Belo, ou mais ainda, por causa da candidatura do doutor Osmírio a deputado estadual. Algum candidato a federal, também – ou o Azambuja ou outro qualquer – a entrar com a sua cota... E o governo! Esse, então, valia muito mais que todo o dinheiro do Chico Belo, dos Rochas, dos candidatos a deputado: o Alcindo a cometer os maiores abusos na Coletoria; o delegado militar – mais hoje mais amanhã, o homem apareceria com o destacamento – as nomeações, o intendente a manobrar como bem entendia o dinheiro dos impostos e as verbas do Estado e da União, o Juvêncio a controlar, como juiz de paz, todo o movimento eleitoral no cartório... E a pressão, as ameaças, a jagunçada dos Belos...

O deputado não soubera responder à pergunta de João Soares: talvez até não dessem mesmo os duzentos contos... E onde arranjá-los? Nem sabia se o Bernardino iria concordar com a exigência dos vinte... O Jorge Turco, aquela choradeira, aquela dificuldade toda para assinar os dez... dele não sairia mais um tostão... E se o João Soares desistisse?

– É, a gente tem de dar um jeito qualquer – Paulo falou. – Vamos rodar o município todo, apelar para os amigos, procurar compensar a falta de dinheiro com um trabalho dobrado, de casa em casa, de eleitor a eleitor, se for preciso... Da minha parte, você sabe: tenho mais duas eleições para olhar – a de Ipê-Guaçu e a de São Benevenuto; mas largo essas outras e vou cuidar só da sua. Rodo este município, de fora a fora, luto, pelejo...

– Bom, se o senhor ficar... A gente apanha mais força, o pessoal se anima...

Criatura excelente, o João Soares: simples, concordado. Desde a sua primeira viagem à Vila dos Confins, Paulo simpatizara logo com ele. Estava sempre na venda, aparecia à noite para a conversa na cozinha do Jorge Turco... ele, o Antero, o Tinoco... depois, seu Horácio, seu Elias, o Jeová... Quando Paulo quebrara o braço – logo no segundo dia, naquele escorregão na barra do Pretinho – João Soares foi quem o acompanhou à farmacinha do Horácio, e bateu depois para Santa Rita atrás do médico. Trouxe e levou o doutor Bernardino, e ficou até ofendido quando Paulo falou em pagar a gasolina, pelo menos... E subiu o rio, de canoa, com os dois, Rufino e ele, até às Tabocas. Gerôncio, coitado, outro que não se despregou um minuto... Gente boa, a da Vila! Depois, veio a política. A segunda vez, Paulo voltou ao lugarejo candidato a deputado federal. Palpite que lhe dera: rever aquela meia dúzia de amigos que deixara na Vila, tentar fundar o diretório da União Cívica e arrancar ali pelo menos os seus oitenta, os seus cem votos. Passara em Santa Rita e encontrara o Bernardino já comprometido, mas que não se importou com o apoio do Antero e dos outros companheiros seus da Vila dos Confins. Ajudara até, escrevendo ao Antero. E os amigos não falharam: pouca coisa – quarenta e poucos votos... Mas sempre um bom começo. Voltara, depois de eleito: a Assembleia Legislativa do Estado votara a reforma administrativa e a criação de novos municípios. Vila dos Confins desligou-se de Santa Rita, bem como Ipê-Guaçu e São Benevenuto...

Aurélio cochilava. João Soares fumava, caladão, com aquele seu ar parado, meio triste, decerto pensando também na vida. Manhã sem graça, morna. Bicho nenhum, nenhum passarinho para alegrar a vista. Com aquela sequidão, andaria tudo pelas veredas das baixadas, no fresco dos varjões. Um paradeiro.

– Você sabe o que o Carrilho queria, João Soares?

– Não senhor, sei não. O que foi?

Paulo vinha adiando aquela conversa. Mas não havia outro jeito senão explicar o acontecido:

– O Carrilho vai ficar contra nós. Uma hora destas, adere ao Chico Belo... Imagine você: me apareceu ontem lá na venda, atrás dum particular comigo. Eu tinha acabado de almoçar quando ele chegou. Com certeza ficou rondando, esperando vocês saírem. Fomos para o quarto e ele começou rodeando toco: que se ia dando muito bem na Vila, estava até com uns planos de aumentar a farmácia, ampliar a sapataria... E rodeou, rodeou, até que me propôs arranjar para ele um diploma de dentista formado. No Rio, disse ele, sabia que se conseguiam diplomas até de médico. E que estava disposto a gastar uns cobres se o negócio fosse mesmo garantido... e que, "o senhor compreende", era preciso gratificar algum funcionário do Ministério, correr uma gorjetinha aqui, outra ali...

João Soares ouvia interessado:

– E o que foi que o senhor respondeu?

– Você sabe, João Soares... Não sou nenhum santo, mas há certas coisas que a gente tem de explicar com franqueza. Fui delicado com ele, falei que ele estava enganado, que já tinha havido muita bandalheira, muita certidão falsa de escolas fechadas pelo governo, que até eu mesmo sabia de muito doutor falsificado por aí, à custa de diplomas comprados assim. Mas que era coisa antiga, e que hoje não acontecia mais... E depois, expliquei para o Carrilho, a lei protege os práticos que trabalham em cidades onde não há formados. O caso dele, por exemplo, farmacêutico prático, e, entretanto, ninguém vinha bulir com ele... Podia abrir também um consultório de dentista...

– E daí?

– Pois não é que o Carrilho criou coragem com a minha delicadeza? Me disse que eu não estava bem informado, que o doutor Osmírio garantira arranjar o diploma; mas não queria ficar devendo favor ao Partido Liberal – estava disposto a trabalhar conosco. E que gastava também, ajudava na caixa do partido... E veio com a safadeza: o Jeová tinha um certificado da Secretaria, uma licença provisória; se ele, Carrilho, conseguisse o diploma, o Jeová perderia o direito... que o Jeová não era pessoa de confiança, e sim um espião do Chico Belo, um leva e traz... E piscava, e falava baixinho, olhando para os lados... O tipo do vigarista, com aquele terno de casimira e aqueles óculos!

– Esse sujeitinho nunca me entrou, doutor Paulo: sempre me cheirou a cabreiragens. E como foi que o senhor continuou com ele?

– João Soares, você não vai gostar muito da minha resposta. Eu tinha abusado do almoço, comido muito torresmo. Estava indisposto, o estômago ruim, a cabeça pesada. Quando vi que o Carrilho vinha com chantagem – ou eu arranjava o diploma ou ele se bandeava para o pessoal do Chico Belo – perdi a paciência. Depois, aquela maldade com o Jeová... companheiro nosso... Fechei a cara e só não lhe disse muito desaforo porque ele se borrou todo, pedindo desculpa. Caboclinho à toa!

Paulo, enquanto falava, ia vigiando o João Soares. O Carrilho, na farmácia, fizera relações. Com aquela lábia já teria engazopado muita gente, e era bem capaz de desviar um bom punhado de eleitores para o lado do Chico Belo. Numa hora daquelas, vesprando já a eleição...

Mas João Soares foi correto:

– O senhor fez muito bem, doutor Paulo. Vou-lhe dizer uma coisa, deputado: entrei nessa política por sua causa, e do meu lado a corda não arrebenta, não. Se for para perder, paciência.

Aurélio acordara com a conversa. Intrometeu-se:

– Pois eu acho que você devia ter tapeado o Carrilho, Paulo. Para consertar caboclo, só outra conversa de caboclo. Aquilo é cobra, menino: conheço esse povinho de olho gateado e cabelo ruim. Escute o que estou dizendo: esse tal de José Carrilho ainda vai nos dar um trabalhão!

O Carrapato apareceu de repente, brotado no meio do cerrado ralo. Uma, duas casas de telha. O resto, rancharia miúda de coqueiro buriti.

Nenzinho bateu na capota de aço da camioneta:

– É aquela casa ali, doutor. Às direitas – aquela com o cachorro na porta.

6

Se a Vila dos Confins dava aquela primeira impressão de pobreza, o Carrapato lembrava miséria e abandono. Difícil topar, naquele fim de mundo deserto, coisa mais triste e mais sem vida.

O sol caía de ponta, brutal. Entorpecia e queimava tudo. A areia era polvilho de espelho socado no pilão. O ar, a gente podia vê-lo mover-se – lesma amarela, quente, pegajosa, a arrastar-se por sobre as ruas e telhados.

O deputado passou pelo cachorro deitado à porta da casa do Nenzinho. Todos os outros passaram, passou o dono também – e o pobre continuou fundido ali na areia borralhenta. Mal abriu e azarolhou os olhos embaçados, e meio arregaçou as pelancas da boca. Mas antes não tentasse sorrir: comentário cruel, o do Aurélio:

– Que cara de besta esse cachorro tem!

Paulo arriou-se no duro banco de jacarandá. A dor de cabeça apertava – em cima dos olhos e no começo da nuca. Ele sabia o que era: os goles exagerados da cachaça da véspera, no rio; e muito cigarro.

– Esta é a Alzira, doutor, a patroa...

Levantou-se para cumprimentar, e sentou-se de novo. O movimento balançara a dor dentro da cabeça, agora latejante.

– O senhor me dá licença, deputado. Vou reunir o pessoal...

Nenzinho falara e saíra para a rua. A mulher, calada, olhos fincados no chão; o Aurélio e o João Soares, cansados, sem assunto.

Pela janela aberta, Paulo via a rua: a fieira dos ranchos morria na cerca de pau roliço, tocos deitados, arrumados mal e mal. Pássaros... Não, aquilo nada tinha que ver com passarinho. Dois anuns agourentos, isto sim, trepados na caveira de boi fincada no moirão alto da porteira. A caveira estava ali para espantar a peste e o mau olhado; mas aquelas duas assombrações – pretos os olhos, preto o bico, cabeça, asas, pés, tudo, tudo preto – inutilizavam o exorcismo. Fiasco de caveira: piavam agora os dois agourentos, como que chamando pela morte, perdidos de saudades dela. Não, anum não era passarinho: assombração mesmo, como os morcegos. Encostados à cerca, os bois de carro cumpriam castigo, atrelados dois a dois, muda fila imóvel em frente ao cargueiro de sal; babavam, babavam... – quem sabe se a baba apagava o fogo que lhes subia pelas pernas, vindo do braseiro do chão!

Nenzinho convidava o povo do Carrapato. Entrava nos ranchos e saía acompanhado. Às portas e janelas, o mulherio olhava.

– Seu Quincão, deputado – o Nenzinho apresentou – seu Candinho, seu Tataco, seu Iziquia...

A cabeça estalava. O movimento de levantar-se e sentar-se balançava a dor, dor pesada, agora, em cima das sobrancelhas e no começo da nuca. O jeito era ficar imóvel, cabeça encostada à parede, os olhos fechados. Nenzinho queria ir logo mostrar o terreno da escola, doado pelo seu Quincão.

– Agora não, Nenzinho, espere um pouco... Você não tem aí um comprimido qualquer? Me deu uma dor, de repente...

Olhos cerrados, de novo. Mas sabia que não poderia ficar muito tempo assim. Tinha de conversar, de prestar atenção às visitas. Viera ali ao Carrapato exatamente para isto: para ver o terreno, ficar conhecendo o pessoal, reforçar a candidatura do João Soares... Por que é que o estafermo do tio, tão prosa em certas horas, não conversava por ele, não esquentava o assunto, até que a dor de cabeça passasse? Impressão ruim iam ter dele; político orgulhoso, iam dizer. Seu Quincão esperava, seu Candinho, seu Tataco, seu Iziquia, aquele outro magrinho que chegava – atrasado decerto pelo enfiar da botina nova e pela laçada da gravata dum amarelo horrível – todos esperavam. Haveria discurso? Não, graças a Deus: não vira farmacêutico nem professora nenhuma. Chegaria mais gente? Também não: apenas o sol multiplicando-se em cada um dos grãos de malacacheta moída da areia da rua, para mais abrasar, mais centelhar, mais castigar. E, bem em frente à janela, os guarda-chuvas invertidos das folhas secas do mamoeiro, o pendurado frouxo da meia dúzia de mamões encardidos – pelancudos que nem peitos de índia velha. Será que o pamonha do Aurélio não percebia que era preciso conversar, inventar um assunto? Não, o tio compreendera: raspava a garganta, chamando a atenção da sala:

– Minha senhora, sem querer ser intrometido, qual é mesmo o seu sobrenome? O nome da sua família?

A resposta veio do chão:

– Severino...

Paulo abriu os olhos, espantado. Só podia ser mesmo o tio, a sacudir-se naquela risada de rapariga de soldado:

– Quiá, quiá, quiá... Eu sabia! Fui vendo, fui dizendo: – "Severino, Severino das legítimas!" O jeito de olhar, Paulo, a testa saliente... Nossa parenta, menino! Uma prima aqui no Carrapato!

– Sou Severino lá das bandas da Água Emendada... – completou dona Alzira.

– Severino do tronco do tio Honório! O velho esparramou um familião, lá na mata da Gronga. Sim, senhora, prima Alzira, você é próxima. Pequeneza de mundo: gente nossa, Paulo, nesse sertão dos Confins!

Nenzinho e Alzira não sabiam onde pôr as mãos:

– Não diga!... vejam só... que coisa!

João Soares percebeu o mal-estar:

– O senhor não está passando bem, deputado. Não melhorou com o comprimido?

– Coisa sem importância, não é nada, não. Muito cigarro, e bebi um pouco demais ontem...

– Às vezes um pouco de macela, uma dose boa de losna... – sugeriu o magrinho de gravata amarela.

Foram para a cozinha. Dona Alzira conversava:

– Nenzinho me fez traição. Onde já se viu: nem para avisar da chegada de vocês... O almoço vai ser de improviso...

– Para mim, um pouquinho só de leite azedo, se a senhora tiver – pediu Paulo. – Talvez seja mesmo o estômago... e leite azedo me faz bem.

E olhava para o tio, que, feliz, chupava alto o seu prato de leite com farinha de milho, onde amassara a fatia grossa de marmelada. Severino... mata da Gronga... tio Honório. Parenta próxima... testa saliente... o jeito de olhar... Deslambido, o velho! Barbaridade de parentesco, inventado só para puxar assunto!

Um bater aflito de asas chamou a atenção do deputado. Era o frango índio, com o talho fundo no pescoço de penas arrancadas, pingando sangue no prato de folha. A crista branca, descarnada, as pernas ainda pedalando soltas... Frango ao molho pardo! Não havia escapatória: teria mesmo de aguentar aquele horror do Carrapato até à tardinha...

O estômago, com toda certeza: ânsia de vômito que subia, queimando o peito, amargando a garganta. Ânsia e tonteira: o povo todo da cozinha rodava – o carão vermelho do tio Aurélio (pusera os óculos, o ladrão, para melhor chupar o seu leite com farinha!), o tal de seu Iziquia, o de paletó preto de casimira, o seu Quincão, o seu Tataco, o magricela de gravata de abóbora, Nenzinho, prima Alzira, João Soares... Chegara mais gente: o novato falante e um negrão alto, descalço, camisa vendendo farinha. Tudo rodava... Passara a ânsia, só a cabeça estalando... Nossa! O capetão sapateava no cocuruto da cabeça, pulava da nuca para a sobrancelha, num pulo só. Não, não era apenas um: eram muitos os demônios – demônios machos, demônios fêmeas; e se agarravam, casais trocando-se, derrubando-se: bêbados, bêbados, a fazerem desatinos por cima da fofice dos miolos. Rápidos: espojavam-se, esfregavam-se, e daquela sem-vergonheira nasciam enxames de capetinhas – já de rabo, já peludinhos, de chifre e fogo nos olhos. Por isso, o zumbido de abelha arapuá nos ouvidos. O corpo inteiro, agora – a capetada descera pelas veias, talvez pelos corrimãos dos nervos – as costas, as pernas, as solas dos pés: tudo pegando fogo... O sangue queimava, corria em labaredas... tudo ardia, estralava, sacudia, ameaçando desabar. Bombeiros, bombeiros! O tio Aurélio, de capacete, de óculos, mangueira comprida na mão; João Soares, seu Iziquia, seu Candinho... O novato, sempre falante, dava ordens, comandava: – "Água benta, gente! Água benta!" Água benta, fria, gelada! escorrendo pelos cabelos, pela cara, pelas costas. Friagem de gelo – mas os demônios fugiam! A cozinha, de novo: giravam todos da esquerda para a direita – devagar, no começo, mas a velocidade aumentava, aumentava, até que as caras se confundiam. Depois, corriam ao contrário: o negro descalço, prima Alzira, João Soares... um velho, agora, acompanhado da moça morena de cabelos pretos, compridos... Fogo, água benta, fogo, água fria. E tudo começando a ficar mais vermelho: primeiro, da cor de sangue de passarinho; depois, cor de sangue de boi; por último, cor de sangue coalhado. E girando de baixo para cima: todo mundo de ponta-cabeça, sem cair: as panelas, o leite, o requeijão – até o frango índio de pescoço pelado, e o prato cheio de vinagre e sangue. Força centrífuga. A tal que segurava as motocicletas no globo do circo, quando ficavam de rodas para cima. Por que é que a saia da Alzira continuava descida até os pés, ela pendurada daquele jeito? E a da moça morena, de cabelos pretos e compridos? Bonita, bonita... coxas bonitas também, grossas, cor de chocolate... Que pena! – as saias não emborcavam, como deviam; os cabelos compridos, também não... – "Água benta! – gritava o novato. – Água benta!"... De repente, tudo acabou. Escuridão.

Quando tio Aurélio gritou, já era tarde: o sobrinho caía de lado, as costas perdidas do apoio da quina do assento. O corpo escorregou e rolou, e Paulo despencou-se de bruços, batendo com a cara no chão de terra da cozinha.

Mormaço. Entrando por toda parte, pelas frinchas da janela e pelo vão do telhado; até dos tijolos rejuntados do chão subiam nuvens de quentura. Um forno.

Janela fechada para não entrar o sol. Bobagem: o sol entrava pelas frestas das telhas em canudos redondos de farolete. E, dentro deles, a fumaça da cozinha vinha brincar de virar cambota com os fiapos de poeira.

Do buraquinho de prego da folha da janela vinha o corisco de sol: fininho no começo, ia engrossando, engrossando, até bater na parede. Se viesse de topo, a marca de luz seria redonda; mas vinha oblíquo, e morria em elipse. Exatamente onde estava o dragão: bicho feio, cruz-credo! Cabeça de cobra, corpo de jacaré, asas de morcego. E botando fogaréu pela boca escancarada. São Jorge, esse, sim: de armadura, espada na mão, olhar sereno. Beleza de moço! Olhavam para a gente – ele, o dragão e o cavalo: parece até que posando para retrato.

O marimbondo-tatu vinha e voltava. Preto, lustroso – helicóptero de luxo. Dava giros macios por sobre a cama, largos e altos, decerto estranhando gente deitada a uma hora daquelas. Não evitava os jatos antiaéreos dos holofotes de sol; até gostava, porque se demorava por dentro deles, exibindo as guarnições de ouro e prata. Entrava e saía, passando sempre pelo mesmo túnel da telha do beiral.

Lá fora o sol já descia, porque o canudo de luz trepava pela parede, fazendo panca com o apoio no buraquinho da janela. Devagar, mas subia: a elipse dourava, agora, a cabeça do cavalo branco de São Jorge.

A febre – quanto tempo duraria? Tio Aurélio achava que só por haver viajado pelo sertão entendia de tudo: – "Vocês vão ver: é mesmo aquela maleita do rio Verde – voltou complicada com fígado e baço..." Um bom velho, coitado, bom amigo... Maneiroso, um diplomata! Amizade antiga, a dos dois: agarramento que vinha desde os tempos de menino. Se tio Aurélio vivia sempre fora, sempre longe, buscando boi no pantanal, um belo dia chegava... E trazia presentes, casos, histórias. Triste era quando o tio ia embora de novo. No curral grande da fazenda, o apresto da comitiva: peões chegando com os surrões e a tralha da viagem – as bruacas de couro cru, redes e mantas, buçais, cangalhas, testeiras, a arreata luxenta do capataz; eram os berrantes de chifre de boi curraleiro, os guampos de cachaça, as mantas do famoso charque da Bagagem... Tia Maroca e as meninas no alpendrão da fazenda; os filhos-homens, os meninos-homens, de arrocho na mão, ajudando: apertar cargas, carregar corotes e rosários de ferraduras, afivelar barrigueiras. Paulo é quem cuidava da bagagem do tio: sela vistosa de guarnição de prata, a capanga de sola trabalhada, a cuia filetada de ouro; a carabina papo-amarelo, lustrosa de óleo, a cartucheira; ele mesmo batia os suadouros, dobrava e amarrava o pala de seda, a capa gaúcha de lã, a rede cuiabana. E morria de inveja da Rosarita, enquanto lhe botava o freio, lhe alisava a tábua do pescoço, escovava-lhe a crina tosada de pouco. – "Minha faca, seu Bertoldo! Paraguaia ou boliviana!" – sempre tinha encomendas para fazer. Ventinho frio da madrugada, cheiro morno dos animais desinquietos, bicudos e curiós algazarrando no ror de gaiolas penduradas no alpendrão. A besta Rosarita fora comprada no Funil: mal-inclinada, doida por aquelas aventuras, decerto, igualzinha ao tio. Um dia perguntara o porquê daquele nome de moça na mula ruana; o tio respondeu com cara de sem-vergonha: – "*Recuerdos*... quando você for homem, eu lhe conto essa passagem..." Tia Maroca, já curtida – todo ano era aquilo – e no entanto não passava sem um chorinho sentido na hora da despedida. Tudo pronto, tio Aurélio montava: bombachas ponteadas a favo de abelha, a guaiaca larga, de couro de cervo e fivela prateada, o punhal no cano da bota. Rosarita atravessava o curral de pedras a trote esperto, acompanhada do Festejo, burro mestre do Bertoldo Capataz. Tudo ia embora – tio Aurélio, Rosarita, a mula velha Realeza... essa, coitada, sempre triste, sempre triste, a cincerrar lamentosa, madrinha, dianteira de todos... – "Bênção, tio!" Tio Aurélio ia embora, e Paulo ficava, muito tempo ainda, chorando escondido, debruçado no moirão da porteira grande. Como era comprida a estrada boiadeira! Como tardava a sumir do coração do menino o soluço fininho, tristinho – choro de gente velha – do cincerro longe da Realeza! – "Deus te guie, minha mula Realeza, velha madrinha de tropa! Vai com todas as tuas caduquices, as tuas implicâncias, as tuas faltas de paciência! Mas leva também a tua experiência, os teus conselhos, a tua sabedoria... E não demores muito, não, volta depressa, pelo amor de Deus, que eu já morro de saudades do meu tio Aurélio..."

A terçã maligna. Quando pegava, pegava mesmo. Seria nova, ou repiquete daquela do rio Verde?

Desconfiada, vasqueira, a lagartixa apontou a cabecinha de feto de jacaré por cima da tesoura do telhado. Encompridou o pescoço, parou. Os olhinhos estufados eram dois grãozinhos graúdos de chumbo de caça. Olhou, olhou, mascando fumo – velhota de óculos escuros, grã-fina, resmunguenta, atravessa-não-atravessa a esquina de muito tráfego;

avançou mais um passo desconjuntadozinho, mais outro – quietou. Imóvel, agora: manequim de vitrina, pescoço entortado, fixando um ponto só. Miséria de cama quente, pegajosa, o suor peguento também, que nem escorrer escorria, grudado nos cabelos, na cara, no pescoço. Nem uma conversa boa, para ajudar a curtir a desgraçada da maleita, encurtar o dia calorento, abafado. O Aurélio e o João Soares, esses tinham voltado à Vila, de lá iam a Santa Rita, atrás do Bernardino. Quando tornou do desmaio, já foi na cama do Nenzinho, aquela caipirada toda olhando para ele, tudo com cara de besta. O dentuço de cabelo espantado, o tal conversador que não parava, não começava uma frase sem o rabinho dum "mas porém": – "Mas porém um chá bem esperto de poejo..." "Mas porém uma lavagem de água fervida com um tico de sal e azeite de mamona..." Seu Iziquia achava também que era congestão: se tivessem poaia... – "Solitária às vezes derruba uma pessoa de repente – 'cês não viram o Misael, no mutirão do Borgico?" O jeito era botar aquele povo para fora do quarto, fingir que estava dormindo, aguentar sozinho os trancos da tremedeira, os ameaços de vômito, o fogo do febrão. Povão na cozinha, até menino dava de empurrar a porta do quarto, vir olhar para dentro...

A lagartixinha pendurara-se no pau roliço do telhado, inteiramente virada de lombo para baixo. Que é que a segurava ali? Pescoço espichado por cima das costas, dobrado em esquadria com o resto do corpo. Mascou, mascou, assuntou, assuntou – correu! Lá vai ela, remexendo-se toda. Ah! por isso é que tinham botado aquele apelido na Francisca do seu Gonçalves do Correio: Chiquinha Lagartixa! Espertinha, velhaca, olhinhos estufados, sonsos; corpinho miúdo, mas solto, jeitoso... As corredeiras de lá não davam dourado, nem caranha, nem tabarana que prestasse: pescaria de sondeiro só, muito mandi-prata, um ou outro jauzinho mambembe. Mas o Rufino deu de frequentar as Perobas, hospedando-se em casa do Gonçalves, sempre achando uma desculpa para não ir ao rio e ficar proseando na agência, discutindo política, a Chiquinha toda hora trazendo café, biscoitinhos. A turma desconfiou, caiu na cola, atormentou a vida do Rufino...

O broto de sol pousava agora na cabeça de São Jorge. Um santo mesmo, ainda mais com aquela auréola. Por isso é que o dragão – com todas as suas garras de onça-tigre e casco de jacaré e rabo de dinossauro e mais língua de cobra – fora vencido pelo cavaleiro de cabelo louro anelado e cara de moça. Brigar com anjo... – aquele o resultado: ali estava ele de prancha, com o macho ruço e vistoso piscando-lhe no casculho serrotado do pescoço.

Recaída? Será? Que manuel-recaída, coisa nenhuma! Maleita da nova, terçã maligna das legítimas, apanhada no rio do Chumbo, quando atravessara o porto dos Patos na balsa do Zé Teresa. Hora propícia, escurecendo: pernilongo que não acabava mais. Lugar feioso, de água parada nos caldeirões de pedra do barranco. A mesma maleita braba que inchava a barriga de Zé Teresa e lhe chupava os olhos; a mesma desgraça que comia aos poucos o balseiro, a mulher dele, a filharada do pobre. E que derrubava, também, todo peão desprevenido que passasse na balsa, de tardinha: hora em que os mosquitos cantavam – coro bonitinho, só de zês e de esses – festejando a chegada da noite.

Maleita, doença maldita: batia no pobre, na hora dos acessos, que nem capataz exemplando ladrão de cavalo – tunda de fueiro e de laço, sova demorada, debaixo do sol, o infeliz amarrado no tronco. Nas costas e na nuca, o porrete a cantar: – "Toma, ladrão, aprende a carregar com criação alheia!" E, depois da surra, o pior: largado ao sol, vinham as varejeiras e lava-pés cevar-se no couro lanhado de talhos e vergões do desinfeliz. Maleita... Passava o acesso, a febre se ia, mas sobrava a moleza geral; e o suor – frio, gosmento, cheirando a defunto. Será que sarava? Uma porção de remédios novos, diz que sarava, problema resolvido. Mas, e o Lobo? Lá estava o pobre: de bengala, a arrastar os pés, amarelo de dar pena; sempre de cachecol, a barriga crescendo, os braços se espichando, um orvalhado de gotinhas de suor embirrado na careca. E banguela: um dentão só, o de ouro, na gengiva de cima, a língua sarrosa, branquicenta. Homem novo ainda, a mulherzinha nova, até bonitinha, a Teresa. Arranjara a aposentadoria, arranjara; mas um triste fim de vida, conto e pouco só por mês, os meninos pequenos ainda... Será que a sua, a dele mesmo, de Paulo, sarava? O doutor Bernardino ia chegar, trazer injeções. Política! Não mexia mais com aquela droga. O que ganhava, lá se ia: os subsídios, a retirada de diretor do banco... E as dívidas aumentavam! O João Soares que se afomentasse, o Antero que aguentasse com o rojão do Chico Belo. O importante era a saúde: acabar como o Lobo, amarelo daquele jeito, de chinelos o dia inteiro, arrastando os pés pela casa? Pois sim!

A elipse de sol arredondara-se de vez, que o holofote entrava de topo, perpendicular à parede. Era atrás da rodela de luz que andava a lagartixa. A sonsa, mascava, mascava, os olhinhos estufados, fixos: estava hipnotizando quanto mosquito pousasse ali, atraído pelo clarão e quentura do sol... – velhaca, monstrinha... Entrava e saía, zunindo, macio, o bonitão do marimbondo-tatu.

O deputado Paulo Santos curtia a febre. E sonhava, e acordava, e delirava, e acordava outra vez. Só aquilo podia fazer: outra coisa não lhe permitia a desgraçada da terçã maligna do rio do Chumbo.

7

O DEPUTADO PASSOU A MÃO ÚMIDA pelo rosto quente. A barba grande, a cabeça pesada e dolorida. Um molambo.

Que feio fizera: desmaiar daquele jeito!... Decerto se babara todo, dissera inconveniências. O Carrapato inteiro sabia da novidade: o deputado teve um acesso, desacordou... congestão, solitária... – já havia palpitado aquele povo da cozinha; talvez até outras doenças piores andavam inventando agora para ele... Maleita dava em todo mundo e ninguém sofria vertigens por causa dela. Estrebuchara também, com certeza: igualzinho ao frango índio de pescoço cortado, roncando o mesmo glu-glu feio e gosmento. Teria vomitado, perto das visitas, perto daquela moça bonitona, de cabelos compridos?

Precisava de um banho: banho frio, de chuveiro. Chuveiro, não: banho de bica, bica de monjolo, feito aquela da fazenda do João Geraldo, na Estiva – mundo de água que quase derrubava e afogava a gente, que lavava até a alma. Sair do mofo grudento da cama, fedido a cesta de roupa suja; botar um pijama limpinho, desses bem usados, velhos, puídos e remendados nas costas. Respirar, respirar, fugir do abafadiço e do escuro...

Gente boa, Nenzinho e Alzira: carregaram-no para a cama de casal, deitaram-no, forraram-lhe a cabeça com os travesseiros deles. Ali é que o Nenzinho dormia com a sua Alzira: ali conversavam de noite, faziam os seus planos, amavam-se em silêncio e com respeito. Amor de lamparina apagada, no escuro, pois São Jorge vigiava do quadro da parede, olhos abertos e espada na mão.

Viagem perdida. Podia ter aproveitado o tempo, conversado com os amigos do Nenzinho, passado em uma ou outra casa, tomado café com eles. Na corruptela de tão pouca gente, cinco ou seis eleitores faziam diferença; e, se já estivessem comprometidos com o Chico Belo para as próximas eleições, pelo menos não se esqueceriam do deputado atencioso que visitara o Carrapato, proseara com todo mundo, entrara no humilde ranchinho deles, sem vexame nenhum; e nas outras, nas eleições gerais, podiam – quem sabe? – quebrar a chapa do Partido Liberal, reservar uns votinhos de simpatia... Ainda se o Aurélio tivesse ficado, para fazer sala, conversar, tomar nota dos nomes das visitas... Maneiroso, o tio: esquentava qualquer prosa, fazia logo intimidade, e anotava tudo na memória excelente, conservada; bancava, depois, o nomenclador... Uns artistas, os políticos de antigamente! Os romanos, então, eram mestres: em vésperas de eleição, os candidatos saíam pelas ruas acompanhados pelos tais nomencladores, escravos de cabeça boa que iam lembrando aos senhores os nomes, as profissões, as minuciazinhas todas que podiam agradar aos eleitores topados em caminho... O tio era assim. A história do parentesco com a Alzira fora invenção dele, para puxar assunto. Que mal havia? O tal de tio Honório, Aurélio inventara-o bem remoto, irmão do bisavô – e irmão apenas por parte de pai; botara-o nos cafundós da mata da Gronga, a mais de quinhentas léguas de distância, a fazer e esparramar família pela redondeza... Prima Alzira – o deputado resolveu: iria chamá-la também assim. Nada de dona, nada de senhor. Ela cuidara dele, ficara a seu lado na hora da crise, emprestara-lhe a cama...

João Soares estava com a razão: política só se ganha com muito dinheiro. A começar pelo alistamento, que é trabalhoso e caro: tem-se de ir atrás de eleitor por eleitor, convencê-los a se alistarem, e ensinar tudo, até a copiar o requerimento. Cabo de enxada engrossa as mãos – e o sedenho das rédeas, o laço de couro cru, machado e foice também. Caneta e lápis são ferramentas muito delicadas. A lida é outra: labuta pesada, de sol a sol, nos campos e nos currais. É marcar bezerro, é curar bicheira, é rachar pau de cerca, é esticar arame farpado; roçar invernada, arar chão, capinar, colher... E quem perdeu tempo com leitura e escrita, em menino, acaba logo esquecendo-se do pouco que aprendeu. Ler o quê? Escrever o quê? Mas agora é preciso: a eleição vem aí, e o título de eleitor rende a estima do patrão, a gente vira pessoa. Acontece, também, que Pé-de-Meia não quer saber de histórias: é cabo eleitoral alistador de gente, pago por cabeça, e tem de mostrar serviço. Primeiro, a conversa pacienciosa, amaciando o terreno; a luta, depois: – "Minha vista anda que é uma barbaridade. E de uns tempos para cá, apanhei uma tremedeira que a mão não me para mais quieta..." O novato sua, desiste: – "Vai não, Pé-de-Meia." Mas o cabo é jeitoso: não força, não insiste – espera. Tempo só de passar a gastura que a caneta sempre dá no principiante. Tão fácil... – o requerimento já está pronto, rascunhado no papel almaço a lápis fininho, macio de apagar: "João Francisco de Oliveira, abaixo assinado, brasileiro, residente..." Depois do jantar, já menos afadigado, João Francisco tenta de novo. A mulher está perto, os filhos também. O roceiro lavou as mãos, a lamparina queima claridade dobrada, de bom pavio novo. Repega no servicinho: – "Sai da frente da luz, menino! Me dá um copo de água, ô Cota. Qual... minha vista não presta mesmo mais não. Besteira teimar..." Pé-de-Meia não deixa afrouxar o embalo: – "Me dá licença, seu João." E pega no mãozão cascudo, pesado tal um caminhão de tora. Vai choferando a bicha, para cima e para baixo, caminhando com ela por sobre o papel; o rasto fica: primeiro, a foice espigada do jota; depois, a laçada bamba do ó; em seguida, mais duas voltas grandes, repassadas e atreladas uma à outra. Mas ainda falta o remate: o urubuzinho do til que Pé-de-Meia fez João Francisco desenhar, bem saliente, por cima do primeiro trecho da tremida assinatura. – "Já varamos um bom eito. Vamos descansar um pouco: ainda falta o *Francisco*, falta o *de Oliveira*..." Não é fácil, não senhor, leva tempo. Mas aos poucos João Francisco aprende a relaxar a mão, descobre que não carece de fazer tanta força, já não molha de suor o papel. Animal bom de sela, agora, maneiro de queixo e ligeiro de rédea, a mão passeia pela dúzia e tanto dos trechos alinhados, um sob o outro, no comprido requerimento.

Quando o caboclo é ruim de ensino, Pé-de-Meia é quem enche todo o papel, borrando-o de propósito, errando de velhaco, completando um perfeito e indiscutível requerimento de eleitor da roça. Mas, quando o cujo é jeitoso da moda do João Francisco, Pé-de-Meia prefere carregar-lhe a mão durante o serviço todo – do "Exmo. Sr. Dr. Juiz de Direito" até o "P. D." que precede a assinatura. A lamparina clareia forte; a mulher, os meninos estão debruçados à mesa, em silêncio. A pena ringe alto, mas risca bem grosso, bonito... Pelo meio do caminho, já dono de si, João Francisco acha até de conversar, para mostrar desembaraço: – "Este é que é o tal de gê? Gostei dele: uma simpatia de letra!" Precioso, o Pé-de-Meia: – "Pois está ficando um serviço de gente, seu João. O senhor até que tem jeito – um letraço! O juiz vai gostar. Agora, treine bem a assinatura – olhe, vou deixar a lápis umas cinco ou seis amostras – que tem ainda o recibo do título e o dia da eleição. Vamos ver agora a patroa. Dê um quinau nele, dona Cota!" Só que Pé-de-Meia não é um nada adiantado: dirige-se antes ao marido: – "Com sua licença, seu João. Me deixe ajudar um pouco a dona Cota. Me empreste a sua mão, minha senhora. Aperte bem a caneta... isto!"

João Soares estava com a razão. Eleição custa dinheiro. Um cabo eleitoral prático assim como o Pé-de-Meia garantia o serviço, mas cobrava vinte mil-réis por cabeça. E as despesas não ficavam nisso: poucos são os registrados, e cumpre fazer o registro; se o eleitor nasceu ou casou fora do município, tem-se de mandar buscar a certidão por um positivo de confiança. E lá se vai um dinheirão! Depois, a entrega dos títulos. Boia e pagode. E condução para muita gente – roceiro, quando viaja, carrega a família toda. A fila em frente do juiz se reveza, e isso custa mais um ajutório ao Pé-de-Meia, cuja presença o eleitor exige para assisti-lo na hora de passar o recibo. Lá está ele, botando coragem no povo: – "Não se afobe, capriche. Você está implicado à toa com o efe – a letra é facinha. Se não decorou direito a voltinha, deixe: o juiz não repara, não..."

Pé-de-Meia entrou no quarto para ser apresentado ao doutor Paulo:

– Estava de caminho para o das-Neves quando topei com o João Soares e o tio do senhor, e vim na carreira para conhecer o chefe...

– Pois muito prazer, Pé-de-Meia. João Soares já me falou no senhor, conheço-o muito de nome... E o serviço?

– Rendendo, doutor. Me chamaram muito no afobo da hora; pessoal muito espalhado demais... Com tempo, a gente catava bem uns mil.

– E os outros? Estão qualificando também?

– Os liberais? Se começaram, é coisa de poucos dias. Ainda não topei com o rasto de nenhum deles.

Bom sinal. Pelo menos na qualificação o João Soares levava vantagem. Mas era muito pouco um homem só naquele serviço. Precisava de pedir mais um cabo daqueles ao Bernardino. Falou com jeito, para não enciumar o outro:

– Quem sabe se a gente podia arrumar um ajudante para o senhor... outra pessoa prática para trabalhar sob suas ordens...

Pé-de-Meia coçou o queixo e pôs um importante pensar na carinha de cutia espantada. Pensar bem pensado, que ele demorou a responder:

– Para um empreito assim, tinha de ser pessoa que não agoe fácil... um companheiro roge... Não é com qualquer engambelo que a gente adoça esse povo do sertão – mas, comigo administrando...

Não, Paulo não suportava mais o abafamento daquele quarto sem ar. A boca visguenta, amargosa, a preguiça de conversar, de pensar na proposta a fazer ao Pé-de-Meia. Antipatia do próprio sujeitinho metido a importante, antipatia do Nenzinho, do Carrapato, do pessoal da cozinha, da política... Pelo vão do telhado chegava, com a fumaça do fogão de lenha, a conversa mal soprada: – "Febre... quinino... coitado... remédio novo colosso, o padre tem..."

– Vamos esperar pelo João Soares – disse Paulo. Quem sabe se não era melhor sair do quarto, arejar um pouco, hem, Nenzinho?

– Convém não, doutor. Um golpe de ar...

Nenzinho estava com a razão. Depois, com aquele povo na cozinha... O jeito era mesmo ficar deitado, curtindo a doença.

– Um copo de água, então, Nenzinho. Bem fresca.

– Morna é melhor, deputado – disse o Pé-de-Meia. – Com esse febrão, é um perigo o estupor.

Água morna, que ideia! Já vinha o cara de cutia tomando confiança, receitando também. Pelo gosto deles – do Nenzinho, do Pé-de-Meia, de todo mundo – ficaria abafado ali no quarto, janelas e portas calafetadas...

– Bom é um escalda-pé bem esperto... um chá de laranja com um dentinho de alho, pelando... – continuava o metido do Pé-de-Meia.

Carrapato! Que nome, que lugar para se adoecer assim! Nem uma farmacinha, quanto mais médico... Reagiu:

– Água do pote, Nenzinho. Água fresca só pode fazer bem. E me mande a Alzira coar um café – esse, sim, bem esperto, amargoso: ando mas é precisando de uma boa boca-de-pito... Nem isso a maleita permitia; a maldita deixava a língua pastosa, um ranço ruim que demorava a acabar. Um dia inteiro inutilizado. A outra, a do rio Verde, fora dia sim, dia não; esta, pela amostra, ia ser igualzinha, senão pior que a primeira. Talvez até da maligna, da que pegara o Lobo e aniquilara o pobre daquele jeito. Quando fora visitá-lo, a Teresinha contara como sofria o marido: às vezes o acesso vinha com tal gana que o Lobo precisava de ser carregado às pressas para o banheiro cheio de água fria a fim de que a febre não torrasse de vez o infeliz; remédio já não adiantava; a bicharada que enxameava o corpo do pobre do Lobo parecia engordar com tanta pílula e injeção! Talvez fosse até conveniente voltar para a Vila, esperar pelo Bernardino lá, adiantando assim o tratamento. E a Ambrosina cuidaria dele – negra de confiança, perto de quem podia ficar à vontade, e que fazia o que ele mandava. E havia a farmácia. Não, o deslambido do Carrilho, esse nunca! O Horácio, o velho Horácio – uma anta, mas pelo menos homem de bem, consciencioso; e não deixava de ter lá a sua prática. O bom era mesmo voltar:

– Alguém aqui no Carrapato tem automóvel, Nenzinho?

– Só o seu Sebastião. Ele está aí na cozinha; veio com a dona Penha, filha dele, a moça de quem falei com o senhor... a que aceita o lugar de professora... Por quê?

– Estou pensando em ir esperar o Bernardino lá na Vila. Maleita é doença perigosa, se a gente não acode a tempo...

Continuava a conversa, lá fora: – "Aqui ele não pode ficar... tem o quarto da sala... muita fruta no quintal... incômodo nenhum, ora essa..." Voz de mulher acostumada a mandar.

– Quem está aí na cozinha?

– Quem está conversando é a dona Penha. Ela e o pai estão querendo que o senhor vá ficar com eles no Boi Solto. Casa grande, espaçosa... fazenda antiga, com bastante conforto...

– Mas, Nenzinho – protestou Paulo – se aqui já é longe, quanto mais na tal fazenda! Ninguém precisa de se incomodar... E, depois, tenho de ir embora logo: não posso brincar com esta maleita, tenho de me tratar antes que ela encrue, vire crônica... Chame o seu Sebastião. Talvez ele me possa levar até à Vila dos Confins...

Tinha graça: ele, ali, doente, precisando de médico e de remédios, e aquela gente a querer enfiá-lo ainda mais na roça. Boi Solto... Decerto para tratá-lo com chás e benzeção...

– Dona Maria da Penha pode entrar também? – perguntou, humilde, o Nenzinho.

– Agora, não. Estou imundo, suado, doente. Mais de tarde eu falo com ela: antes de viajar, mais logo... Mande entrar só o velho.

Pé-de-Meia continuava sentado no tamborete, calado, sem mostrar vexame nenhum, apesar do mau humor do deputado. Mau humor mesmo, que Paulo fechou os olhos, sem paciência mais de olhar para aquela carinha espantada de cutia, principalmente para as orelhas enormes e acabanadas – decerto por causa de tanto servir de cabide para aquele toco de cigarro, horrível de sarrento e de grosso, que o pobre nem acendia, de tanto respeito.

8

João Fanhoso abriu os olhos pesados de preguiça: primeiro um, depois o outro. E olhou o céu, entortando o pescoço. Passou o descanso do pé esquerdo para o direito – fora o cascalho do quintal que fizera aqueles malditos calos bem na sola dos pés. Andava, por isso, meio cambeta, como que apalpando o chão. Olhou o céu outra vez: beleza de céu azul-escuro, com nuvens claras.

A luz vinha dos lados do abacateiro grande, o da porta do paiol. Sim, chegava a hora – mas era muita a preguiça.

João Fanhoso andava amanhecendo sem entusiasmo, sem coragem para enfrentar os problemas que enchiam aqueles dias compridos. Desânimo, velhice. Mas tinha de reagir, manter pelo menos as aparências: os concorrentes andavam querendo tomar-lhe o lugar. E imaginem quem! Dois porcarias nascidos ontem. E o fim seria a cegueira, as pernas encarangadas, a caduquice provocando o desprezo e o escárnio geral. Desgraçado fim!

E cantou.

Antes, espremera-se todo, abrindo bem as asas, para que o ar enchesse os pulmões. Veias do pescoço estufadas, o sangue inchando as barbelas da cara e arroxeando ainda mais a crista gorda e bamboleante que nem cupim de boi zebu. Os olhos minaram água, a cãibra sacudiu-lhe os músculos do pescoço, mas bateu as asas com energia, quase com raiva, tatalando alto.

A voz ainda saía bonita, forte, alcançando longe. Pena o som meio rachado – donde o apelido de João Fanhoso, que lhe pregara a Argemira, mulatinha metediça, espevitada, mestra em botar nomes nos outros.

O canto do galo índio solou cheio, melodioso, dentro da noite clara. Passou pela ameixeira alta do paiol, atravessou os currais, o mangueiro, e planou trêmulo por sobre o bambuzal do córrego – tempinho só de deixar cair meia dúzia de ecos nas touceiras verde-amarelas. Mas varou a lagoa e foi morrer longe, longe, bem mais de meia légua, lá no Retiro das Goiabas. João Fanhoso ficou esperando a resposta – morava no Retiro um sobrinho, frango novo ainda, mas de voz já madura e cheia – porém tudo continuou quieto, ninguém lhe respondeu. Apenas o resmungo caseiro da mulherada, nos galhos do pé de lima-de-bico. Muitas eram as galinhas do Fanhoso – e todas dormiam ali, ao lado dele.

O galo velho olhou de novo o céu. Mudou de galho, pesadão, ajudado pelo bico e pelas asas. Custou, mas se ajeitou no outro poleiro mais alto, de visão melhor. Lua crescente, lindeza de pedação de lua clareando toda a fazenda do Boi Solto.

Não era a primeira vez que sucedia aquilo – o fiasco daquele engano. Amanhã, seriam os comentários na rodinha do sura antipático, sem rabo ainda, sem voz ainda, pescoço pelado, e já metido a galo. Na do sura e na do garnisé branco – esse, então, um afeminado de marca, com aquela vozinha esganiçada e o passinho miúdo.

João Fanhoso fechou os olhos, mal-humorado. A sola dos pés doía, doía. Calo miserável!

João-de-Barro despertara com o canto do galo índio. Morava perto, na casa redonda do pé de laranja-da-terra. Levantou-se e veio até à porta olhar o céu. E quase perde a paciência. Tivera um dia trabalhoso – passara-o consertando a casa arrombada pelo tucano-preto, ladrão e assassino, residente na aroeira seca do outro lado do rio. Não tivesse chegado a tempo e expulsado o monstro, no que o ajudou toda a passarinhada do quintal, e ficaria sem os dois filhotes. E aquele galo caduco vinha acordá-lo fora de horas, a ele que recolhera morto de canseira, o corpo doendo, agitado pelo medonho susto que lhe pregara o bandido do tucano! Mas João-de-Barro conteve-se, que não era de escândalos. E foi ver se repegava no cochilo.

Outro que saiu da modorra foi o João-Grande. Modorra só, que quase não dormia.

João-Grande era um jaburu solitário, cheio de manias, filósofo. E sistemático: gostava só daquela lagoa, habitada de traíras e carás. Não mudava de ponto, meio escondido na moita de capim-bengo, pés atolados no barro preto. Passava dia e noite fingindo de morto, dormitando de olho sorna mas pregado na rasoura da lagoa. E nada lerdo nas bicadas: desenrolava o pescoço, que nem bote de cobra, e não errava peixe. Filósofo mesmo, que pouco se lhe dava o espernear nem as dentadas das traíras já de dentro da capanga da papada. Um cínico, o perna-longa – apesar do jeito sensaborão, sisudo e intratável.

Mirou o céu sem levantar a cabeça. Fácil: os olhos graúdos viam a noite refletida na lagoa. Muito longe ainda, o dia. Mas o jaburu não cheirou nem fedeu – semicerrou os olhos de novo: definitivamente não se metia com a vida alheia. Mas que o galo índio estava doido, isso estava; ou, então, completamente caduco.

Muitos outros acordaram, mas todos perceberam que João Fanhoso dera rebate falso com aquele toque de alvorada. Incidente sem maiores consequências: todo mundo foi dormir de novo, naquele resto de noite fresca e enluarada.

Menos o deputado Paulo Santos. O pé de lima-de-bico ficava logo abaixo da janela, e o galo despertara-o também.

Fizera bem em ter vindo para a fazenda do Boi Solto. Tentara resistir, logo que seu Sebastião e a filha começaram a falar nisso. Mas insistiram tanto – eles, o Nenzinho e a Alzira, o Pé-de-Meia, até o Xixi Piriá – um porquinho-da-índia mesmo, penteado, os olhinhos espertos. Coincidência feliz a camioneta haver topado com o mascate precisamente quando este deixava a porteira da fazenda da Seriema e já se ia enfiando pelo trilho que descia para a baixada dos Correias. Os comprimidos eram encomenda – seis tubinhos de vidro – mas o Xixi se prontificou a ceder dois para o deputado, a conta certa, explicava ele, para acabar com a terçã mais maligna, se tomado o remédio logo no princípio da doença. E não somente cedera os tubos, mas até se oferecera para levá-los ao Carrapato, para não atrasar a viagem do João Soares e do Aurélio. Um alívio! Medicamento novo, alemão, fabricado por laboratório afamado. Agora podia esperar pelo Bernardino sem tanta preocupação. Depois, era bonita, de fato, a diaba da dona Maria da Penha! Difícil uma mulher assim socada por aqueles fundos. Bons dentes, limpa, vestida quase com capricho. E desembaraçada, conversando, dando opiniões. Quando viu, já tinha sido levado para o fordeco do seu Sebastião. Homem diferente, também, o velho: atencioso, simpático, via-se até que pessoa um tanto instruída. A fazenda, casa velha mas asseada, os móveis bem arrumados, o cheiro a alfazema da roupa de cama, o quarto amplo, forrado, com aqueles dois janelões abertos sobre o quintal...

Fora mesmo uma sorte ter vindo. Viagem curta, estradinha boa, nem meia légua de caatinga para vencer. A lagoa, o casarão, o quintal coalhado de frutas: muita ameixeira, laranja, tamarindo, aquele mundo de pés de limão-galego... O córrego, no fundo do quintal, remansava-se em poços sombreados pelas grandes moitas de bambu. Dona Maria da Penha já lhe havia contado tudo: que as águas do chiqueiro caíam ali, carregando restos de farelo e milho e cevando enxames de piaus e pirapitingas; à tardinha, os meninos do vaqueiro enchiam capangas de bagres amarelões, dos barrigudos.

Quanto tempo ficaria ali? Uma semana inteira de repouso em nada prejudicaria a campanha. Sim, uma semana, no mínimo – dormindo cedo, levantando-se tarde, pescando, armando alçapão para apanhar a filhotada de sofrês que ele já vira, na mesma hora que chegara à fazenda, saraivando de cantigas novas o pé de figueira-de-folha-miúda do curral, a árvore que dá sombra mais fresca e a que mais ajunta passarinho no tempo da fruta. E conversando no alpendre com Maria da Penha, ou passeando a cavalo com ela. Que diferença do Carrapato!

João Fanhoso cantou outra vez. O mesmo canto rachado de taquaraçu, alto e que ia longe. Mas desta vez responderam: um canto fino, comprido, petulante, brotou do pé de tamarindo – Zé Garnisé! Outro, mais forte que todos, exibido, trombeteou, acompanhado de tremuras intencionais: era o sura – sem rabo, pescoço pelado, mas de canto imponente, musical.

Longe, bem longe, outro canto respondeu. E outro. E outro.

A serenata dos galos acordava a fazenda do Boi Solto. Debruçado na janela do quarto, Paulo olhou o céu. Pelos lados da lagoa, ainda a beleza do azul-escuro debruado de nuvens claras. Pelas bandas do rio Preto, os primeiros respingos cor de ouro e cor de sangue na brancura dos novelos baixos. Mas na direção da chapada alta começavam a rolar pesados chumações de lã cinzenta. Chuva! Chuva, graças a Deus!

E um começo também de vento fresco cheirando a araticum, sinal de que recém-chegava dos espigões da serra, lá onde a chuva malhara com vontade e já principiavam a madurar as primeiras frutas do cerradão.

9

Paulo despertou com a risada do tio Aurélio. Ele e João Soares acabavam de chegar de Santa Rita, trazendo o médico. Na fazenda do Boi Solto, muita gente da Vila dos Confins. O carro de praça do Daíco viera lotado: Antero, Jorge Turco, seu Horácio, padre Sommer...

– O padre também? Toparam com ele onde?

– Na Vila. Chegava do sertão, mas insistiu em vir conosco, logo que soube da sua doença.

Outra surpresa agradável: o tempo enfarruscado, ventoso. Pela janela aberta para o quintal, Paulo via as nuvens reunindo-se, apressadas – boiada grande de bois fumaças espremendo-se no malhadouro.

O deputado lavou a cara na bacia de louça e sentiu a barba crescida. Logo lhe veio à lembrança Maria da Penha, e pensou em barbear-se, arrumar-se melhor. Mas o médico, o padre, a turma toda esperava, e Paulo queria vê-los sem mais demora. Mandou que o tio os chamasse.

Padre Sommer entrou na frente – quase dois metros de altura, preto de sol, barba e cabelo de meses. Tudo isso e mais a batina parda e surrada e as sandálias de couro trançado davam-lhe aquele ar selvagem de missionário antigo, do tempo das florestas e dos índios.

O padre e o deputado se abraçaram – amigos de fato, os dois, apesar dos raros encontros. Amizade nascida à primeira vista e firmada por muita coisa em comum – principalmente o gosto pela vida do sertão.

– Na Vila, o boato é que você teve um colapso. Vim correndo para chegar a tempo de salvar-lhe a alma.

Maria da Penha entrou também no quarto, trazendo cadeiras. Fresca, alegre, no vestido de bolinhas brancas. Esquecera nuas as pernas, soltos os cabelos.

A doença conhecida permitiu ao doutor Bernardino começar a consulta sem que ninguém precisasse sair:

– Malária mesmo, seu deputado. Bastava ter mandado a medicação – vim por descargo de consciência e por causa da preocupação do seu tio. Vamos espiar o baço. Vire-se.

O doutor fez exame completo e quis ver o remédio fornecido pelo mascate: aquilo mesmo, concordou:

– Tomou quantos comprimidos? Oito? Certo. Trouxe mais alguma coisa, que isso não chega. Há alguém aqui que aplique injeção?

Maria da Penha prontificou-se a tratar do doente, cuidar do regime, aplicar as injeções.

– E principalmente o repouso. Não me deixe o homem fazer extravagâncias. Qualquer novidade, mande buscar o seu Horácio.

O eterno binômio – Paulo riu-se por dentro. Política, política em tudo – médico e farmacêutico, afinados sempre...

Mas o café estava na mesa e todos passaram à sala de jantar.

Nenhum remédio melhor que aquilo: os amigos reunidos na conversa fiada. O padre estava falante e alegre:

– Fui longe, desta vez. Mas descobri as nascentes do Caracol e inteirei as vinte onças, seu doutor.

– Três dessa vezada? – admirou-se o Antero. – Da última vez, as contas andavam em dezessete...

Padre Sommer confirmou:

– Três. E por pouco que não viram quatro.

– Grandes? – Paulo quis saber.

– Médias. Mas trouxe o couro de uma, que vai ser difícil achar vaca zebua do mesmo tamanho. E preta: onça-tigre!

Não era possível. O padre estava brincando. Jaguarana? Os mais afamados caçadores do sertão falavam na onça-preta, mas falavam só. Três ou quatro exemplares mortos, e isso fazia muitos, muitos anos já. Lá de vez em quando é que surgiam boatos de uma fera dessas a carregar criação por cima das cercas de aroeira dos currais.

Os entendidos examinavam os rastos:

– Qual! Pintada por maior que seja não deixa rasto deste tamanhão. Para mim isso é serviço de onça-preta...

E a coisa ficava no palpite, que as batidas, dias e dias, nada adiantavam.

Mas o padre, apesar de caçador, não mentia. Daí o espanto, a sensação da notícia:

– Não brinque, padre. Você matou mesmo uma pixuna?

– Matei e trouxe o couro. Eu mesmo o tirei, e já o trouxe salgado com sal e pedra-ume. Uma hora destas, se o tempo na Vila estiver no jeito, o Crispim deve estar esticando o bicho ao sol. Dezesseis palmos, do focinho à ponta do rabo. E o couro é seu, doutor Paulo.

Não, não era possível. Pela primeira vez o padre pregava a sua potoca. Onça-preta era lenda, invenção de caçador.

– Mas não vai de graça não, deputado. Quero a 45 e os duzentos tiros.

Quando estivera no Rio, o padre vira a arma guardada no apartamento de Paulo. Quase uma metralhadora de mão, dando rajadas de doze tiros. Elogiara-a tanto, dera tantas indiretas, que Paulo quase vencera o natural embaraço – a pistola era um presente – e a oferecera ao amigo. Mas daquela vez não havia mais remédio:

– Deixe de conversa, padre. A pistola é sua, pronto! Mas me conte a verdade: você matou mesmo uma onça-preta?

– Foi um milagre, Paulo, mas matei. Foi no Jucurutu, bem adiante do garimpo...

Já nos bons tempos de frei Norberto, era antiga, muito antiga, a história da Mina Velha. E hoje, muito mais ainda, pois o dominicano quase não enxerga mais – velhinho da cabeça branca, um fiapinho de gente. Memória de anjo, porém, a do frade: cabeça séria, respeitada. Tanto que o próprio coronel Medrado, do Estado-Maior do Exército e chefe da Grande Expedição do Oeste, não passava sem conversar com aquela santa criatura, ouvindo-lhe os utilíssimos conselhos.

Padre Sommer assistira a muitas dessas conversas, na biblioteca do Convento dos Dominicanos, no Rio de Janeiro – ali onde se hospedava, quando vinha dos Confins. Entusiasmara-se pelo mistério.

Contava-se a coisa assim. Há mais de duzentos anos, ponta desgarrada de catadores de ouro descobriu a aluvião do Morro Redondo nas nascentes do rio do Caracol. A notícia correu, levantou-se a rancharia, instalou-se a mina. E tal a quantidade de ouro em pó carregada pelas enxurradas das vertentes do morro e depositada na areia do ribeirão, que Mina Velha virou corruptela importante, com igreja, sobrado e tudo. Mas lá um dia – a explicação mais acertada é a da barbaridade dos brancos – os índios revoltaram-se e botaram fogo no povoado: acabaram mesmo com o garimpo. Se alguém sobrou da carnificina, esse nunca mais pôs pé naquelas bandas conflagradas nem convenceu ninguém a fazê-lo. E a mata tomou conta de tudo: virou virgem outra vez.

Nos seus tempos de mocidade, frei Norberto andou por ali, várias vezes. Via, de longe, o espigão das serras Altas, encapotados de mataria fechada, feia. Mas impossível abicar do outro lado do Caracol, onde morava a morte. Bobagem insistir: morte roxa, morte envenenada – cavilosos espinhos de palmeira armados por baixo da folhagem macia do matagal, ou flechas de osso de canela de ema, envernizadas da fatal mistura: veneno de cobra, de escorpião, e outras ruindades irmãs. E, do lado de cá do rio, o sossego ia só até certo ponto: a beirada do capoeirão que se adensava e escurecia à medida que o escorrido do terreno se empinava mais e mais rumo aos lombos da serra.

O plano da rodovia das Bandeiras passava pelo espigão mestre das serras Altas, e a expedição realizava o levantamento aerofotográfico da zona. Numa das fotografias, o coronel Medrado desconfiou de certas manchas brancas que respingavam o verde-escuro do mato. Voltou em pessoa ao local suspeito, voando baixinho no avião. Tirou mais chapas, nítidas agora: lá estavam as tais manchas de cal, denunciando alvenaria em ruínas; e no topo do Morro Redondo – só podia ser ele – vestígios de cortes regulares no cascalho do terreno, os clássicos depósitos de água da chuva para a lavagem da canga.

Frei Norberto mostrou essas fotografias ao padre Sommer. Confirmava-se a lenda. E o padre ficou maluco. Da Vila dos Confins, passou a cartear-se com o coronel Medrado, trocando informações. As serras Altas estavam além dos limites do sertão dos Confins, mas continuavam zona missionária. O coronel mandara-lhe mais fotografias e um rascunho de mapa em que se localizava o Morro Redondo, em cujas vizinhanças se suspeitavam os centenários restos de Mina Velha.

Terminadas as chuvas, o padre deixou a Vila. Ele e o Crispim Sacristão. Mas nem a esse revelou os planos – apenas a frei Norberto, em longa e respeitosa carta. E categórica, porque lhe pedia a bênção e comunicava que talvez a resposta já não o encontrasse na Vila dos Confins – queria aproveitar o tempo da seca. O chão a percorrer era de trezentas e tantas léguas, e a viagem, em lombo de burro.

Ali, na sala de jantar da fazenda de seu Sebastião, todo mundo ouvia a história com a atenção de herdeiros reunidos para a leitura do testamento. Nem um pio. E o padre tinha estilo, falava com calma – demorando-se em minúcias que sabia transformar em aventuras novas:

– Eu já tinha andado por aquelas bandas, no garimpo do Jucurutu, na nossa fronteira norte, do lado de cá do Caracol. Para que vocês tenham ideia do que é aquilo, eu lhes conto que o garimpo vive de sentinela armada dia e noite. Mesmo assim, vez ou outra aparece um infeliz esmagado a pau, com as bordunas deixadas sobre o cadáver, em sinistra advertência. Armas terríveis, as tais: pesadas e duríssimas, enrijadas ainda mais ao fogo... Agora voltei disposto a chegar até às nascentes. Elas pertencem à minha zona de trabalho, e onde um branco pôs o pé eu ponho o meu. E olhem que já pisei muito chão por onde ninguém se aventurou ainda! No Jucurutu encontrei muita gente lavando cascalho. Mas me aborreceu a notícia de que o Cearense – amigo velho, sertanejo prático – tinha subido o rio, já alguns dias antes, com mais dois companheiros, para explorar a serra. Eu contava com ele, e o remédio foi mesmo seguir no seu rasto – não havia outro caminho – e tentar juntar-me com ele mais adiante. Toquei viagem...

– Só com o Crispim, padre? – perguntou Antero.

– Não, levava mais gente: o Jovino, filho do Cearense, e mais três garimpeiros. Tropa boa, cada um de nós com o seu animal de sela, e mais três burros de reserva para os que tinham seguido na frente.

– O tal de Cearense tinha ido a pé? – insistiu o Antero.

– Tinha, sim. Ele e os outros levaram apenas um jumento carregando a tralha e a ferramenta de garimpagem. Iam também comigo meus dois cachorros onceiros, Kurt e Blitz; e muita farinha, charque, rapadura e café para uma boa temporada. Viajamos nove dias, pelo espigão, acompanhando o rio, que descia à nossa direita. Enquanto subíamos o Caracol, topávamos com os sinais largados pelo Cearense: picadas, restos de fogo, borra de café. Quando alcançamos os garimpeiros, era noite, e a fogueira do acampamento deles nos guiou. Cearense já estava de volta e nos contou o acontecido.

Maria da Penha trouxe mais café, e o padre aproveitou a folga para picar o fumo goiano e enrolar um daqueles seus cigarrões enormes que nem charuto. Mas a turma não lhe dava tempo:

– E daí, seu padre?

– Cearense e os companheiros tinham sido assaltados por uma onça-preta! A coisa se deu à noite, no acampamento de fogo aceso e sentinela armada. Já quase na zona dos índios, na beira do capoeirão. Estavam todos prevenidos – o jegue, à tardinha, mostrara sinais de alarma: agitado, cheirando o ar, orelhas desinquietas, suspirando fundo. Andares macios pela redondeza, na certa... Bem no meio da noite foi que a bicha saltou – e caiu sobre o jumento! O pobre arrebentou o sedenho e disparou alucinado pelo cerradão afora com a assassina montada na cacunda...

– Mas, e a sentinela?

– A onça não deu tempo. Não deu e nem dá, dona Penha, que é velhaca demais e um corisco de rápida. Parece que fica vigiando, vigiando, à espera de um descuido qualquer. E enxerga de noite que nem coruja, não tira os olhos da gente. Com certeza, viu a sentinela dar o cochilo, a carabina encostada no pau... Onça não se afoba, não, é bicho calculista – tanto que poupa por instantes o animal que assalta, para poder fugir mais depressa, montada a cavalo.

– Mas não seguiram a batida? – quis saber o doutor Bernardino.

– Só de manhãzinha, e assim mesmo sabe Deus como! Quem é que se arrisca a enfrentar onça no escuro, dentro do cerrado grosso? Ainda mais sem cachorro...

– E ainda por cima com a onça já de posse da carniça... – completou o Antero. – Não escapava ninguém! O senhor não se lembra do caso do Salustiano, da vereda dos Marrecos?

– Do Salustiano, do Juca do Miguelão, daqueles dois meninos da dona Branca...

– Gente atacada de onça, padre? – duvidou o Bernardino. – Sempre achei que essa história fosse invenção de caçador...

– E então? – confirmou o padre. – Mas só em caso extremo: num acuo de zagaia, ou em defesa de ninhada nova ou de carniça. O Juca do Miguelão morreu assim: desceu do jirau para mudar a carniça de lugar, crente que a onça tinha desistido dela...

– Mas, e a onça-preta? – Paulo interrompeu. – A que horas vocês seguiram a batida?

– Clareando o dia, os garimpeiros foram ver o serviço: os galhos quebrados pela carreira do jegue, o lugar onde o pobre caiu, e depois o batidão do jumento arrastado por muito mais de quinhentas braças até a parede do desbarrancado de pedra: buraco feio, com o matagal espremido lá embaixo. O remédio era mesmo desistir – e foi o que o Cearense fez: resolveu voltar para o garimpo.

Padre Sommer deu a risadona e continuou:

– Vocês podem achar graça, mas não se esqueçam de que o Cearense é sujeito fino, prático, conhecedor como poucos de malícias de onça. Explicou-me porque resolvera voltar naquele dia mesmo, e de toada. É que um dos companheiros dele, o Cruz, era preto. A onça, antes de atacar o jumento, deveria ter vindo acompanhando a caminhada deles, examinando tudo, pessoa por pessoa. E vira o Cruz. E negro visto por onça é negro comido. Só havia um jeito de salvar a vida do pobre do Cruz – era voltar depressa, enquanto a jaguarana estivesse empanzinada da carne do jumento.

Maria da Penha não se conteve e perguntou ao padre:

– Mas é verdade, mesmo, esse negócio de onça comer gente preta?

– Nunca vi, dona Penha, mas é muita gente séria que garante o fato. Tanto que caçador de onça não se arrisca a levar pessoa preta numa caçada. A onça fica louca quando vê um negro, porque dizem que a carne é sadia e o sangue doce... Mas, como eu ia contando, o Cearense estava de volta, às pressas, tal o pavor de ser seguido pela jaguarana. O sentinela chegou a ver a onça montada no jegue, já a galope, e afirmava que ela era bem maior do que o jumento. Jaguarana-pixuna, das legítimas. Tive de insistir com o Cearense para voltar comigo. Éramos muitos, agora todos bem armados, e as montarias sobravam. E havia os cachorros – Kurt e Blitz – os melhores acuadores de onça de todo o sertão, modéstia à parte. Nós mataríamos a assassina. Será que ele, caçador treinado e corajoso, ia perder uma oportunidade daquelas? Uma onça-preta, uma jaguarana?!

– E o Cearense topou? – fez a pergunta o Aurélio.

– Se topou! O medo dele era só por causa do Cruz. Mas, já que o negro não se incomodava, e achava até que esse negócio de onça ter queda especial por preto era bobagem muito grande, ele ia... Montamos de madrugadinha. Chegamos após dois dias de viagem puxada, e felizmente a catinga da onça ainda estava por lá, quando apeamos. Kurt e Blitz tiveram de passar a noite amarrados, porque já não se continham, o pelo arrepiado, escavando o chão com as unhas.

– É fato, padre, que os cachorros onceiros choram e urinam todos quando percebem faro de onça?

– É, sim, doutor Bernardino. Não se sabe se de medo ou de sensação, mas certo é que vertem sem parar, e ficam em estado febril quando encontram rasto fresco de onça. Chegam a estranhar o dono, de tão transtornados. Há casos até de loucura para o resto da vida...

Um jumento, por mais magro que seja, é sempre um jumento – e, pelo menos por uma semana, a onça-preta, de bucho cheio, não iria arriscar-se a assaltar o acampamento. Mesmo assim, os animais de sela foram amarrados no meio do roçado que o padre mandou foiçar, bem iluminados pelas duas fogueiras. E ninguém pegou direito no sono, apesar da marcha-forçada da viagem.

Bem antes do amanhecer, já estavam todos de pé, preparando o cerco. Boia reforçada, que o dia prometia trabalho; matula farta nas capangas, cachaça, café. Padre Sommer – esse então não pregara olho – passara a noite cuidando das armas: duas carabinas 44, o fuzil 22 com luneta, a espingarda e o revólver. Mas o luxo do padre era a zagaia: palmo e meio de aço alemão, espera reforçada, e de corte dos dois lados. Verdadeira navalha! O ferro brilhava à luz das fogueiras, e polido que nem cristal.

Arma terrível, a zagaia, depois de encastoada no cabo de pau-d'arco, braça e tanto de comprido, e grosso que mal o abarcava a mão taluda do padre. Batizada e rebatizada muitas vezes – lá estavam, marcados a canivete no pé do cabo, os onze talhos, onze acentos circunflexos superpostos que nem divisas de sargento – onze onças maciamente zagaiadas como pelotas de cera furadas por ferro quente. Marcas só para que o padre não perdesse a conta. Porque mais importantes que os talhos a canivete eram os sinais das unhas e dos dentes que riscavam quase todo o comprido do pau-d'arco... E zagaiadas cara a cara, em campo limpo ou no fundo das locas de pedra – o padre caminhando contra a onça, a onça caminhando contra o padre, os olhos deste, muito azuis, pregados nos olhos verdes da demônia...

Só em último recurso padre Sommer atirava. Assim mesmo, em onças covardes, dessas que se empoleiram nos galhos altos e ficam olhando para a gente, sem coragem de saltar. O padre estumava os cachorros, xingava em alemão. E, se a bicha continuava trepada no pau, sem aceitar a luta, então ele largava a zagaia e apanhava o fuzil 22. Balinha pequetita, parecendo de brinquedo, mas furada na ponta, e que se abria com o choque, virando uma rodeira maior que tampa de garrafa de cerveja. padre Sommer enquadrava a cara da onça no retículo da luneta, a linha horizontal tangenciando os olhos, as orelhas uma de cada lado do risquinho vertical. A luneta aumentava o alvo, trazia-o para menos de um metro de distância. Se o buraquinho de entrada da bala era menor que o de um prego, bem dentro do risco preto do meio da testa, o de saída era um oco de rombo de garruchão – melado de miolo só, minando pelo estrago.

Turma escolhida, a que seguiu com o padre na batida da onça-preta: Crispim, Cearense, Pai-d'Égua – um garimpeirão grandalhão e corajudo – e mais o Domingos, rapaz novo mas disposto, com quem o padre simpatizara por causa do seu jeito decidido. Os cachorros iam atrelados, que podiam desguaritar num ermo daqueles, chão de sertão virgem – cheiroso de mil cheiros, cada um seguindo o seu rumo, cada rasto conduzindo a aventura diferente. No acampamento, vigiando a tropa, ficaram o Cruz e mais dois companheiros.

Fácil seguir a batida: o jumento com a onça na cacunda abrira picada na passagem, e o malhadouro no cerradão – depois que o galope cessou – mais parecia rasto de tora arrastada por boiada de carro. Lá ficara a assinatura da onça, rodeando as árvores da capoeira: cupins desmoronados, touceiras de araçá e gabiroba, tudo de raiz para cima. Bicha valente, a tal da jaguarana!

Chegaram à furna – paredão a pique, vinte ou trinta metros de fundura, da beira do aparado até à copa da mataria, que se espremia no grotão. Descer por ali, nem pensar! A onça devia ter, primeiro, jogado o jegue naquelas profundas, e depois rodeado a perambeira para descer em outro ponto mais favorável. Em tais circunstâncias, cabeça de bicho vale mais que cabeça de gente. padre Sommer não vacilou: o certo era seguir o exemplo; e despachou o Cearense mais Pai-d'Égua para rodearem a furna num sentido, enquanto ele, Crispim e Domingos a rodeariam no outro.

O boqueirão parecia ter sido talhado à picareta no lajedo duro, a parede sempre a prumo, sempre brilhando ao sol. Na época das chuvas desaguavam ali as enxurradas, carregando folharia, galhos secos, estrume de bicho, sementes caídas no chapadão. Daí a fertilidade do terreno acochado entre os contrafortes da pedra, o viço da mataria protegida do vento ressecante das chapadas, que ali não podia embocar. Sombra, umidade, sossego – mato esquecido, tranquilo, inalcançado: mata virgem.

Mais de légua o padre teve de beiradear a perambeira antes de topar com a rampa; a mata subia por ela, levando as pontas do avantajado pau-bálsamo até à quina do barranco. Mais adiante, o arvoredo abaixava outra vez, afundava-se de novo, repetindo a impossível descida: só podia ser ali.

E era. Na forquilha mais próxima da árvore, viam-se os sinais da passagem: riscos deixados por unhas recentes, amassados sutis no musgo da casca do pau. Sutis, velhacos, mas que o Crispim localizou categórico: – "Olhem a bicha aqui!"

E depois? Os sinais sumiam, para se perderem, decerto, no caminho verde-escuro da folhagem: de galho em galho, na rede trançada no alto das copas do mato denso. Pois sim! O mesmo que rastrear passarinho nas alturas de céu sem nuvens, em tarde azul – azul sem fim, azul concolor; ou localizar, em pele preta e parada de lagoa, a esteira dos espertíssimos esquis da baratinha-d'água...

Padre Sommer estendeu as mãos abertas, de unhas cortadas rente nos dedos arreganhados. Um mundo de mãos, as mãos do padre! Encardidas de sol, cabeludas nas costas, a pelagem louro-arroxeada parecendo pasto vedado de capim-gordura em plena solta de flor.

– Sem exagero, doutor Paulo, as mãos da onça eram maiores, bem mais desenvolvidas que as minhas! Topamos com os rastos no barro dum corguinho que escorria no meio da furna, e que os meus onceiros farejaram. O dia inteiro atrás daquilo. A onça largara afinal o caminho nas grimpas do mato e descera para matar a sede.

– E o jumento, padre, não viram onde ele caiu?

– Foi o Cearense quem descobriu o outro rasto. Achou a descida e veio acompanhando o paredão de pedra, abrindo picada, numa dificuldade que só vendo. Estávamos ainda na beira do corguinho, os cachorros começando a latomia – desesperados porque a onça continuara o caminho pelos galhos das árvores – quando escutamos os tiros do Cearense... E, mal o encontramos, o pampeiro começou. Rastos frescos da onça e do jumento arrastado pelo meio do mato, até restos da pelagem e da crina do rabo do coitado a gente via agarrados nos espinhos. Agora, Kurt e Blitz estavam soltos, e ninguém conseguia acompanhar a carreira deles na batida da jaguarana. Batina em tiras, arranhões pelo corpo todo, topadas em pontas de pau, nada disso eu sentia, maluco que eu corria atrás da onça-preta. A bicha estava no papo!

Nem na igreja, em dias de sermão, padre Sommer encontraria ouvintes mais atentos. Nuvens de chuva cobriam o céu da fazenda, escurecendo a sala de jantar. O caçador gesticulava, ora agachado, ora quase deitado no assoalho, ilustrando a narração. Continuava a história, sem que ninguém mais o interrompesse. No lusco-fusco da sala, os olhos azuis do padre chispavam.

Cachorro onceiro, legítimo, educado em bom preceito, a gente conhece de ouvido. Latir, ganir, uivar que nem lobo em noite de lua, qualquer um sabe fazer, seja bom ou mau caçador, cachorro de roça ou de cidade. Mas chorar espremido, que nem pessoa gaga em apuro de morte e a chamar por socorro – choro de cortar o coração – só mesmo cachorro onceiro, veterano, filho, neto e bisneto de pai, avô e bisavô onceiro, da raça única dos pantanais de Mato Grosso. De lá vieram Kurt e Blitz, ainda filhotes de mamadeira, trazidos pelo Zé Arantes, tropeiro de São Domingos da Moeda, encomenda do padre ao Vasco da Vacaria. Raça, como se vê, tinham os dois cachorros. Raça e exemplo, que zagaieiro assim como o Vasco nunca houve nem há de haver outro igual.

Acuo de onceiro em cima de rasto fresco é passagem de história que ninguém conta, ninguém imita, e de que nem ideia de leve ninguém dá. Isso, acuo de um cachorro só. De dois...

Duas almas penadas, tristes, tristes, soluçando em noite mal-assombrada? Que o quê! Muito, muito pior. Prova provada é o Domingos, o tal rapaz novo e disposto que caiu logo no goto do padre Sommer. De certo, achou graça também, duvidou quando lhe contaram que até gente urina perna abaixo, igualzinho a cachorro, na hora em que se fareja o rasto da carniceira. Pois naquele dia, dentro da mata feia, quando Kurt e Blitz começaram com o dueto pavoroso, quem perdeu o respeito às calças de riscado foi o pobre do Domingos. Nem purgante de óleo de rícino rebatido com chá quente de erva-cidreira: um vexame! Teve de ser deixado para trás, amontado numa forquilha, branco que nem papel e numa tremedeira de fazer dó.

Mas a hora não era de ter pena de ninguém. O padre seguia atrás dos cachorros, às carreiras, varando mato, guiado pela latomia. Só anta, para derrubar pau daquele jeito. Chegou lanhado, mas chegou: lá estava, no pé do paredão de pedra, a loca da onça-preta.

O mesmo escarpado, no outro lado da furna. Nem um ramo, nem uma raiz sequer a quebrar a lisura do paredão preto e lustroso. A lapa mal aparecia, escondida na moita de navalha de macaco. Kurt e Blitz, olhos em fogo, vigiavam – mal parados em pé, tal a maleita que lhes tomava o corpo – com os rabos duros, tesos e arrepiados que nem vareta de limpar cano de espingarda.

Naquela cova abafada e escura que se enfiava pedra adentro, ali, naquele antro, morava a jaguarana-pixuna. Seria fêmea e, sentindo a aproximação dos onceiros, dispusera-se a defender a ninhada? Ou um resto de carniça, quem sabe? Nem padre Sommer, nem o Vasco da Vacaria, zagaieiro ou caçador nenhum sabe explicar direito a última e suicida decisão da onça quando se entoca. Lá fora, a ramagem alta do mato dá-lhe todas as vantagens da luta: ali não chegam os cachorros nem a visada do caçador – é a largueza, são os mil recursos onde se apoiarem suas mil formas de velhacaria e de força descomunal. Sim, bicho nenhum tem mais força, astúcia, e agilidade. Dez arrobas de capado gordo penduradas nas presas, e ainda não se inventou cerca de chiqueiro que evite o pulo da monstra. No rio, aquele outro mistério: vem a pintada nadando, nadando, sem bulha na água, só a cabeça de fora, e de repente... lá se pinchou ela! E adonde? No galho da gameleira, alto de dois metros, debruçado sobre o rio. Firmou-se em quê, onde apoiou as patas, onde achou a necessária resistência para o salto na árvore? Ninguém sabe: o rio é fundo, água só...

Além dessas, há muitas outras histórias, todas verídicas, narradas pelo padre Sommer. E pelo Gerôncio, também – preto mas incapaz de uma falsidade. Histórias de onça assobiando que nem jacu e jaó – assobio doce, amoroso, de fêmea apaixonada, a que macho nenhum resiste. Vêm mesmo no pio, os coitadinhos dos pobres, na melhor das intenções. E onça apreciadora de carne de peixe? Essa, então, é mestrinha: chega rasteira à beira da água, sempre de frente para o sol, a fim de que a sombra não lhe atrapalhe a manobra; lambuza de lodo as patas e as enfia devagarinho na rasoura, enrustindo a afiada anzolama das unhas; e fica horas e horas fingindo de morta, esperando o cardume de papa-terras...

Pois é um bicho desses, velhaco que só, que acaba cometendo a suprema tontice, desorientado talvez pela perseguição implacável dos cachorros. Enlocou-se, morreu.

Padre Sommer continuava:

– Comecei a preparar-me. Estranhei mas foi o Cearense, que deu a fraquejar na hora em que me viu tirar a batina e as sandálias. Chegou, coitado, a me implorar pelo amor de Deus que não entrasse naquele buraco. A jaguarana não era brinquedo, não era uma pintada das comuns... E pela mão que deixara marcada no barro do corguinho podia-se calcular o tamanho dela... E a loca era apertada demais, e lá dentro um pretume de não se enxergar um palmo adiante da cara... Mas acabei convencendo o garimpeiro. Atrelei os cachorros, experimentei as pilhas da lanterna e amarrei-a no cabo de pau-d'arco, a um palmo do aço da zagaia, logo debaixo da espera.

Paulo foi quem quis, agora, explicação sobre o estranho jeito de usar a lanterna:

– Por que amarrar a lanterna no cabo da zagaia, ô padre?

– Invenção do Vasco – respondeu padre Sommer. – Mais de sessenta onças o Vasco matou, isso antes de se mudar para o pantanal, no tempo em que vivia nos Tocantins. E tudo onça loqueira, que lá é zona de muita furna. Com a lanterna amarrada no cabo da zagaia, as duas mãos ficam livres e o foco forte da luz, além de desnortear a onça, guia melhor a pontaria do golpe.

– Mas o senhor entrou sozinho, padre?

Padre Sommer ficou sério, constrangido com a pergunta de dona Maria da Penha. Mas não havia outro jeito senão ressaltar a própria coragem. Explicou:

– Sem confiança em si ninguém consegue matar onça, dona Penha. Qualquer vacilação é morte certa. A fera percebe a menor distração e adivinha o mínimo sinal de medo nos olhos do caçador. Por isso é que a gente tem de entrar sozinho na loca. Companheiro, só mesmo muito treinado, senão desvia a atenção da gente. Eu sou como o Vasco, que sempre me falava: – "Companhia nessas horas só mesmo a do anjo da guarda..." Com a lanterna acesa e amarrada no cabo da zagaia, entrei de joelhos no buraco. Mas a apertura era só no começo: à medida que eu ia entrando, a caverna se alargava e ficava mais alta, permitindo que eu caminhasse de pé. Fui indo, fui indo, a luz da lanterna clareando o buraco, até que cheguei a uma espécie de salão grande que nem esta sala. A catinga de carniça tinha apertado, um bafo podre que chegava a provocar ânsia de vômito. Mas nada de onça... Vasculhei toda a gruta, palmo a palmo: primeiro o alto, prevenindo um salto traiçoeiro. Não ficou uma saliência, uma rachadura na pedra, sem vistoria. E nada! Teriam os cachorros se enganado e seguido rasto velho? Haveria outra saída por onde escapara a onça-preta? Examinei tudo de novo, sempre de costas para a parede de pedra, sem sair do lugar. O fedor da carniça continuava, e eu não via nenhum osso, nenhum resto de bicho morto. Misterioso, aquilo. O remédio era esperar mais um pouco, até que a vista se acostumasse bem com a claridade fraca da lanterna. E, quando a luz melhorou, comecei a rodear a gruta, sempre encostado no paredão, que eu ia apalpando com o pé do cabo da zagaia, por via das dúvidas. Até que descobri o segredo...

Padre Sommer bebeu mais café e acendeu o cigarro. Hora boa para uma pergunta, mas ninguém piou. Paulo foi que quase estourou numa gargalhada fora de propósito quando viu a cara de Aurélio. Mas teve pena do tio. Aurélio Alves, o rei das aventuras no sertão, tão saliente e tão prosa, tão convencido da importância dos seus casos, ali estava ele hipnotizado, com cara de bobo, cigarro de palha apagado no canto da boca, inteiramente dominado pela superioridade do padre barbudão e valente.

Mas a pausa foi curta. padre Sommer continuou:

– Uma nervura de pedra descia do teto, parecendo coluna de igreja e escondendo outra abertura. Se eu não tivesse mudado de posição, não a veria nunca, tão bem escondida estava ela, por detrás do tal pilar. Dali é que brotava a catinga da carniça. Fui avançando, avançando, já com as mãos apertadas no ponto certo do cabo da zagaia, juntinhas ao pé da lanterna, a luz embocando por aquela espécie de corredor. A pedra minava água, o chão molhado, escorreguento... Esquisita, mesmo, aquela loca! Nem um rosnado, nem um sinal de vida da onça; só o barulhinho da água a pingar da parede. A catinga aumentava cada vez mais, e nem me deixava respirar direito. Cheguei a vacilar, que avançar mais já me parecia ser mesmo uma temeridade, uma ofensa a Deus, como havia dito o Cearense. E se a lanterna se apagasse? E se eu escorregasse naquele chão visguento de lodo? Confesso a vocês que comecei a sentir medo, e eu sabia que o medo queria dizer morte certa. Voltar era impossível;

ficar parado esperando pela onça, loucura pior ainda, que a lanterna acabaria se descarregando. O remédio era acabar o começado, fosse lá o que Deus quisesse. Dei mais um passo, mais outro, e de repente a coisa trovejou. Não sei se por causa dos ecos provocados pela passagem torta e em forma de túnel, ou se por causa do imprevisto ou do terrível medo que já sentia, o fato é que o miado da jaguarana foi o gemido mais furioso, mais agoniado que eu já escutei em toda a minha vida. E rouco, e trêmulo, pragas e ameaças misturadas com o ranger dos dentes e um rosnar desesperado. Agora, sem medo, sabendo que tinha chegado a hora, dei mais um passo, e a luz ganhou mais uma braça daquele buraco torto... E vi a onça. A onça, não: os olhos dela, apertando-se, dilatando-se, mexendo. E, antes que eu pudesse calcular a distância em que se encontravam e enxergar o resto do corpo da onça, aqueles dois ovos de fogo se ergueram a um tempo só, que nem dois vaga-lumes gigantes que levantassem voo no mesmo instante e na mesma direção. E tão velozes que os dois traços paralelos de luz riscaram a escuridão, de baixo para cima, deixando rasto que nem foguete! Num átimo, calculei tudo: a onça-preta se erguera, preparando-se para o encontro comigo. Beleza de animal! Preta, preta como a parede de pedra em que se apoiava. Onça-preta, pintada de preto: depois de tirado o couro foi que eu vi, contra o sol, a beleza do malhado de manchas redondas! E que porte! De pé, a jaguarana era mais alta do que eu, a corpulência aumentada ainda pelos braços abertos em cruz, as garras arreganhadas, o peito largo e de pelo ralo exibindo a musculatura saliente. Eu não tirava os olhos dos olhos dela. Enfrentávamos um ao outro, cara a cara, sem que nenhum de nós tomasse a iniciativa do primeiro gesto. Nem duas braças separavam o aço da zagaia da peitaria da bicha, que não miava mais, e sim rosnava, com as orelhas pontudas coladas à cabeça, imóveis mas vigilantes. Só os olhos em fogo continuavam latejando, inchando e espremendo-se. Pareciam caminhar em minha direção quando aumentavam, e recuar para longe de mim quando diminuíam. Outra manha infernal, aquela: a onça tentava dominar-me com aqueles olhos amarelos; queria-me hipnotizar, a malvada... E eu continuava parado, fascinado pela beleza e pelo porte da jaguarana. Mas vigiava-a, rezando baixo as regras do Vasco da Vacaria. Nessas horas, ele e os seus preceitos não me saem da cabeça: – "Não avance enquanto a bicha estiver com cara de onça!" – "Espere ela alisar a cara!" – "Mãos juntas no pé da lanterna, cabo da zagaia bem longe do corpo, cotovelos frouxos!" – "Pernas abertas, pés preparados para a meia-volta-volver na hora dos coices!"...

– Quer dizer, padre, que a onça muda de fisionomia? Que negócio é esse de "alisar a cara"? – perguntou o doutor Bernardino.

– Manha de onça, doutor. Primeiro, ela ameaça, range os dentes, faz a cara mais feroz, mais horrível que se pode imaginar. Depois, amacia a carranca... fica assim com um ar de piedade, de cachorrinho amansado e amigo da gente... É a hora do perigo: alisa a cara e caminha...

– E não pula?

– Ah, doutor Bernardino! Graças a Deus, onça só pula em cima de caça e de cachorro; não pula em cima de zagaieiro. Se pulasse! O senhor já pensou num animal daqueles – osso e músculo só – despejando-se por cima da gente que nem barranco minado por dinamite? A raça dos zagaieiros já teria acabado há muito tempo; teria ficado no primeiro que fez a experiência... Nossa sorte é que ela vem de passo, andando como uma pessoa, de braços abertos, a cara lisinha de inocência e de candura...

– Mas, padre, pelo amor de Deus, acabe a sua história – pediu Maria da Penha, pálida, os olhos uma beleza de tão grandes e brilhantes. – E a onça-preta?

– Fiquei esperando, dona Penha, até que a onça alisasse a cara. Mas ela custava, continuando a ringir os dentes e a rosnar. Então a provoquei: avancei mais um passo, mais outro, e desviei o meu olhar dos olhos dela... Foi então que a onça riu.

– Riu, padre? O senhor está falando sério?

– Riu, sim, dona Penha. Riso de deboche... Vi quando os olhos em brasa se apertaram e os bigodes se moveram... Vi as presas enormes e muito brancas começando a brotar dos cantos da boca, arreganhando-se numa risada... Onça é assim: ri mesmo, mal percebe no caçador qualquer sinal de vacilação. Ri e vem. Pobre animal... Grande caçador, o Vasco da Vacaria, que me ensinou aquele truque importante! Eu desviara dos olhos da onça apenas um dos meus olhos, mantendo o outro firme na sua cara. Difícil, aquilo; levei meses treinando... A onça veio, rindo, com os braços se fechando sobre a minha cabeça... Só espetei a zagaia quando o círculo de luz do foco da lanterna, bem desenhado no pelo ralo do peito do animal, diminuiu até ficar do tamanho dum prato desses comuns – a ponta da zagaia bem no centro da claridade... Um empurrão só, larguei a zagaia e saltei de lado... Justinho a tempo de escapar do primeiro coice que ela me desfechou, com uma das pernas armada com as cinco navalhas daquelas unhas em meia-lua... No mesmo instante a lanterna se apagou...

– Credo, padre! O senhor ficou no escuro? – nem o Daíco resistiu, e acabou intrometendo-se.

– Não, acendi a outra, a pequetita, de reserva. Só para assistir ao final. A pobre morria com o palmo e meio de aço enterrado no coração. Ela mesma se incumbira de fincá-lo até à espera. É o instinto que a leva a abraçar-se com a zagaia e acabar de enterrá-la no próprio corpo. Mal se sente ferida, agarra com unhas e dentes o cabo da zagaia e aperta-o contra si num abraço de morte... Durou pouco, a coitada da jaguarana: acabou-se num tufo de sangue quente que ainda ficou muito tempo escorrendo pelo chão da loca de pedra...

10

ENQUANTO DUROU A CHUVA – chuva rude, sertaneja, que ficou estralejando nas vidraças das janelas descargas de pedradas de estilingue – duraram também as histórias do padre Sommer. Maria da Penha não saía da sala de jantar, atenta, curiosa. Por uma contrafeita e ligeira referência deixada escapar na véspera pelo pai, Paulo ficara sabendo do seu estado: viúva de um primo longe, casamento de poucos meses. A conversa com pai e filha, na tarde da chegada ao Boi Solto, tinha sido cerimoniosa. Nem tempo houve para uma prosa mais demorada, que o mal-estar provocado pelo acesso da maleita fizera o deputado recolher cedo, logo ao escurecer. Adivinhava um drama naquela viuvez tão precoce. Misteriosas, certas atitudes: o constrangimento do pai ao referir-se ao fato, a cerimônia que os amigos da casa mantinham com a moça... Tratavam-na todos com estranho respeito, incompreensível naquele meio simples de gente sertaneja. E Maria da Penha preocupava-se em pôr à vontade as visitas, em perguntar, em puxar assunto. Por que a evitavam? O médico, o padre, homens da mais absoluta intimidade... Bonita, de fato, a fazendeira. E muito moça, ainda: pouco mais de vinte anos... Ao parecer, a única herdeira daquele latifúndio – cerca de quinze mil alqueirões com quatro ou cinco mil reses de criar... – rica, portanto, e enterrada ali no Boi Solto, sozinha com o pai naquele casarão da fazenda... Xixi Piriá talvez soubesse de alguma coisa: viera no automóvel de seu Sebastião, tratavam-no como pessoa de casa...

Durante toda a tarde, enquanto padre Sommer enfiava as suas histórias, umas trás outas, Paulo não tirava os olhos de Maria da Penha. O escuro do temporal lá fora, a sala mal iluminada pelo lampião de querosene, a atenção geral à narrativa do padre, tudo permitia o minucioso exame que o hóspede fazia da viúva. Vigiava-a, decorava-lhe o delicado das feições, demorava-se na fartura solta dos cabelos pretos, inteiramente solta e mal cobrindo o moreno claro dos ombros. Ela percebera o interesse: sorrira-lhe medrosa, já uma, duas vezes...

Padre Sommer interrompeu, brusco, as histórias, ao perceber que o tempo levantava. Passado o pé-d'água, ninguém mais o conteve. Mostrou-se apressado, também, o doutor Bernardino:

– Vamos logo, seu Daíco. Se o rio pegou água...

O Daíco, coitado, tinha pela frente um programa duro: levar o médico a Santa Rita e retornar com os remédios que o doutor achara conveniente acrescentar aos que trouxera.

O carro voltou cheio. Seu Horácio, Jorge Turco, o Nenzinho, todos tinham negócios para tratar. João Soares e Antero, esses pousariam na fazenda, pois queriam acertar os planos da campanha municipal. Xixi Piriá sumira: quando Paulo se levantou, de manhã, perguntou por ele, e soube que o mascate saíra, com a mala nas costas, para entregar encomendas à vizinhança. A ausência do padre, daquele vozeirão de trovoada e daquelas imensas mãos pendentes, do corpanzil de xavante, bastava para esvaziar a fazenda. Aurélio e João Soares, pingando de sono – pudera, a noite toda atrás do médico! – já se haviam recolhido. O Antero, esse descera com seu Sebastião para o mangueiro.

Paulo foi esticar-se na rede armada no alpendre da fazenda. Já-já Maria da Penha apareceria, trazendo café. Como principiaria a conversa com ela?

Gostoso, aquele sossego: abençoado banho de chuva! Desentulhado das nuvens feias, limpo e alto, agora o céu virava picadeiro das maritacas:

fazia gosto vê-las empinar, parando as asas no cai não cai sustentado apenas pelo vento, e, em seguida, mergulhar na curva fechada da meia-volta. Até as araras – gritalhonas, mas donas de muita ordem em voo – vinham festejar o bom tempo, disparadas e rasantes. Isso, no céu. Na terra, cheirosa a molhado, a música da vacada de cria e da bezerrada. A filharada num curral, as vacas em outro, não tinha fim a chorosa ladainha das vozes sempre iguais. Iguais, não: havia sutileza qualquer em cada chamado e em cada resposta, porque os interessados se entendiam perfeitamente bem. Se todas as vacas eram chamadas por um mesmo "mãããe" e todas respondiam aos filhos o mesmo "heeem", que de sutil impedia fosse a mãe de um bezerro responder erradamente ao filho de outra? E Deus nos livre de acontecer tal confusão! Carinhosa com o seu bezerro, a vaca de cria trata mal o filho alheio. E o ciúme é tal, na coletividade das vacas paridas, que um mal-entendido, por mais inocente, pode provocar sério conflito.

O rangido da porteira do curral desviou Paulo do devaneio:

– Que é isso, seu Nequinha? Mas que surpresa boa!

– Vida de mascate, seu doutor...

Nequinha Capador! O deputado foi recebê-lo no curral. Surpresa boa, mesmo!

Foi numa travessia de gado em Ponte Firme que Aurélio apresentara o mascate a Paulo:

– Nunca lhe falei num tipo chamado Nequinha Capador? Pois aí está o homem. Quem te viu, quem te vê... Hoje não capa nem frango nanico...

O velho de cara boa estendera a mão e confirmara:

– Manuel Virgílio Vieira. Nequinha Capador, às suas ordens.

Seguindo viagem, tio Aurélio contara ao sobrinho as histórias do mascate. A alcunha vinha de sinistra especialidade: castrava os desafetos. Estreou com um viajante comercial que lhe namorara a irmã, e apanhou gosto pela coisa. Boiadeiro forte, naqueles tempos, suas valentias e barbaridades fizeram época. Mas o jogo, a boêmia e a primeira e desastrosa queda de preço do gado zebu puseram-lhe fim ao dinheiro e à prepotência. E do antigo e perigoso coronel Neca Virgílio restavam apenas o apelido e um pouquinho de rompante.

Paulo estranhara-lhe a velhice depois de tanta judiação praticada:

– Mas, tio Aurélio, ninguém se vingou dele depois de tudo isso que você me contou?

– Naqueles tempos de sertão, Paulo, sujeito medroso não chegava a branquear a barba. Melhor a fama de bandido que a de água-mole. Quem fraquejasse, virava cruz de beira de estrada. E nome nenhum melhor para impor respeito que o nome de Capador. O homem está aí, vivinho da silva, mascateando zebu por esse mundão afora...

Nequinha Capador conduzia muito gado dessa vez: mais de mil garrotes para corte, cabeceira escolhida de marrucada curraleira, e boa vacada parida de sangue zebu. Mas tudo em estado lastimável, estragado pela seca e pela viagem.

– Você enlouqueceu, Nequinha! – censurou Paulo. – Não se viaja assim, nesta época. Vai-lhe morrer tudo no caminho.

– Ora, seu doutor, o senhor entende mas é de política. Acha, então, que vou arriscar a minha sorte grande depois de tanta luta? Estou mas é mudando de pouso, que lá no Nélson virou tudo um rapadouro só. Vim-me desapertar com seu Sebastião, que é ainda quem tem um restinho de pasto, e coração grande. Justamente agora que vou fazer a independência... Pergunte ao Aurélio.

Aurélio, desperto pela chegada da comitiva e pelo barulho do gado andejo, já se metia por entre a vacada, fueiro na mão. Nequinha provocou-o:

– Babe um pouco, seu Aurélio. Guzerá puro, coisa que não se encontra mais. Todo o restinho de cobre foi neste gado, e ainda fiquei devendo um dinheirão.

– Onde é que você foi descobrir isso?

– No Jaguarão, com o Viridiano Nunes. Gado perdido nestes fundos, sem que ninguém soubesse. Zebu é moda, e em Uberaba vale hoje o que é puro, seja gir, nelore ou guzerá. Andam catando até um restinho de cancrege... Há anos que venho esperando a hora de negociar com o Viridiano. E sabe de quem isso é raça? Do Lontra! Sim senhor, do Lontra, seu deputado!

Boi famoso – boi de botar muita gente roxa de inveja do dono dele – esse tal foi o boi Lontra, guzerá puro-sangue, importado das Índias, ainda nos bons tempos do Império. Ou melhor, filho de mãe importada, que o bezerro nasceu a bordo do navio cargueiro. O importador chamava-se Acácio – doutor Acácio Correia de Azevedo – criador no estado do Rio, um dos primeiros malucos que se encachaçaram pelo gado de giba e orelha grande – praga de raça mal-afamada, transmissora de terríveis pestes e dona de mau coração. Assim falavam, benzendo-se, os fazendeiros e criadores daquele tempo, que teimavam em aclimar aos nossos pastos – de capim rústico e empestados de carrapato – o dengoso e enjoado gado europeu, e em cruzá-lo com o crioulo enfezado e tardio. Maluco, o doutor Acácio; malucos, alguns outros teimosos criadores de então, do Triângulo Mineiro e do estado do Rio. Maluquice, porém, que rendeu dinheiro e fama a muita gente boa.

Mas, para não espichar a história, o bezerro guzerá, nascido sem maiores novidades no porão do cargueiro, desembarcou já de umbigo curado e mamando que dava gosto. E, antes de largar de todo o leite da mãe, já fora dado de presente a um tal de doutor Lontra: outro que gostava do zebu, mas gostava ainda mais de dinheiro, pois, com a maior sem-cerimônia, passou o bezerro nos cobres. Dois contos e quinhentos! – dinheirão para a época, em 88, já no finzinho do reinado de Pedro II. Negócio feito e acabado, bezerro na cocheira, o seu Veloso – esse, o nome do primeiro comprador do zebuzinho – informa da transação o uberabense coronel Antônio Borges de Araújo. Informa e propõe negócio, relacionadíssimo que era com o pessoal de Uberaba, gente fanática pelo boi de cupim e barbela, e, além do mais, endinheirada: estivesse o coronel disposto a lhe dar conto e quinhentos de lucro, e o garrote seria seu. Tempinho só de ir e vir a oferta e a resposta, e o zebuzinho muda outra vez de dono. Quatro contos de réis! Isso, no tempo em que uma boa novilha custava dez, doze mil-réis. Quem tiver cabeça boa para contas, que as faça – mil contos, o valor, hoje em dia, da transação, ao preço corrente de três contos por uma novilha solteira... E negócio no escuro, feito em confiança, sem que o comprador visse o bezerro – exemplos de honestidade que o povo antigo vive lembrando à rapaziada sem miolo da época atual.

O coronel Antônio Borges de Araújo convidou todo mundo, contratou banda de música, encomendou barbaridade de foguete.

E, quando o bezerro guzerá chegou à estação da Mogiana, chegou de trem especial, importante que nem político do governo. E desceu a rua do Comércio de a pé, puxado pelo dono, banda na frente repicando dobrado, e o foguetório enfumaçando a cidade.

Um festão, a chegada a Uberaba do guzerá orelhudo e azulego! A procissão desfilou pelas ruas, gente acompanhando, gente às janelas espiando e batendo palmas. E foguete e banda de música entusiasmam tanto que, quando o povo deu fé, todo aquele pessoalão tinha andado para mais de duas léguas na boiadeira de São Pedro de Uberabinha, e estava chegando à fazenda Caçu, enchendo os currais do coronel Antônio Borges de Araújo. Na fazenda, foi banquete, foi bebida, foi discurso; e foi, também, a escolha definitiva do nome para o garrote guzerá: Lontra, em homenagem ao doutor Lontra, do estado do Rio, o tal amigo do doutor Acácio.

Esperançoso começo, como se vê. E tudo correu, daí por diante, de acordo com o desejado pelo peitudo coronel Borges, que tivera a coragem de dar quatro contos de réis por um bezerro, numa época de bom dinheiro, em que uma nota de duzentos media um palmo de tamanho e sustentava um familião durante um ano, e tudo vivendo vida de lorde, na mais abençoada das farturas.

No meio da novilhada guzerá, o garrotão azulego lambia displicente o sal do cocho. Nequinha Capador não parava com a conversa:

– É o Lontra outra vez, seu Aurélio. Azulego, chifre pequeno e atorquesado, o mesmo jeito de olhar de banda. Lembro-me direitinho dele, na fazenda Caçu. Eu andava pelos meus oito ou dez anos, e meu pai me levou até lá numa das suas viagens – só para comprar um bezerro do Lontra. O boi não chegava para as encomendas, e o meu velho teve de se contentar com uma barrigada, e, mesmo assim, pagou caro: dois contos e quinhentos!

– Então esse negócio de barrigada é assim tão antigo? Já naquele tempo se vendia bezerro antes de nascer? – Paulo perguntou.

– A procura era tanta que inventaram esse sistema. Se trazia alguma desvantagem para o comprador – podia ser que nascesse um bezerro defeituoso ou de má conformação – dava de acontecer também o contrário: às vezes nascia um aborto de animal, reserva de muito preço, e o vendedor era obrigado a entregar a cria. Ainda é o negócio mais comum nas fazendas de criação de Uberaba...

– E a produção do Lontra, Nequinha, foi toda ela boa, de fato?

– Especial. Raçador assim, nunca vi. Tudo o que era bezerro dele puxava o mesmo tipo: cor de nuvem, umbigo fino e leve, chifre pequeno, lombo comprido e reto. Culote elegante, pernas em pé, o cupim de careta de caju...

– Quer dizer que o coronel Borges ganhou um dinheirão...

– Se ganhou! O Lontra fabricava dinheiro. Basta dizer que o coronel enjeitou por ele, certa ocasião, mais de quarenta contos. O negócio foi até engraçado: quem fez a oferta foi o Manuel Lemos, da Pratinha do Araxá – quarenta contos no primeiro arranco, quarenta e dois no segundo. E, quando viu que não adiantava insistir, fez uma proposta gozada: mantinha os quarenta e dois contos e dava um baile em Uberaba, baile de arromba, tudo por sua conta, se o coronel Borges vendesse o boi; caso contrário, teria de dar o baile o dono do Lontra...

– E daí? – perguntou Aurélio.

– O coronel achou graça e deu o baile. Naquele tempo havia certa poesia em tudo...

Aurélio soltou a risada:

– Imaginem quem quer falar em poesia daquele tempo: o Nequinha Capador! Você achava poético capar os outros, Nequinha?

Mas o velho era sem seca e revoltou:

– É pena que não nos tenhamos encontrado na época. Hoje, você estava mas era requebrando e falando fino...

Paulo, porém, estava mais interessado na história do Lontra, e insistiu:

– E a festa, o tal de baile?

– Falaram nele muitos anos. O coronel Antônio Borges de Araújo era um tipão de sujeito, rasgador. Champanha à vontade, tudo o que era parente e conhecido das redondezas. E o Neca Lemos, da Pratinha do Araxá, acabou levando a sua vantagem: tanto fez que conseguiu comprar vinte vacas paridas, enxertadas pelo Lontra, o que lhe deu um lucrão.

– Então o Lontra deixou muito bezerro...

– Se deixou! Viveu mais de doze anos na fazenda do Caçu e largou muita produção. O Lontra espalhou filhos por esse Brasil todo: Mato Grosso, Goiás, Bahia, Sergipe... Até em São Borja, no Rio Grande do Sul, parou um bezerro, comprado por um tal de coronel João Fagundes. Esse bezerro aí, que o senhor está vendo, e toda esta novilhada, vêm de um filho do Lontra, comprado em Cássia, no Sul de Minas, pelo pai do Viridiano.

Paulo olhava para o garrote, que lambia sal, espantando varejeiras com a vassoura do rabo. Para ele e para as irmãs, bonita cabeceira de novilhas, apesar da magreza e do estrago da seca. Nas mãos de um artista como o Nequinha Capador, o tourinho faria sucesso na Grande Exposição de Uberaba. Tratado em cocheira, à ração, escovado duas vezes ao dia, cabelos da orelha aparados em barbeiro, chifres limados e polidos... Perderia o ar acaipirado dos Confins, civilizar-se-ia. Viraria outro. O bezerro comprado ao Viridiano Nunes tinha história, tinha raça.

– Cuide bem deste bezerro, Nequinha. Estou com palpite nele; acho que você vai mesmo acertar a mão.

Nequinha estava convencido:

– Vou, sim, doutor. Bom trato e publicidade, um nome rompantoso que eu ainda vou descobrir para ele, e vocês vão ver aonde vai parar o Nequinha Capador, montado neste gadão guzerá!

Seu Sebastião tinha mesmo coração grande. Mandou soltar o gado do Nequinha na invernada da lagoa, onde o capim-angola conservava o viço por causa da água.

Paulo não ia sentir muita falta do padre Sommer. Nequinha Capador sabia também contar as suas histórias e não dava trabalho desenrolar a sua gabolice.

O gado do mascate ia sendo tocado para o corredor, rumo ao pasto. Poucos peões montados davam conta do serviço, e Paulo aproximou-se do resto da comitiva, que começava a desarriar os cargueiros e soltar a tropa. Virou-se para o tio:

– O Nequinha é caprichoso. Enquanto estava pregando aquele discurso sobre o Lontra e o coronel Borges, eu prestava atenção na comitiva dele. Cinquenta mulas, fora a madrinha e os cinco cargueiros –

tudo dentro da regra para uma boiada de mil cabeças: no gado, dezesseis homens, do dianteiro ao toca-fila... Olhe, aquele é o culatreiro, aquele mulato ali... Deixe ver se me lembro desses nomes: ligal, trancafio...

O tio aprovava:

– Confere. Venha cá.

Aurélio levou o sobrinho até o preto velho que recolhia a tralha:

– Me abra isso aí, ô bruaqueiro. Me deixe ver se o doutor aqui ainda conhece do ofício.

O velho abriu a bolsa de couro cru. Esparramou pelo chão os objetos, misturando-os com o resto da tralha dos cargueiros. E Paulo foi cantando os nomes, orgulhoso da memória:

– Freio água-choca. Serigote, enxerga, arreador... Cilha... Polaco... Retranca... Puxavante... Alegre... Fleme...

– E aquilo ali?

– Chilena... Cutuca... Piraí!

Aurélio babava-se:

– Muito bem, aprovado! E o nome da tralha do cozinheiro?

– Mariquita!

– E o distintivo do capataz?

Paulo não se esquecera. Não podia mesmo esquecer. Nos bons tempos de menino, vivia perguntando o nome das coisas. Via-se de novo, respeitoso, respondendo às sabatinas do tio Aurélio. E a saudade lhe chegou tão grande que falou sério, com as mesmas palavras ensinadas pelo tio exigente:

– Capataz que se preze, tio Aurélio, imediato de confiança, de responsabilidade, usa distintivo de acordo: é um berrante de boi curraleiro, berrante bem grande e que chora bem grosso.

11

Xixi Piriá voltou à noitinha, já na hora do jantar. Trazia novidades:

– Topei com o Raimundão no garimpo, doutor Paulo. Mandou muita lembrança e me pediu para avisar ao senhor que qualquer hora dessas vem-lhe fazer uma visita.

Garimpo por aquelas bandas? Isto era novidade:

– Garimpo onde, Xixi? O Raimundão lá da Mutuca?

– É, sim, doutor Paulo. Trouxe uma turma e abriu serviço no ribeirão dos Dourados. Légua e pouco daqui até lá... Grupiara boa: deu, logo de saída, quatro ou cinco unhas-secas...

– Não sabia disso, não – disse João Soares. – Grandes?

– Médias. Mas todas fazenda-fina especial.

Roda formada outra vez, na mesa grande da sala de jantar. Dia cheio! Primeiro, o padre Sommer, o doutor Bernardino, o pessoal da Vila. Agora, o Nequinha Capador e a sua comitiva. Para dentro da casa da fazenda viera apenas o Vigilato, capataz do Nequinha – o resto dos peões se arranchara pelo porão da casa-grande, no cômodo do engenho, pelo paiol e coberta dos carros de boi – mas, mesmo assim, a mesa estava repleta: o deputado, seu Sebastião, João Soares e o Antero, Nequinha e o Vigilato, Aurélio, Xixi Piriá.

Maria da Penha servia o jantar, ajudada pela Argemira. Servia, e entrava na conversa:

– O garimpo é perto, doutor Paulo. Estive lá com papai, outro dia. Gostei de ver o serviço dos garimpeiros – tudo tão bem organizado... Pensei que fosse gente vadia, povo sem eira nem beira...

– A senhora viu as unhas-secas? – perguntou o Xixi.

– Vi, sim. Seu Raimundão me mostrou. Está numa esperança...

Paulo comentou:

– Vivem dela, dona Maria da Penha. A eterna esperança do jogador. Tudo para eles é sinal certo de bamburro...

Durante o jantar, o assunto foi só esse. Nos seus tempos de pescaria, Paulo vivia encontrando-se com garimpeiros e muitas vezes com eles se abarracava. Gostava da conversa deles – e muito tipo formidável de sujeito ele topou, desguaritado pelas beiras de rio do sertão. Muito aventureiro desgarrado, muito criminoso fugido, muita pessoa de instrução, e até de família boa, irremediavelmente perdida pelo vício louco...

O rancho são apenas algumas folhas de coqueiro amarradas mal e mal. E o sujeito que mora ali, aluado e esquisitão. A comida, ele mesmo a faz, que comida de garimpeiro dá pouco ou nenhum trabalho: charque cozido com feijão e café adoçado com rapadura. O fumo de rolo e a cachaça completam o restinho de sustento. Para que mais?

Se corre, porém, a notícia de que a grupiara é rica, os ranchos de pau a pique arruam num instante a corruptela. Chega cachorro, chega mulher, toca a nascer menino – e o garimpo forma arraial. Uns crescem ainda mais, e na pracinha deixada de propósito brota a capela de adobo e telha, ajudada por todo mundo. A igreja batiza o povo, batiza o lugar também. O nome pega – Gatinho, Areias, Bandeira... – e puxa venda, farmácia, pensão: pensão de cama e comida, onde se hospeda o padre, o viajante e tudo o que é capangueiro negociante de pedras; e, em tempo de eleição, os candidatos (praga que fareja atualmente todo lugar de categoria).

Isso, zona de cascalho favorável. Mas há grupiaras que secam, se esgotam, queimam. Morta a esperança, só fica o taperal.

Na terra batida em derredor dos ranchos vazios nasce o infalível pé de cabaça – rasteiro, folhudo, feliz. Predileção esquisita, a da cabaceira, por tudo quanto é antigo e abandonado: onde viceja, marca o lugar que nem cruz de sepultura. Outro apaixonado pelos restos podres de jirau de horta de couve e cerca de bambu é o melão-de-são-caetano. Delicadeza em pessoa, religioso, mas teimosinho que só. E o juá, o caruru... Esses, os primeiros; depois, o pau de aroeira, que em antes servia de moirão, começa a virar aroeira de novo, que é árvore boa de pegar de galho. O resto do mato segue o exemplo, que não há mais foice para conservar o roçado nem unha de mulher para despraguejar o quintal. E a mata toma conta – mata engraçada, onde a gente costuma achar pezinhos de limão-china, e até um ou outro pezão de tamarindo ou de manga comum.

Tudo depende, pois, do diamante. Quem o descobre é, na maioria dos casos, o tal de garimpeiro cabeludo e esquisitão. Viaja escoteiro, que a tralha é pouca e de peso nenhum. A prática o ensinou a conhecer o cascalho só num relance de vista. Se palpita boa forma, a peneira tira a dúvida; e, se informou bem, o homem arrancha.

Pés enterrados na areia do fundo do ribeirão, calção de riscado arregaçado até às virilhas, o sol malhando nas costas nuas, o garimpeiro peneira o cascalho, paciencioso, organizado. Do lado, o barranco firme ou o estivado que ele armou e onde se amontoa o cascalho. Quem já viu mulher catando feijão em gamela e o jeito que ela dá para separar os grãos sadios dos carunchados – galeio rápido para a frente e para trás – aprende a técnica: em cima, ajuntam-se as pedras leves, e embaixo, no fundo da peneira, as mais pesadas, as formas. Na virada certeira, treinada, o garimpeiro emborca o cascalho peneirado – e o que se ajuntou no fundo passa para a coroa do piquete que se vai amontoando ao lado. A suruca – peneirona de malhas grossas – separa as pedras maiores; para as três peneiras propriamente ditas passa o resto. Lá fica ele, o maluco, cozinhando o couro ao sol, com água pelos joelhos. E peneirando, peneirando...

Bicho chega ao barranco, assunta, assunta, bebe água, assunta outra vez, e vai-se embora. Passa pato-trombeteiro, passa irerê, passa nuvem. E o dia passa também.

Mas o garimpeiro não vê nada disso. O próprio cigarro, ele o esquece, apagado no gancho duma orelha. Na outra, o galhinho de pau: pauzinho ensebado com que o maníaco cisca o montinho das formas croadas no topo do piquete. Galanteza de pedrinhas de toda cor: palha de arroz, canjica, chicória, fundo-cativo... E cisca, e remexe, e remexe, e cisca – ainda não, mas qualquer hora croa um xibiu: nem que seja um avoão, nem que seja um olho de mosquito...

Vício louco! Os dentes caem, o cabelo cresce, as costas encascam assadas ao sol. O morrote de cascalho peneirado encorpa, fica alto demais, desajeitado. Que tem isso? A gente começa outro, roça mais uma braça de barranco, corta mais galho e mais folha, e faz outro jirau.

E o garimpeiro vai mudando de ponto. Atrás dele ficam os seios redondos do cascalho – as maminhas dos piquetes muito brancos de tão lavados, mas de bico roxo-escuro, mimosa coroinha das formas do diamante. E sobe o rio, e vai deflorar novas barras, novas cabeceiras, novas águas do sertão. Não olha para trás, não sente saudades, não deixa nem carrega consigo amor nenhum.

Viaja escoteiro, que a tralha é leviana e a esperança ele a carrega amoitada no coração.

Um dia – quem sabe? – Deus ajuda...

– Mas o garimpeiro vive sempre da sorte, doutor Paulo?

– Vive e não vive, dona Maria da Penha. Onde o cascalho é favorável, e as formas de boa raça, o serviço dá para comer e sustentar o vício do cigarro e da cachaça.

Paulo ficaria conversando com Maria da Penha o resto da noite. Mais bonita ela lhe aparecia, agora, à luz sonseira do lampião. Percebiam os outros aquele namoro espontâneo, começado no escuro da sala de jantar, enquanto o padre Sommer contava a história da onça-preta? Os olhares, os sorrisos, tudo tinha sido tão discreto... Não. Ninguém desconfiava.

Mas, se não percebiam, não lhe davam oportunidade de ficar a sós com a fazendeira. Depois da chegada do Nequinha Capador, então é que não haveria mais jeito. No Boi Solto, todo mundo se preocupava em fazer sala ao deputado: João Soares e Antero sempre com novos problemas da campanha municipal, Nequinha Capador não parando de falar na vacada guzerá comprada ao Viridiano Nunes e nos planos para a apresentação retumbante do garrote azulego aos zebuzeiros de Uberaba – um aborto de animal, descendente do famoso Lontra! Não descobrira ainda o tal nome rompantoso com quem batizar o bezerro. Até Paulo achou de lhe dar alguns palpites, mas nenhum nome lembrado servia: ou já fora usado alguma vez, ou não tinha a importância ou sonoridade necessárias a um animal daqueles, fadado a estremecer a mais importante exposição de zebu do mundo inteiro.

O deputado podia ficar livre de todos eles. Fácil ir para o quarto, pretextar necessidade de descanso – o doutor Bernardino não havia insistido tanto no repouso? – mas não queria o simples isolamento. Queria-o com Maria da Penha, desejava conversar com ela, descobrir-lhe os segredos, merecer – quem sabe? – as suas confidências. Impossível, porém, enquanto os outros continuassem na fazenda, a oportunidade de um encontro a sós. Nem pedir-lhe que lhe mostrasse o pomar podia: a peonada do Nequinha Capador espalhava-se pelo quintal o tempo todo, a catar as últimas laranjas grimpeiras e temporãs... Tinha de esperar, curtir aquele embaraço até que a comitiva do Nequinha Capador mudasse para o retiro da lagoa, que os outros todos viajassem, que o Xixi Piriá resolvesse continuar a sua vidinha de mascate pelas fazendas do sertão. Por onde andava, agora, o Xixi? A ideia veio-lhe de repente, e Paulo levantou-se:

– O Xixi foi-se deitar, seu Sebastião? A noite está uma beleza de clara e me deu vontade de bagrear um pouco no corguinho...

Surgiram os protestos:

– Convém não, deputado. Depois do febrão que o senhor teve ontem...

Mas o doente era teimoso:

– Sereno não faz mal para ninguém, seu Nequinha. Sou doutor em maleita; esta já é a segunda...

Maria da Penha foi buscar o mascate, que andava na cozinha de prosa com a Argemira. E gritou pelo Santino, o crioulinho do vaqueiro. O moleque arranjava as varas e as minhocas...

Fora, no paiol e na coberta dos carros de boi, a comitiva do Nequinha Capador caíra em silêncio, acabados os risos e cantorias. A mulada é que ainda estava de pé, fuçando um resto de sabugos e a palha da ração de milho distribuída à tarde.

A janela era alta, e Paulo teve de atravessar na ponta dos pés descalços a sala de jantar. Abriu de mansinho a porta que dava para o alpendre e desceu até os currais. A lua enorme – apenas ainda um pouco amassada de um lado – clareava toda a fazenda, e Paulo achou com facilidade o rego-d'água. Subiu por ele, molhando os pés na grama viçosa das margens até o tronco da peroba que amadurecia ali. Encarapitou-se na tora, esticando o corpo na madeira úmida, e acendeu o cigarro.

Xixi Piriá contara-lhe tudo. Sozinhos, os dois, na beira do poço do bambuzal, Paulo foi arrancando do homenzinho toda a história de Maria da Penha. – "Bonita, doutor? O senhor precisava de ver quando ela saiu do colégio..." O mascate frequentava a fazenda do Boi Solto desde os tempos de Maria da Penha meninota; era ele quem lhe levava as encomendas pedidas ao pai, as cartas dele. E os recados também do Neco, filho do seu Gustavo da fazenda da Perdida – namoro antigo, desde antes de Maria da Penha ir para o internato de Santa Rita. – "Coitado do Neco – contara o Xixi Piriá – menino de ouro, trabalhador, ambicioneiro... E acabou se sumindo pelos gerais do Formoso, lá naquele oco de sertão, quando soube do noivado de dona Penha com o doutor Luisinho. Arrumação do seu Sebastião e os outros da família. Seu Gustavo acompanhou o filho, apaixonado também que nem o rapaz, e vendeu a Perdida a troco de nada..." Mas a moça gostava do Neco – achava o Xixi. Um dia até perguntara por ele, assim muito de longe, como coisa natural. O casamento com o doutor Luisinho não podia dar certo: parente dela, homem já madurão, sistemático. E a menina era geniosa, mimada, criada sem mãe. Na Vila, começavam a falar; gente que vinha de Santa Rita contava coisas, espalhava boatos: que ela andava com um médico da Casa de Saúde, com um rapaz do banco, até com um chofer de praça, um tal de Domingão. Dona Maria da Penha caíra mesmo na língua do povo. – "Capaz mesmo, doutor Paulo – falava o Xixi. – Menina nova, uma beleza de moça, casada com um mutrecão daqueles..." O casamento não durara um ano. Uma noite – Xixi Piriá estava de pouso no Boi Solto, lembrava-se direitinho de tudo – chegou de Santa Rita um automóvel com o Generoso e o seu Mundinho, irmãos do seu Sebastião, trazendo a má notícia: o doutor Luisinho suicidara-se com um tiro de carabina, enquanto dona Maria da Penha dormia no outro quarto, ausentes um do outro que já andavam havia muito tempo...

Paulo vigiava o casarão da fazenda, claro de luar. Lá estava a janela aberta do seu quarto, as da sala de jantar, as dos outros cômodos da casa. E escancarada, aberta sobre o quintal, bem em frente à goiabeira velha da porteirinha do mangueiro, a janela do quarto de Maria da Penha. Ele já conhecia a casa e, quando passava pelo corredor, via o quarto da moça, a cama grande forrada com a colcha cor-de-rosa, bordada de crochê. Estaria acordada? Na hora em que os dois desciam para o córrego, ele e o Xixi Piriá, Maria da Penha falara com toda a naturalidade: – "Quando o senhor voltar, me chame se precisar de alguma coisa. Vou deixar quitanda e o bule de café na chapa do fogão..." E sorrira, e arqueara, provocante, as meadas de linha de seda preta das sobrancelhas. Esperaria por ele? Paulo não havia pensado naquela possibilidade: tio Aurélio, João Soares, desdormidos desde a véspera; Nequinha Capador e sua comitiva, todos eles acostumados com a vida do sertão, dormindo o sono pesado de quem se levanta de madrugadinha... E ele tivera a presença de espírito de responder a Maria da Penha que ela não se preocupasse: voltaria tarde, gostava de ficar zanzando até altas horas, apreciando o luar e a frescura da noite. Demorara-se pouco no córrego, o tempo só de ouvir a história que o Xixi Piriá lhe havia contado. Ela percebera a sua chegada, escutara com certeza a bulha na cozinha, o barulhinho das xícaras quando os dois foram tomar café. Deveria ter ouvido o rangido da porta do quarto da sala, o movimento de escancarar as janelas e suspender as vidraças... O diabo fora aquela demora, o tempão que ele havia gasto esperando que o Xixi se recolhesse ao quartinho pegado à despensa. Tinha Maria da Penha desistido de esperar?

Não, aquilo era uma ideia estúpida, uma aventura impossível. Maria da Penha não iria arriscar-se assim, tomar a iniciativa de forçar um encontro àquela hora da noite... Nada acontecera que justificasse aquela esperança: um namoro apenas, uma inocente troca de curtas mensagens de simpatia e afinidade. Mas, e se ela fosse mesmo a mulher que o povo falador da Vila dos Confins esparramava que era? Mulher sem juízo, perigosa... Xixi Piriá não lhe havia dito que seu Sebastião a trouxera para a fazenda para poder vigiá-la melhor? Não lhe contara a história do vaqueiro Romualdo, pessoa de casa, de confiança da fazenda, que o seu Sebastião dispensou porque andava desconfiado de namoro dele com a filha?

A noite avançava, e a lua subia, gorda e paciente, a ladeira do céu. E se ele chegasse até o mangueiro? Abriria a porteira e alvoroçaria a porcada, dando pretexto a que Maria da Penha viesse à janela. Ou, então, treparia à árvore, e poderia vê-la deitada, tudo iluminado que estava pelo luar claríssimo.

Febre? Impossível. A doença não vinha assim, seguida: pulava sempre um, dois dias. Não, não era febre. O calor que sentia no rosto, aquilo era o desejo, desejo que gritava e ferroava, e fazia o coração vir bater aflito na garganta. Tão bonita era Maria da Penha, tão pretos aqueles cabelos compridos... A boca, os lábios roxos e carnudos, úmidos sempre quando sorriam... A penugem morena de veludeira do mato que lhe sombreava a nuca e o roliço dos ombros...

A noite avançava, avançava. Aquele maluco do galo índio já cantara a primeira vez. E não tinha hora certa, cantava forte, batendo escandaloso as asas, acordava todo mundo... Paulo sabia que tinha de decidir-se logo, de inventar um motivo qualquer que trouxesse a viúva à janela do quarto. O resto, a noite alcoviteira acertaria.

Mas não foi preciso que Paulo se decidisse. Maria da Penha chegou à janela, recortando-se-lhe o perfil da camisola branca no retângulo escuro do quarto. Movia a cabeça, correndo os olhos pelos currais e pelo pastinho de marmelada onde a tropa de mulas continuava fuçando. Além, o pasto ralo de jaraguá, o tronco de peroba caído perto do rego-d'água, a brasinha do cigarro. Viu Paulo e o seu aceno, porque lhe respondeu com demorado sinal da mão erguida.

E agora? Todos os receios se apagavam. Era preciso ir, nada o continha mais. O luar clareava o caminho e, nas moitas de capim, apenas o cri-cri dos grilos seresteiros.

Paulo desceu da perobeira e encaminhou-se para os currais. Era só atravessá-los, beirar a cerca do quintal, chegar ao pé da goiabeira. Maria da Penha esperava. Onde se encontrariam? Longe de casa, com certeza, no escuro sossego do bambuzal do córrego...

Mas Paulo não chegara ainda à porteira grande, e um berro feio – berro de boi erado – quietou os grilos e fez a tropa reunida junto ao cocho levantar os pescoços e empinar as orelhas. Berro que não parava, comprido, agoniado, terrível. Só uma vez, em menino, Paulo ouvira coisa igual: fora na fazenda, quando assistia à castração da garrotada de corte, serviço bruto que o tio Aurélio, em pessoa, gostava de fazer. Chegara a vez de um marruco anelorado, xucro de cinco anos, brigão e arrombador de cerca. Urro pavoroso, quando o tio esmagou a diversão do boi, com o olho do machado servindo de macete.

Pois era uma coisa assim – aboio trêmulo e desesperado – que enchia a fazenda do Boi Solto, vindo dos lados da lagoa. E alto, que Paulo ouviu a bulha de gente acordada no paiol e viu o risco de luz avermelhada tremelicando na fresta do telhado do quarto de seu Sebastião. E viu também as duas largas folhas da janela do quarto de Maria da Penha fecharem-se vagarosas, apagando a visão da camisola branca.

Sucuri, quando bate a boca em focinho de boi, bate definitivo. Não é à toa que se prepara para os duros imprevistos da empreitada. Errou o golpe, bambeou a laçada, fraquejou – e pode mudar de pouso, que rês mais nenhuma volta ao bebedouro. A notícia corre o pasto, de boca em boca de rês, aumentada de um ponto em cada versão, como acontece com toda história importante – malgrado a opinião dos que afirmam que bicho não conversa.

Perto ou longe do barranco – pouco importa, que corpo de sucuri espicha e encolhe que nem elástico – sempre se encontra jeitoso tronco de buriti ou uma raiz resistente e de igual serventia. Uma laçada só, com a ponta do rabo acabada em gancho para arrochar ainda mais o nó cego na hora do repuxo, e o principal está feito. E deixe vir o marruás!

O cujo é um boi curraleiro, erado de nove anos, boi vermelho-churriado, vareiro de corpo e pinheiro de chifre, ex-boi de guia de uma boiada de carro igualzinha, que o dono era homem de posse e de gosto. Não fosse a maldita ponta de pau que lhe carregou com o olho direito, e esta história seria outra, ou pelo menos outra a sua vítima, pois o curraleiro continuaria nos seus pagos, levando vidinha boa de boi de carro. E prosperando o dono e ajudando a despertar inveja, que era bonita e canhenta de fato, a tal boiada!

Mas animal de estima quando aleija, fazendeiro nenhum aprecia tê-lo nos pastos, que é um enjoado remoer de eterno desgosto. Vende ou trama o coitado – e especialista em tais alcaides só mesmo o Nequinha Capador, que não perde tempo em lamentar desgracinhas e cuida mas é das arrobas que rende o animal depois de solto em bom pasto e salitrado na regra.

Galo de briga com a vista vazada morre da banda cega. Todas as desgraças passam a chegar-lhe do lado escuro: o adversário, mal percebe a fraqueza do outro, descruza e cruza de novo o pescoço, e batoqueia e esporeia sem dó nem piedade, na nova e vantajosa posição. O mesmo aconteceu com o boi curraleiro, neste caso verdadeiro passado em noite de lua, na fazenda do Boi Solto. Com a diferença de que a vantagem não a levou outro marruco brigão, e sim uma cobra sucuri.

Escondida no fundo da lagoa, rabo engatado na raiz, a cobra tocaiava o boi carreiro. De fora da água, só a cabeça chata, escura e parada que nem toco de pau boiante e bem disfarçado na touceira de santa-luzia. Não era de agora que vinha vigiando a rês: já percebera o defeito na vista do infeliz – proeza de somenos para uma sucuri que se preza – medira o seu tamanho e se alegrara com a magreza dele. Menos carne, mas, em compensação, menos trabalho.

O vaqueiro enchera de sal o cocho – outra notícia boa, sinal de que o boi viria beber água na lagoa a noite inteira. E foi o que aconteceu.

Da primeira vez, o curraleiro chegou acompanhado; da segunda, sozinho, mas ainda meio ressabiado; da terceira, demorou-se pouco. Mas da quarta – lua quase a prumo, alumiando que dava gosto – veio confiado e entrou no barro até o meio da canela.

A sucuri mergulhou macia, tão sonsa que nem meia borbolha se abriu no espelhado azul-escuro do lagoão. Rente ao barro do fundo, veio vindo, veio vindo, sempre do lado cego do boi, até o ponto certo do bote. E adeus, boi vermelho-churriado, boi de guia sestroso, carreiro de estimação!

Um olho só, mas o suficiente para ver a morte na tromba pendurada das fuças. Memória de boi, mas memória que guardava muita história parecida, comentada em hora de serviço nas sonolentas estradas de carro, ou em hora de descanso, à lua e ao redor do cocho. Certeza certa do pior dos destinos: acabar em boca de sucuri... boca em ventosa –

chupão maldito que nada amortece, a que nada resiste, vindo das profundas de cinquenta palmos de esfomeação.

Mas boi curraleiro tem tradição de valente. Antes que de todo lhe falte o ar – quase todo o que entra pela boca a sucuri vai chupando pelas ventas – ele reage. Abaixa a cabeça e tenta firmar o pescoço da cobra no barro mole, pisando-o com os cascos das mãos para forçar um repuxão salvador. Mas o corpo da sucuri escorrega que nem quiabo, molgueia que nem borracha, estica que nem visgo de leite de mangaba...

Então o boi se lembra dos seus tempos de carreiro, das toras que puxou, da disposição e da saúde que o promoveram a boi de guia de doze juntas respeitadas. Pinheiro de chifre, foi-lhe fácil cangar nas aspas, num golpe feliz, o corpo da sucuri, virar nos pés, e despejar pasto acima. Mas aí é que entra na história o tal gancho que a cobra tem na ponta do rabo. Nó cego arrochado na raiz de um pau, a maldita deixa que o boi corra, a galope. Quantas braças – cinco, dez, vinte... – quantas braças ele queira. Os cinquenta palmos de laço viram cem, o canudo de dois palmos de roda fica da grossura de um dedo, esticado como corda de viola. Bicho excomungado! E o boi desvira, que não aguenta mais o ajoujo que lhe entorta o pescoço e começa a desgrudar do osso da boca o couro do focinho. Mas não se entrega: finca os quatro cascos no chão, entesa as pernas, joga todo o peso no traseiro. Empaca.

A sucuri não se afoba. Grossa de dois palmos ou fina de um dedo só, continua sucuri do mesmo jeito – natureza dela... O nó em redor da raiz, no fundo da lagoa, mais acochado ficou, e aquilo de espicha e encolhe são artes já treinadas e que nenhum sofrimento lhe dão. Ao outro, sim, que o ar rareia nos bofes e o sangue escorre dos beiços rasgados – e a vontade fraqueja, e a força não lhe obedece mais.

Coitado... Lá vem ele: os cascos rasgando o chão, que nem bico de arado. A sucuri diminui de comprido e vai aumentando de grosso. Só na beira da lagoa é que ela bambeia o laço e afrouxa o esticão. Mas tudo não passa de maldoso fingimento. O boi respira e destonteia, e recua outra vez. Mas a história é a mesma – o boi empaca, a sucuri volta a arrastar o boi...

Esmoído de canseira, um bagaço, o curraleiro arria as cargas. Uma, duas, dez vezes a mesma agonia – espicha, encolhe, puxa, repuxa, arrocha, desarrocha. Adianta mesmo mais não.

Então é que o pobre boi de carro perde o respeito. Chora. Buezão desta grossura, choro triste, a coisa mais triste mesmo, de todas as desgraças deste mundo.

Madrugada, já. Paulo e tio Aurélio ainda conversam, comentando o fim do pobre boi carreiro pegado pela sucuri:

– Se a gente tivesse acudido mais cedo, talvez até que o boi escapasse...

– Escapava não, Paulo. Boi apanhado por sucuri fica inutilizado. Endoidece. Conheci um, no pantanal, que os peões conseguiram laçar. A cobra, com o movimento de gente, largou o focinho do pobre e sumiu na lagoa. E, depois que soltaram o laço, o boi desembestou por aquele mundo afora, arrasando com o que topava no caminho. Acabou num desbarrancado, pinchado no fundo, em petição de miséria.

– E perderam a sucuri, ainda por cima...

– Pois é. O jeito é mesmo deixar que ela engula a rês. Fica dias com aquele mundo entalado na barriga, esperando que a carne apodreça, digerindo o boi devagarinho. Aí, a gente acaba com a vida dela.

Paulo puxava pelo tio, mestre nessas histórias de sertão:

– Nunca eu podia pensar que fosse, um dia, assistir a tal coisa. Me contavam casos de sucuri pegadora de menino, de porco, de gado de criar. Mas eu achava que tudo era exagero, invenção de caboclo. Pois o negócio é feio mesmo, tio Aurélio. É verdade que, depois que ela leva a criação para debaixo da água, se enrola no corpo e lhe esmigalha os ossos que nem paçoca?

– Vira tudo um molambo só. Quebra tudo, esmói tudo bem esmoído, feito bagaço. Depois, baba naquilo, unta bem untado o serviço, e vai engolindo, engolindo... O couro da sucuri espicha tanto, fica tão fininho, que parece até dessas bolas de bexiga que os meninos assopram. Pelezinha tão esticada que a gente vê a cor da pelagem do boi, do lado de dentro.

– Você já viu sucuri desse jeito?

Mas Aurélio estava com sono:

– Ora, menino, você ainda andava de camisola e eu já tocava comitiva em Mato Grosso. Essa que você viu hoje, isso é filhote de sucuri...

12

A lida nos currais começara cedinho, escuro ainda. Seu Sebastião cedera mesmo o pasto ao Nequinha Capador, e a comitiva mudava-se definitivamente para o ranchão da invernada. Mau começo, o daquela noite, com o boi carreiro apanhado pela sucuri. Muitos, entretanto, os perigos que corre uma boiada quando viageia pelo sertão; tantos, mesmo, que um boi a mais ou um boi a menos não é o que vem tirar o sossego nem arruinar os cálculos de um boiadeiro. E a cobra duraria pouco: já-já apareceria boiando ou encostada numa rasoura qualquer, boba de tão empanzinada. Serviço de menino acabar com aquela peste.

O deputado não dormira. Quando percebeu que não arrancava mais uma palavra ao tio, levantou-se e foi beber o leite cru e quente que espumava no balde do vaqueiro. Maria da Penha devia ter passado também uma noite agitada. Não os acompanhara até ao pasto, mas viera servir o café quando todos regressaram da beira da lagoa, e ficara na sala de jantar ouvindo os comentários do desastre com o pobre do boi. E já estava de pé, agora; Paulo ouvia-a na cozinha a conversar com a Argemira.

A moça apareceu na hora do café com leite. Meiga como sempre, as mesmas atenções com os hóspedes. As olheiras escuras contavam, porém, da desilusão da noite fracassada. Mas sabia disfarçar:

– Vai mesmo ao garimpo, doutor Paulo? Hoje é o dia da febre. Convém não se demorar muito por lá.

Porém Xixi Piriá estava confiante no remédio:

– Tem perigo não, dona Penha. O doutor pode ficar sossegado. A maleita foi-se.

Depois do café, João Soares e Antero pediram um particular com o deputado e entraram logo no assunto.

– Fiz uma lista com o João Soares – começou o Antero. – Podemos contar certo com cinco candidatos a vereador: o Nenzinho, o Tinoco, o Godofredo, o Horácio...

– O Horácio aceitou?

– Aceitou, sim. Ontem, quando estiveram aqui, conversei com os dois, com ele e o doutor Bernardino. A concorrência da farmácia foi que ajudou; o João Soares me contou a prosa do Carrilho com o senhor e eu passei a história adiante... O velho Horácio ficou firme.

– A troca foi boa – aprovou Paulo. – Cavalo por égua... Apanhei uma birra do tal Carrilho! Quem é esse Godofredo?

– Pessoa minha lá do Fundão – explicou João Soares. – Tem venda lá; elemento que arrasta uns vinte e tantos...

– E você, Antero, não entra?

– Entro sim, doutor, se for preciso. Somos cinco certos, já. Essa sua maleita é que foi o diabo! Precisamos tanto pegar o Nélson e o Neca Lourenço! A gente tinha de ir conversar com eles antes do Chico Belo pôr alguém no meio e esfriar os dois...

– Vamos esperar mais hoje e amanhã. Se a febre não voltar, podemos dar uma chegada à fazenda deles. O Xixi me deu uma ideia, ontem: esse tal de Raimundão... Sujeito ativo, e controla muita gente do Riso, da Mutuca e dos outros garimpos espalhados por aí.

– Ativo ele é. Só que garimpeiro não para muito tempo no mesmo lugar e poucos têm título de eleitor. Em todo caso...

A política era um vício. A noite toda passada em claro, e, entretanto, o deputado não sentia cansaço, interessado na conversa. Pedia outras informações:

– E o vice? Já pensaram no homem?

Antero abaixou a voz:

– Estivemos pensando, o João Soares e eu. Se o senhor falasse com o seu Sebastião...

– Já dei uns toques nele, no dia em que cheguei – Paulo disse sem entusiasmo. – Falei por alto, sem nem me lembrar de que ele até que serve para um bom vice-prefeito... Pois olhem, a lembrança é ótima, mas duvido que ele aceite... Quando falei na candidatura do João Soares, elogiou-a muito, chegou a me afirmar que o voto dele e os poucos que tem na fazenda seriam para o João. Mas sei lá... acho o seu Sebastião meio parado, parece até que meio desiludido... Em todo caso, como a vice-prefeitura é cargo mais decorativo, sem nenhuma obrigação, pode ser que aceite. Vamos conversar com ele. Quem sabe?

– Podíamos falar primeiro com dona Penha – sugeriu o João Soares. – O pai faz o que ela manda. Que era mão na roda, isso era. Seu Sebastião é homem de bem, sem inimigos. Não custa a gente insistir.

– Insistir, eu insisto. Converso de novo com ele ou com a filha, se vocês preferem. Mesmo que não aceite, pode ser que dê alguma boa ideia... Ficou de ir conosco no garimpo. Ele vai comigo na frente, na camioneta, e puxo pelo assunto no caminho...

Paulo levantou-se: lembrara-se da injeção. Maria da Penha não se esquecera, também; quando Xixi Piriá foi avisá-la de que o deputado estava esperando por ela, a moça já fervia a seringa.

Na camioneta, em caminho para o ribeirão dos Dourados, seu Sebastião ouvia em silêncio a prosa comprida do deputado. Paulo falava no atraso da política de Santa Rita, no abandono da Vila dos Confins, na necessidade de se organizar um governo que não fosse apenas a continuação do mandonismo dos Rochas. Chico Belo era homem deles e, além disso, presunçoso, vingativo. João Soares, pelo contrário, dava-se com todo mundo – homem serviçal, bem-intencionado. E Paulo falou, falou, acabando por contar como ele próprio entrara para a política, coisa que já ninguém pode evitar, hoje em dia... Argumentou, insistiu tanto, que seu Sebastião não teve outro recurso senão concordar:

– Minha filha e eu estivemos trocando ideias sobre isso, doutor. Vimos que o senhor é homem sem seca, atencioso. Já tínhamos resolvido ajudar ao João Soares. Mas nunca me passou pela cabeça a vontade de ser candidato a nenhum cargo. Em todo caso, se o meu nome servir...

A camioneta chegava à beira dos Dourados, e Paulo encostou-se à sombra rala do araticunzeiro que servia de moirão para a tronqueira de arame farpado. Deu a notícia depois que todos os outros desceram da carroceria:

– Estamos de parabéns, Antero. Seu Sebastião é o nosso candidato a vice-prefeito. Ganhamos a eleição; João Soares já vai mandar fazer o terno preto da posse...

Seu Sebastião estava de cara boa quando retrucou:

– Também com o discurso bonito que o doutor me fez... Vocês têm agora é de me explicar o serviço; entendo tanto de política como de missa. Além de quê, burro velho que já ando...

Do ribeirão ao garimpo, quilômetro e pouco ainda de trilho estreito e cortado no pasto de altas moitas de capim seco. Enquanto caminhava, cerrando a fila de um a um, Paulo pensava em Maria da Penha. Louca, inteiramente louca, aquela mulher! Um minuto apenas, talvez nem tanto, a sós com ela, quando lhe oferecera o braço para a injeção – Maria da Penha pedira ao Xixi que fosse buscar o vidro de álcool no quarto do pai – e isso bastou para que ela lhe dissesse rápida, decidida: – "Vou deixar a porta do meu quarto encostada; à noite, depois que os outros se deitarem, você vem..." E com tanta naturalidade que, quando Xixi Piriá voltou, a encontrou à janela da sala fazendo escorrer para a seringa o líquido azulado da ampola. Nem o respirar mais agitado, nem o mais leve crispar dos dedos quando segurou o músculo do braço e espetou ali, de um golpe só, a agulha... Louca e perigosa: forçar o encontro no próprio quarto, dentro de casa, com a fazenda cheia de gente, as tábuas do assoalho estralando ao mais cuidadoso passo, as dobradiças das portas enferrujadas ringindo ao mais leve movimento... Depois, coitado de seu Sebastião! Tão bom homem, tão serviçal... Coração grande, mesmo, como dizia o Nequinha Capador: lá estava, na invernada da lagoa, a boiada do mascate de zebu a acabar com o resto de pasto verde da fazenda, cedido de tão boa vontade! Uma judiação, uma indignidade, abusar da hospitalidade dele, aproveitar-se da falta de juízo da filha.

O outro, o infeliz do marido, acabado a tiro de carabina, depois de abandonado, traído, humilhado até pelo tal de Domingão. De nada adiantara ao pai trazê-la para a fazenda, escondendo-a ali no Boi Solto: só servira para que o Romualdo virasse a cabeça e acabasse tocado da fazenda que nem cachorro. Homem de confiança, o Romualdo – dissera o Xixi. E casado, cheio de filhos, com a vidinha arrumada à sombra da fartura da fazenda e da bondade do seu Sebastião. Uma sorte, o boi curraleiro do Nequinha Capador achar de ir beber água na lagoa justamente na hora em que Maria da Penha chegava à janela e respondia aos sinais que ele, Paulo, lhe fizera da tora de peroba. E se o boi esperasse mais alguns minutos, desse tempo aos dois? Iriam encontrar-se à beira do córrego, no escuro dos bambus – ele chegara a pensar... Maria da Penha e ele fora de casa, e o pampeiro da berraria do boi a acordar a peonada do Nequinha, o João Soares, o Antero, o tio Aurélio... Todo o pessoal da fazenda ficaria sabendo. E com que cara os dois iam voltar? Ela de camisola, ainda por cima... Não, nem era bom pensar numa tragédia daquelas!

Mas, felizmente, nada tinha acontecido. Ali estavam todos chegando ao garimpo do Raimundão, João Soares e Antero animados com a política da Vila, seu Sebastião já comprometido com eles, mais um bom reforço à caixa do partido. Ali estava ele, o deputado, o chefe, cumprindo com a sua obrigação, socado no meio do pasto sujo que beiradeava o Dourados, atrás de mais um candidato a vereador para a chapa da União Cívica. Cansado ou não, doente ou não, agora era fechar o giro pelo município, visitar o Nélson e o tal de Neca Lourenço, obter quanto antes o compromisso dos dois...

Paulo consultou o relógio de pulso: nove horas e pouco. Chegava ao garimpo, conversava com o Raimundão e voltava logo ao Boi Solto. Conta de almoçar e seguir imediatamente para a fazenda do Nélson. Dormiria lá. Isso – o certo era fugir de Maria da Penha, da tentação a que já quase sucumbira uma vez e a que terminaria não sabendo mais resistir. Não ficaria mais nem uma noite na fazenda do Boi Solto!

Tantos diamantes famosos, tantas as histórias que se contam! Horas a gente passa – principalmente em noites de chuva – escutando bonitos casos e mais casos desses. O corpo se acomoda logo aos paus roliços do jirau, e a canequinha de cachaça bem que ajuda a espantar a friagem do tempo. E, se o fumo é bom – capoeirinha ou goiano de Bela Vista – noite melhor só inventando.

Claro que a noite de chuva, a pinga velha e o cheiroso e bom fuminho, tudo isso é sete de copas e espadilha, só. Zápete no pé, dono mesmo do truco, esse é o contador da história. E se o cujo se chamar Raimundão, for mineiro de Fortaleza e mulato de nascença, a chuva emenda, vira inverno. A cachaça acaba, o fumo acaba, acaba o fogo também – mas as histórias do Raimundão não acabam nunca, que o tal é garimpeiro vivido e viajado, e memória boa assim pode ser que haja outra...

Estrela do Sul? Raimundão começava do comecinho. A gente vê os sobrados da velha Bagagem, o povão que morava lá, a negrada escrava bateando o cascalho do rio das Velhas. Até que, um dia, uma negra assim-assim pegou um frango assim-assim. Matou, depenou e abriu o bicho – e lá estava, na moela, a mais linda de todas as pedras do mundo! E o Raimundão sabe o nome da negra, a cor do frango que engoliu a pedra – e vai por aí afora, acompanhando a história do diamante rosa, até chegar à coroa de rei onde a joia brilha nos dias de hoje. *Getúlio Vargas*? Raimundão conheceu pessoalmente o carreiro que viu com os próprios olhos o diamante despregar-se do cascalho, na hora em que os cravos da roda do carro cortavam o barranco pedregoso. E outros casos, e outros... Muita pedra importante que já foi brinquedo de menino, enfeite de mesa, e até indez de ninho...

Histórias que correm mundo. Histórias ouvidas pelo Raimundão, contadas por ele, recontadas pelos outros. Muito caboclinho as escuta nas rodas ao pé do fogo. Lindas histórias que a gente não esquece mais e que viram sonho de toda noite. Vida de vaqueiro? – futuro nenhum. Vida de capinador de enxada? – essa, então, piorou...

Um dia, o recruta experimenta – e acontece com ele o que acontece com novato em jogo de carteado: ganha na certa. Croa mesmo, na última peneira, um danadinho de xibiu.

E adeus peão de boiadeiro, adeus lavourista, adeus namorada...

Feitiço!

Quando o garimpeiro viu o deputado, deu um pulo:

– Gentes, olhem quem está aqui! doutor Paulo em pessoa! Vai correndo soltar um foguete de rabo, ô Dito – meu garimpo bamburrou!

Garimpo de monchão. Ilhas de cascalho espalhadas pelo terreno, umas aflorando à superfície, outras enterradas no solo. As alavancas furam, confiadas apenas na sorte e no faro dos garimpeiros, e daí a montoeira de buracos e de terra empilhada: nem manada de tatu em roça de mandioca, tal o estrago!

Monchão assim, nas beiras do ribeirão dos Dourados! Só que passou por lá um dia o Raimundão, a atalhar caminho. Garimpeiro viaja de olho pregado no terreno, assuntante – e o sabido do mulato farejou novidade na manchinha de nada do cascalho redondo que apontava no fundo de um corte de enxurrada. O rio passava perto, e Raimundão não perdeu tempo: capinou o terreno com o facão e encheu de cascalho o chapéu. À falta de coisa melhor, chapéu de garimpeiro serve também de bateia – e, depois de lavado e bateado, o cascalho contou a raça: safira e pedro-da-costa, e pingo-d'água e marumbé!

Raimundão voltou com a turma. Roçou a capoeira e fincou a rancharia. E soltou a tatuzama – um zaré!

Velhaca de pururuca... – na flor do chão, só mesmo aquele monchãozinho de nada. Um upa, seguir-lhe os rastos, chão adentro, fundo que só. Mas dava gosto ver o entusiasmo do pessoal no serviço, que a coisa não havia ficado nas formas descobertas pelo Raimundão. O tal cascalho, mal cheios dúzia e pouco de carumbés, soltou de saída duas unhas-secas, e uma delas de grão e pico: e salceda, ainda mais! E, lavada e peneirada, a pururuca deu cria de mais três irmãzinhas gêmeas, todas de meio grão para cima.

Buracão de cata-d'água – cisterna de dez braças de roda e quase cinco de fundura. Que mais fosse! No picuá de canela-de-ema as cinco pedrinhas chocalhavam um palpitoso fim, e o Raimundão emendava o clarão da lua com o clarão do dia, revezando gente no serviço de desmonte, pegando ele mesmo na picareta, exemplando o seu povo. Deu na água? Paciência... E tome sarilho, e tome chupete! Até que o vasqueiro do veio da pururuca deu de si...

Organizado, o Raimundão. No fundo do buraco, os alavanqueiros e enxadeiros, assistidos pelos chupeteiros que bombavam a água para fora. Nos barrancos, as duas filas de ida e volta: a que subia os carumbés cheios de cascalho e a que os devolvia vazios. As vasilhas passavam de mão em mão, num lento mas rendoso serviço. E ninguém mamparreava, que de tempo em tempo as duas filas se destrocavam. Servicinho maneiro, o da linha de marias descendo os carumbés descarregados, levianos, e, por isso mesmo, servicinho de mulher...

Fora da cata, outras turmas. Gente novata na despedração e nas surucas, separando e peneirando o cascalho bruto, amontoando no terreiro apenas o restolho aproveitável, que outra fila de carregadores vinha buscar para os lavadores e peneireiros. Meias-praças, esses tais: nata do serviço, estado-maior do garimpo.

Meia-praça. Pode ser velho, banguela, imprestável para serviço pesado; pode até ser sujeito resmunguento, implicante. Nada disso tem importância: o patrão gosta dele, considera-o, e fecha os olhos.

A cata é longe, o sequeiro distante, as peneiras funcionam fora das vistas do sócio fornecedor. O veeiro de cascalho costuma arredar-se mais e mais da corruptela, subindo ou descendo o rio. O papel do garimpeiro é ir atrás dele. Vai, sozinho e solto, sem testemunhas. E não desilude o sócio: se volta para apanhar mais farinha e charque – e a cachaça, o fumo, o riscado do calção – aparece também com a colheita no picuá. As pedrinhas que achou não são apenas dele: o outro tem direito à meia. E recebe-a. Honestidade de nascença.

E, se a pedra for grande, pura, bamburro mesmo de fazenda-fina especial, sorte grande de centenas de contos? Vez ou outra acontece...

O meia-praça topou com o veio de cascalho que o vinha negaceando no barranco do rio, atravessa-não-atravessa, vasqueiro, vasqueiro. Justinho na sombra do pau-vinhático, enjoado de tanta flor amarela. Bom ponto, mesmo, que as águas se espraiavam na rasoura de pedra, e a pururuca enchia todas as panelas do fundo. Sequeiro dos melhores, palmo de água quando muito.

Tardinha já, hora de quentar a comida e cuidar do pouso, mas o garimpeiro resolveu palpitar o cascalho, conferir as formas. Duas pazadas lotam a primeira peneira, a de malha mais grossa. Mau mau: a água turvou-se, amarela, sinal de que veio junto piçarra. Mas o sujo desce rio abaixo, a água clareia outra vez, enquanto a peneira reboja, reboja, na cantiga chienta. Agora! Virou-se a peneira, emborcada no limpo do barranco. A mão canhota do meia-praça vai automática à orelha, atrás do graveto de pau, enquanto a direita destampa o cascalho virado. Deus do Céu! Nossa Senhora!

No fundo da ferragem faísca, lilás, o feitiço. Roxo, sim, espelhando a tardinha que sangra o céu bem no meio do caminho que o rio abre mata acima. Lilás, não: rosa-claro, rosa-nuvem, que é cor-de-rosa a lindeza da fofa braçada de paina que o vento acabou de empilhar frente ao sol que descai. Ai! É amarelo, é azeiteiro – flor do vinhático que se debruçava sobre a rasoura de pedra. Não: é azulado que nem o céu, verde que nem a folhagem do mato, limpo que nem a água do rio.

O garimpeiro enxuga os olhos: a pedra ofusca a vista. Sombreia-a no oco da mão, esconde-a dos doidos reflexos coloridos, procura a jaça. Nada – torra nenhuma, urubu nenhum, bolha nenhuma, nenhum defeito. Pedra puríssima, diamante da melhor água.

E agora? Tem perigo não: meia-praça não conhece conflitos de consciência, não demora maus pensamentos na cabeça boa. Esquece que ele, só ele, foi quem achou o diamante; que ninguém viu, ninguém sabe; que testemunha, apenas o surdo-mudo do sertão... Os caminhos não são trilhos que guardem rastos, a terra sem fim não tem dono, as furnas da mataria não cobram pouso nem delatam foragido nenhum. A comida sobra: muita carne e ovo de bicho, fartura de mel e palmito, enxame de peixe e jacaré. Cinquenta, cem quilates... Tão fácil esconder a pedra, voltar à corruptela, fingir doença, desânimo, vontade de abandonar de vez aquela vidinha ingrata... Um mês, dois meses de espera, e depois mudar de ponto, soverter. Rico! Fazendão, gado de criar, dinheiro no banco! Para que voltar? Dali mesmo tomava rumo, mudava de nome, iriam pensar que morreu afogado ou comido de bicho... Tão fácil!

Mas não: meia-praça é meia-praça. Pouco importa se já é noite, se até se esqueceu de quentar a comida. Fecha a pedra na mão – é grande demais e não cabe no picuá – e vira nos pés, doido de alegria, já imaginando a cara do companheiro na hora em que lhe mostrar o bamburro.

Seu nome? Ninguém sabe direito. Tião? Inácio? Batista? Mas o sobrenome é conhecido e respeitado. E sobrenome macho como poucos: Meia-Praça.

– Como é, Meia-Praça, boa forma?

– Assim, assim, seu doutor. Muita grisosta e fundo-lascado. E santana, lá uma vez...

Paulo gostava daquilo. Antigamente, ficava horas, de cócoras, vigiando o serviço dos peneireiros e ajudando a ciscar a coroazinha das formas. Passatempo divertido. Mas Raimundão interrompia o cismar provocado pelo chocalho das peneiras:

– Lugar especial está mais embaixo, perto da barra do Urucanã. Na seca que vem, vou fazer virada lá, ou abro uma boa recuada no rio. O senhor se alembra daquela que eu fiz lá no Riso?

Mas o tempo passava, e Paulo cortou o assunto de chofre:

– Escute uma coisa, Raimundão: quanta gente pode votar, aqui e na Mutuca?

O garimpeiro pensou:

– Ainda para esta eleição de agora? Só dando um repasso no meu pessoal.

João Soares se intrometeu:

– Mas tem de ser já, Raimundão. O prazo está no fim.

– E o agrado para o pessoal? Tenho de prometer um ajutório...

João Soares concordou:

– Tem dúvida não. Pode prometer, que a gente arranja o dinheiro.

Paulo foi decisivo quando arrematou:

– Outra, agora: você vai ser o nosso candidato a vereador pela classe dos garimpeiros. Combina com essa sua mania de fazer discurso. Seu título está em ordem?

Raimundão ficou de cara espantada e soltou a risadona:

– Qual, doutor, sirvo para isso não! Sou analfabeto de pai e mãe.

Foi um custo convencer o Raimundão. Mas o deputado acabou fazendo-o candidato. O mulato ria ainda, mostrando a dentadura postiça, quando se despediu:

– Vá com Deus, deputado. Vereador, tem graça! Só mesmo o senhor para meter a gente num sarilho destes...

13

CAATINGA DE NOVO. PIOR AINDA A ESTRADA, depois que a camioneta ganhou o chapadão. Mas a chuva tinha sido boa mesmo. Mais alguns dias, e o verde tomaria conta de tudo, a folhagem remoçaria, a passarinhada voltaria a alegrar o cerrado ainda feio, pardacento e seco.

Longe já a fazenda do Boi Solto. Parece que de encomenda a chegada do Daíco, com os remédios que o doutor Bernardino achou de mandar! O chofer trouxera também novidade muito séria: – "A Vila está que é só boato, doutor. O Chico Belo mais o Braulino chegaram ontem da capital. E veio também o capitão Otávio, irmão do Alcindo..."

O governador cedera à pressão dos liberais: delegado militar para a Vila dos Confins! Logo em seguida, na certa, o destacamento... As buscas, os chamados à Delegacia, a provocação... – "A casa de Chico Belo virou formigueiro de gente... Dizem que o doutor Osmírio, Chico Belo e o capitão vão começar a correr o município todo..." – contara o Daíco. João Soares e Antero não precisavam pedir: o apelo estava pendurado na cara dos dois: o deputado tinha de ir com eles visitar o Nélson e o Neca Lourenço, e ir quanto antes...

Conta só de almoçar e despedir-se do seu Sebastião, de Maria da Penha. Ela bem que insistira: – "Mas a viagem é uma loucura, doutor Paulo; se a febre pegar o senhor naquele fim de mundo..." Insistira com aquele ar provocante... Os cabelos amarrados no laço de fita, o vestido preto de guarnições de renda branca, mais decotado que o de bolinhas, e disfarçando melhor o luto que ela ainda conservava... E, enquanto lhe servia o almoço, roçara o corpo no braço dele, debruçara-se na mesa e deixara o decote entremostrar um começozinho veludoso de trilho escuro que se espremia por entre os dois morrotes dos seios soltos... – "Deixo a porta aberta, você vem..." – os olhos esquecidos da prudência pediam, insistiam...

Paulo esqueceu-se de que nem o tio nem João Soares tinham motivos para estar pensando em Maria da Penha, e deixou escapar o comentário:

– Boa moça! Uma pena o que aconteceu com o marido. Tão nova, bonita, e já viúva... Mas, não demora, está casada de novo.

– Sei lá, doutor Paulo... – João Soares respondeu. – Falam muita coisa dela: tem gente até que acha que a morte do marido não foi suicídio nada... que foi ela mesma... Atirou no coitado, enquanto ele dormia, e depois fechou o quarto, e empurrou a chave por debaixo da porta... O senhor não viu na fazenda? Empregado nenhum para lá... Mulher perigosa, doutor Paulo!

Mulher perigosa: outro a achar também! Engraçado – Paulo via agora – isso mesmo: vaqueiro nenhum, empregado nenhum... Apenas o Veveco, pai do Santino, o crioulinho que lhe emprestara as varas e fora arrancar as minhocas no chiqueiro. Mas o Veveco já era um caco de homem, e preto, um estupor de criatura... E seu Sebastião não convidara o Nequinha nem o capataz dele para ficar na fazenda. Deixou-os ir para o ranchão da invernada; que se ajeitassem por lá... O único a merecer a confiança do fazendeiro parecia ser o Xixi. Também aquele, coitadinho, miudeza de fazer dó, a cara espantada de porquinho-da-índia... porqueirinha de homem...

Aurélio, esse continuava calado. Percebera alguma coisa, o velhaco? O sobrinho provocou-o:

– Passe o cigarro, tio. Estou achando você meio emburradão, meio triste...

– Canseira de ficar à toa. Você é que, parece, saiu da fazenda meio arrastado, meio à força...

Paulo sentiu a provocação, mas fingiu não percebê-la. Acendeu o cigarrão de palha que o tio lhe passou, e não puxou mais prosa com nenhum dos dois companheiros.

A camioneta parou na venda do Fiico para deixar o Xixi Piriá. Duas mulas bem arreadas, amarradas ao sol, provocaram a observação do João Soares:

– Estes animais são lá do Nélson. Gente dele que está aí.

Era mesmo. João Soares apresentou o deputado ao Osorinho e ao Eduardão:

– Conhece já o doutor Paulo, Osorinho? Este é o seu Aurélio, tio dele. Seu pai está na fazenda?

– Está não. Saiu cedinho para ver um gado no Brejal. Acho que só volta daqui a uns quatro dias.

Pernada! João Soares perguntou a Paulo:

– Acha que vale a pena mandar recado para ele? Talvez o Nélson pudesse ir encontrar-se com a gente lá no Neca. Você sabe se o Neca está em casa, Osorinho?

– Está, sim. Estive com o seu Neca, ainda ontem, na cerca do espigão. Ele está queimando os pastos.

Eduardão, vaqueiro da fazenda, era disposto:

– O senhor querendo, doutor, posso ir lá avisar seu Nélson. Do Brejal à fazenda do Neca Lourenço é coisa dumas quatro léguas só. Saio agora, e amanhã, antes do almoço, a gente aponta no Bacurizal.

Enquanto não vinha o café, Paulo prestava atenção ao pessoal da venda do Fiico. Além do Osorinho e Eduardão, o grupinho acocorado num dos cantos: rodinha vadia de quatro caboclos distraídos numa velhacaria qualquer, que mal levantaram os olhos quando a camioneta chegou.

Paulo tomou o café ralo e despediu-se com pressa:

– Então está combinado, Eduardão. Esperamos por vocês na fazenda do Neca Lourenço. E até breve, seu Xixi...

Criatura excelente, o Xixi Piriá! Não fosse ele, a maleita não teria sido cortada no início, como foi. Até que o Bernardino chegasse, pelo menos mais um horrível acesso daqueles... Ou teria voltado para a Vila, perdido todo o trabalho com o seu Sebastião, todos no ar ainda, atrás de um bom candidato a vice-prefeito... E a viagem ao garimpo do Raimundão? Mais uns trinta e tantos eleitores garantidos, agora... E Xixi Piriá quase brigara na hora em que Paulo quis pagar o remédio. Não houve jeito de aceitar nada!

O deputado lembrou-se de repente:

– Pegue a minha pasta na camioneta, tio Aurélio. Quase que me esqueço da lembrancinha ao Xixi...

Uma beleza, o punhal de cabo de prata que Paulo comprara no Rio, pensando em dá-lo ao padre Sommer. Mas o alemão já ganhara a pistola 45...

Tirou a arma do estojo e entregou-a ao Xixi Piriá:

– Você anda desarmado por esses cafundós, Xixi. Bote o punhal na cintura e não o tire mais. É um presente do amigo...

Humilde mesmo, o Xixi Piriá:

– Isto não é presente para mim, doutor Paulo! O senhor está brincando... Isto não é arma, é joia de muito preço. Não mereço, não, de jeito nenhum...

Mais avexado ficou o mascate quando prendeu a bainha no cinto. E ganhou ainda um abraço demorado de Paulo.

A camioneta atravessava a porteira do corredor e Xixi Piriá acenava ainda, importante no meio da caboclada da venda. Aurélio brincou:

– Preste atenção no pilantra, Paulo. Com o punhal na cintura, parece que aumentou mais de metro no tamanho. Olhe a elegância dele...

Três horas da tarde, passadas. Muito chão pela frente, com certeza:

– Mais quantas ainda, seu João Soares?

– A gente dá agora a volta pelo espigão, já que não vamos passar mais no Nélson; umas cinco léguas só, doutor Paulo.

Cinco léguas ainda, na estrada boiadeira. E o sono apertava, o cansaço chegava insuportável. O remédio era conversar:

– Você viu aquela caboclada lá na venda, João Soares? Toda vez que me encontro com essa gente, chego a sentir até tristeza. Povinho difícil! Quando a gente pensa que já acabou a raça, sempre dá de aparecer um ou outro para dizer que não. Praga, mesmo!

– Já lá em-vem você com a tal mania – resmungou o Aurélio. – Falta até de caridade... Deixe os pobres em paz!

Mas a birra era velha, e Paulo continuou:

– Pobres? Você não viu o modo deles? A gente chegou, conversou, bebeu café. E nada... Preguiça até de ter curiosidade. Se nem levantam a cabeça, o corpo então...

João Soares soltou a risadinha:

– Mas na hora que o senhor deu o punhal para o Xixi, não ficou um acocorado. Vieram todos para ver a novidade... O senhor vai combinar com o Neca; ninguém implica mais com caboclo do que ele. O Neca para pouco na venda do Fiico; por isso é que aquela quadra ainda faz ponto lá. Se ele estivesse conosco...

– O quê que acontecia?

– Sovertia tudo que nem piolho em ninho de galinha choca, quando a gente bota folha de fumo...

Boiadeiro antigo ainda se lembra de uma raça de cachorro sertanejo que sempre aparecia nas comitivas. Eram os gazetas – tipo ressabiado e sem serventia, e tão magro, e tão feio, e tão sem qualidade nenhuma, que de cachorro só tinha mesmo o jeito.

Raça cada vez mais apurada, porque casadeira entre si. Filhote de gazeta já nascia gazeta: a pelagem ferreira com manchas escuras, que nem rato chitado de preto. E a mesma feiura e magreza, e até o mesmo andado de rabo entre as pernas, velhaco, desconfiado – maus pensamentos ferventando na cabeça baixa. Que bicho de rançoso caráter assim, custoso outro igual!

Criação fácil de reunir boas e duráveis amizades, essa é o cachorro. Mas o gazeta vadiava tão maligno – ladrão de cozinha, fomentador de arruaças, traiçoeiro, ruim – tão mal-inclinado era o peste, que desguaritou de uma vez, despachado a ferrão e a chicote das comitivas, sabe lá Deus se não a tiro também. Triste fim, o dos tais gazetas, que só sabiam mesmo cevar más vontades em vez de encomendar simpatias.

Assim também acontece com a raça do caboclo. É baixo: não sabe viver no meio de gente honesta. Perdão de Deus, até na amigação desrespeita a irmandade. Donde a parecença da filharada: tudo de carinha chupada, cabelinho ruim de milho encruado, orelha já em forquilha para enganchar o toco de cigarro de palha. E cuspinhando de lado, de esguicho, que nem mijada de sapo. Cambada!

E guardando dia santo. Folhinha não traz, todo dia, o nome do padroeiro? Caboclo é fervoroso. Tanto que até se ofende se alguém lhe pede adjutório – que seja maneiro, à-toinha, o serviço: o santo não perdoa, fica afrontado, castiga. E ainda há quem insista, quem abuse dele, quem persiga povo tão piedoso assim! Quem abuse da sua crença e pouca saúde, que caboclo já nasce sofrendo da dor no encontro, desgraçado mal que não larga o desinfeliz.

Caboclo, então, faz de-nada? Exagero, implicância: trabalha, sim senhor. Faz filho – conta certa, de dois em dois anos: três crias de sete meses, mais o resguardo de lua entre uma e outra parição. E negocia, trama, biscateia. A velhacada, o caboclo começa a tecê-la de manhã, na hora do quenta-sol, capricha-a à fresca dum pau sombroso e a arremata à tardinha, passado o forte do calor.

Varinha de assa-peixe na mão, o caboclo sobe o corgo. No poço de cima, mora o compadre, que a essas horas bagreia infalível também. Encontro casual e que puxa conversa. O assunto, porém, é muito outro: bagre excomungado ladrão de isca, mandi-chorão pinicador de minhoca, o marimbondo-tatu que já acabou mais um andar do sobrado de barro preto, a égua do seu Zidoro ruinzinha da bicheira na matriz – um dó! Nadinha do dono da porca falar em porco; que o quê de o possuidor da garrucha prosear em arma de fogo! Para que pressa? Desinsofrimento azanga negócio...

Mas um dia o compadre pega o compadre desprevenido, fraco de tento. E ainda apanha do outro, de volta, a faquinha e a binga de cartucho, que, em todo esse dilatado meio tempo, a garrucha ganhou ferrugem, e a porca deu cria de seis.

Morava longe, o Neca Lourenço! Mas ninguém sentia a viagem, aproveitando a boa veia do deputado. João Soares e Aurélio não deixavam o discurso esfriar.

– E o que tem que ver o nosso bom coração com essa história? – provocou o tio.

– É que o caboclo é filho de Deus. Anda em pé como a gente, pita como a gente... Quem não tem dó e vai escorraçar das suas terras a familiazinha perrengue, a pobre da mulher e a pobre da criançada, só porque o caboclo é um ordinário mesmo, traste ruim sem conserto?

Mas as fazendas se vão abrindo, mais e mais, as lavouras jogam o mato no chão, tomam conta das baixadas, esgotam varjões. Gado de criar povoa os campos, arame farpado fecha os primeiros pastinhos de bezerro, aroeira em pé esquadra currais de bois. Gente de fora chega: povo de chapéu, uns até de botina. E vem machado e vem foice, laço, enxada, facão. Rancho, esse se faz de pau a pique rebocado à tabatinga, rancho de porta e janela, com horta de couve e chiqueiro. Povo e bicho de fora: galo músico, galinha garnisé, cachorro paqueiro, cachorro onceiro, cachorro veadeiro. O sertão toma ares.

– E o caboclo?

Assunta. Vigia o movimento. Um dia aparecem na sede da fazenda ele, a mulher, a filharada. O fazendeiro, a fazendeira, o povo chegante têm mesmo bom coração. Recebem a visita na cozinha, sem cerimônias, servem o docinho, um café. A caboclada volta contente: uma sacada de agrados – toucinho, rapadura, um vidrinho de querosene, palmo e tanto de fumo de rolo, roupinha usada já, mas bem que serve ainda para tapar as vergonhas das meninas-mulheres, que, coitadinhas, estão numa penúria de dar dó.

E voltam no dia seguinte – marido, mulher, meninada. Mais presentes, mais agrados. O fazendeiro não incomoda, não – podem continuar morando nas terras. Até uma lavourinha de meia, se quiserem... E adianta ferramenta, adianta mantimento, adianta um dinheirinho.

Que o quê! Todo santo dia é dia santo, e a dor no encontro não o deixa. E o cupim é por demais, nunca se viu tanta praga assim no terreno, a semente que o fazendeiro forneceu foi semente bichada, sem prestança. Benzeção pouco adianta: nasce nada, cresce nada. Só mato.

Mas o machado é ferramentão da silva. O caboclo experimentou-o no pau-bálsamo de três braças de roda, por causa de um melzinho de jataí que deu de dar na forquilha de cima. O enxadão é do fino – gostosura para cortar chão e furar armadilha de buraco. A foice, trenheira beleza para render serviço de pari.

E, se o caboclo pelado já é praga das maiores, caboclo de foice, machado e enxadão vira pai e mãe de todas as pragas. Emprenha e pare todas as desgraças inventadas e por inventar. Difícil chegar à moita de coqueiro dona de cem palmitos? O caboclo toca fogo no capão de dez alqueires de pau de lei. A cerca de arame veda a passagem até ao corgo, justo no ponto onde a água empoça, ajuntando bagre? O caboclo bambeia o arame, arromba a cerca que o fazendeiro precisou fazer fechando a moita de mato pesteado de erva matadeira de criação. E vem empachar a tiração de leite, vem contar ao vaqueiro, na hora de curar bezerro, histórias de assombração e de cobra sucuri.

Até que o fazendeiro implica, a fazendeira bota a corja para fora da cozinha. Ah, é assim? Desfeitearam o coitado, abusaram dele? Caboclo não engole desaforo, isso não. A gente muda, uai! O sertão é grande, Deus é maior ainda. E o caboclo vira gazeta, soverte.

– E os filhos-homens, as filhas-mulheres?

Os casais vão-se ajuntando, nas arribadas. Braçada de pau roliço de dedo-de-deus e palma de coqueiro, isso chega demais para o rancho da vereda. E toca a nascer mais caboclinho gazeta neste mundão abençoado. E tudo tal e qual: carinha chupada, barbinha vasqueira, faquinha na cintura. E pitando, e cuspindo de esguicho. E guardando dia santo.

Os postes de aroeira rachada se alinhavam no mesmo prumo e na mesma altura, chanfrados a machado no topo. Os fios de arame farpado – coluna por quatro, certinha, militar – se enfiavam, ora por dentro ora por fora de cada um dos esteios da posteação caprichosa. Serviço de gente!

– Esta já é a cerca do Neca Lourenço! – informou João Soares.

Exagero daquele esticador de uma braça de altura e braça e meia de roda, no canto vivo da cerca que se quebrava, agora, em rigorosa esquadria. Pés enterrados no chão firme, o moirão era um marco decidido de força.

Pela amostra da cerca, Neca Lourenço devia ser coisa mais ou menos parecida com aquele esteio de aroeira – Paulo pensou. Mas não disse mais nada, para não enciumar o João Soares.

14

NECA LOURENÇO INSTALARA A SEDE da fazenda bem no meio da furna. Um veio saliente de terreno brotava de uma das paredes de pedra escura que fechava o baixadão e o atravessava até o meio. No tope e na ponta dessa lombada, o fazendeiro plantou a casa de telhadão vermelho e janelas pintadas de verde-claro.

Dali, do puxado do alpendre que tomava toda a frente da casa, Neca Lourenço podia vigiar as invernadas de jaraguá e dar notícia de tudo o que acontecia por cima das pastagens. E contar, e recontar, conferir e reconferir, cabeça por cabeça, a riqueza do bacurizal. Miles e miles do coqueiro baixote e troncudo, padrão máximo da boa terra de furna – preta, fofa e funda, e fresca ainda mais.

O bacuri, a guariroba, a macaúba – quase todo coqueiro resiste ao fogo das primeiras derrubadas da mata. Que não há dinheiro nem braço no sertão que cheguem para tal serviço à foice e a machado. A gente bota incêndio e semeia depois o capim. Na outra seca, mais fogo, mais jaraguá espalhado na cinza. Judiação, mas que remédio? Fica porém o coqueiro, pau rijo e sem seca. E o fazendeiro caprichoso trata de conservar as palmeiras embelezando os pastos, que nenhum prejuízo trazem: rala é a sua sombra e irrequieta também, as cabeças desalinhavadas sempre teimosas com o vento. Perobeira-rosa aqui, um cedro, ipê-roxo mais ali, pouco o arvoredo que o fogo e o fazendeiro deixam sobreviver. Coqueiro e árvore florejam, dão fruto – ajuntam passarinhada. Invernada de puro capim é mar alto de verdura chã. Fartura triste.

Paulo descia a camioneta pelo carreiro que beiradeava a serra. Já estava treinado em olhar estrada e horizonte ao mesmo tempo, e pôde por isso gozar o descortino demorado do baixadão. Bacuri e capim-jaraguá! Terra de primeira, pastagem da melhor. Sinal de gado ossudo, de boa e muita caixa. Dez, doze bois por alqueire, seca e verde.

O menino de uns onze ou doze anos ia abrindo e fechando as porteiras. Viera correndo, chamado pelo ronco do motor. Porteira é como carro de boi: se não canta, não presta. E aquelas gemiam um gemido macho de monjolão.

Paulo encostou a camioneta ao pé da gameleira que sombreava toda a casa, e gostou da ideia: em vez de plantar a árvore depois de construída a casa e ficar esperando cem anos pela sombra e frescura, Neca Lourenço aproveitou o já feito. Mesma coisa com dois bacuris irmãos gêmeos, um de cada lado da escada de pedra.

O menino se enfiara pela casa adentro. E enquanto não vinha gente, Paulo conversava:

– O homem é mesmo caprichoso e faz as coisas da sua cabeça. Olhem o travamento das porteiras, os trincos. E tudo madeira de lei: aroeira, angico, bálsamo...

Neca Lourenço demorava. João Soares informou:

– O Neca está capando porco. Olhe a berraria.

Paulo continuava:

– Além de caprichoso, mantém disciplina. Vim observando as invernadas, muitas delas já limpadas a enxadão. Nenhuma porteira aberta. Viram o jeito do menino? Educado, fechava tudo sem pancadas nos esteios. Até me lembrei daquela história do fazendeiro que ensinou um cachorro fila a exemplar peão que deixasse porteira bater nos currais dele. Cão de fila aprende malfeito depressa – e o maníaco do velho ainda botava o sujeito a correr, à custa de grito e até de tiro de garrucha...

– Essa história que você me contou, eu passei adiante – riu o Aurélio. – E quem ouviu deu o troco: jurou que tinha outro fazendeiro que ensinou a maldade a um marruco caracu, roncolho e cornalão. O cujo ia correr com o povo já na entrada da fazenda...

A chegada do Neca Lourenço acabou com a prosa fiada. Tipão graúdo, apaideguado, mostrando a peitaria cabeluda e dum gordo socado, rijo. Só de calça de pijama e bota. E a cara arreganhada num riso satisfeito:

– Ué, seu João, isto é novidade! O senhor aqui pelo Bacurizal...

João Soares parecia mais miúdo ainda, perto do Neca. Apresentou os companheiros:

– O deputado Paulo Santos e o tio dele, seu Aurélio Alves. O deputado queria conhecê-lo...

Neca foi empurrando os visitantes para o alpendre:

– Então vamos entrando. Já tinha ouvido falar no senhor, doutor Paulo. Compadre Nélson é muito seu amigo. Desculpe a desarrumação e a sujeira: estava capando a leitoada nova. Chame sua mãe lá dentro, Cardinho.

O alpendrão agradava, principalmente por causa da rede de seda de buriti. Paulo foi logo aboletando-se naquela gostosura:

– Perdoe-me a sem-cerimônia, seu Neca. Mas uma rede de seda de buriti, na sombra, nem todo dia se encontra. É a invenção mais formidável deste sertão dos Confins.

– Então tire logo a botina e a camisa, e fique mesmo à vontade.

Neca Lourenço explicou o feriado:

– O senhor me pegou de folga. Acabei de queimar os campos do espigão, ontem à noite. Estou aproveitando o dia para pôr em ordem a leitoada. Capei uns cento e tantos...

Enquanto não vinha o café, Neca ia preparando o cigarrão, picando o fumo e grosando a palha, tudo com a mesma faca capadeira, limpa mal-mal do sangue da leitoada. E conversando, que era mesmo um prosão e tanto:

– Invernada de jaraguá, eu não queimo mesmo não. Sou paulista e aprendi a dar valor à terra de cultura. Queimada é só para o campo, umas duas semanas depois das primeiras chuvas. Primeiro, o broto serve de purgante – mas o leite vem que é uma beleza.

Conversa de fazendeiro. E fazendeiro orgulhoso, dono de mais de mil alqueires de furna e cinco mil reses de criar.

– Mas o senhor não acha, seu Neca, que é muito bacuri demais? A sombra acaba prejudicando o pasto...

– Prejudica o quê, doutor! Fazendeiro que corta bacuri não é fazendeiro. Se eu pudesse, ia mas era plantar mais. Aqui não se arranca uma folha de bacuri. É lei...

– Mas às vezes, seu Neca, é preciso cobrir um rancho, um carro de sal em tempo de chuva... – começou o Aurélio.

– Já em-vem o senhor com a mesma conversa de caboclo. Telhado de rancho! – fuzilou o Neca. – Há muita coisa que cobre casa: capim-jaraguá, sapê, qualquer folha de coqueiro – indaiá, buriti, babaçu...

– O doutor Paulo, seu Neca, aprecia muito o caboclo... Viemos conversando na viagem. Contei para ele a luta que o senhor teve.

Neca Lourenço entusiasmou-se:

– Pois contou? Minha fama corre mesmo. Mas caboclo não leva vantagem comigo, não senhor. Quem duvidar, que arme um rancho na porteira da minha divisa. A pessoa morre de velha, sem ter o gostinho de ver caboclo atravessar as minhas cercas de arame. Vai ver é muito caboclinho passar pela estrada boiadeira, sem olhar para esta minha furna e emendando nome de padre, um atrás do outro. E aperta o passo, sem virar a cabeça...

A fazendeira não aparecia. Neca levantou-se e foi, ele mesmo, buscar a pinga. Chegou, desajeitado, com a garrafa e as canequinhas de folha.

– A patroa em-vem já com o café. A cachaça é lá do Barbosa, seu João. Mas, como eu ia dizendo...

Dá raiva mesmo. Coqueiro bacuri sem folha, depenado, é um quadro triste de se ver. A palmeira, em pleno viço, não vale apenas pela lindeza do porte, pela elegância do leque redondo, cheio, fechado:

vale sobretudo pela presença, pelo simples mas importante fato de ter nascido e ter-se criado ali. Que terra fraca, mesmo terra de segunda, não produz o bacuri. Quem tão ingrato a ponto de judiar de tal riqueza?

Mas o caboclo judia. Talvez até não se incomodasse com o coqueiro, que há outros de igual serventia, de palmas mais ao alcance da mão – o coqueirinho-indaiá, por exemplo. Esse, nem tronco tem, as folhas brotadas diretas do chão, e o palmito – bem gostoso, por sinal – enterrado no terreno. Mas o fazendeiro recomendou, pediu insistido – e o caboclo, só de ruim, desatende, pirraceia. E pela a galanteza do bacuri, não deixa uma folhinha para remédio. Depois que cobre a cafua, sai esparramando o acontecido, e contando vantagem, pois com ele ninguém abusa, não.

Outro sofrimento, a conserva das cercas. A aroeira é pau duro como ferro, custoso de rachar, e não se acha fácil serviço mais bruto que esticar arame farpado. Pois bem: justinho onde a cerca atravessa o mato – cerca da divisa – é que o caboclo acha de ir colher palmito guariroba. Não que o fazendeiro proibisse tal: apenas pediu que não se derrubasse coqueiro em riba do arame farpado, por causa do estrago, da cerca arrombada. Não custa muito, e o vaqueiro traz a notícia – assim de rês ervada na mata do vizinho, isto de boi desaparecido, prejuizão desgramado! O tronco da guariroba está lá, montado na cerca, o arame arrebentado. Tronco só, que o torete de palmito – meia braça – o caboclo botou nas costas. Uma vezinha só? Duas? Meia dúzia? Que o quê! Do lado de fora do aceiro, dentro da mataria, guariroba é imundície: mato delas. Mas o caboclo nem liga: gosta mesmo é do palmito beira-cerca...

– Mas nem todo caboclo é cortador de folha de bacuri e arrombador de cerca, seu Neca – estumava o Aurélio.

– Pois esses até que não são dos piores. O senhor já ouviu falar em festa dos Santos Reis? Então, escute. Lá um dia, caboclo resolve inventar um Santos Reis. Arranja estampa de santo, convida os compadres, cata porção de mulher e menino, e sai a manada batendo lata e cantando ladainha. De fazenda em fazenda, de rancho em rancho. Todo mundo tem de arranjar pagode para os vagabundos, dar dia santo, parar com o custeio do gado, a capina na lavoura. E se a gente faz cara boa, a caboclada vai ficando...

– E como foi que o senhor acabou com caboclo na sua furna, seu Neca? – Paulo perguntou.

– Perdi a paciência. Comecei com os bacuris, fiz lei: conto de réis por folha de coqueiro cortada nas minhas terras. A caboclada riu, desdenhou das ordens. E eu fiquei esperando. Um dia, me trouxeram a notícia: bacuri pelado e telhado novo no rancho dum tal de Fiúco, cobra de sujeitinho à toa e morador na beirada daquele grotão alto que a gente está vendo daqui. Não disse nada para a Maria, nem para o vaqueiro que me trouxe a novidade. Arriei a mula, botei o pinheiro-machado por debaixo da camisa e toquei para o rancho do desaforado. Era hora de sol quente, e o bicho estava dentro de casa, no bem-bom, todo sem-vergonho e frescoso... Desapeei, com o rabo-de-tatu na mão, e fui cobrando meu imposto: – "Conta as folhas, seu porqueira. E depressa..." Eu mesmo destelhei o rancho, desmanchei o quarador, espaventei a galinha choca. Quarenta e sete folhas: quarenta e sete contos!

– E daí? – Aurélio aproveitou a golada de cachaça do Neca para perguntar.

– Seu Fiúco, a mulher do seu Fiúco, meninada, cachorrinho, papagaio, a tralha toda do seu Fiúco se exalou. Ficou ninguém para contar a história.

– Mas isso é até judiação, falta de caridade, seu Neca – achou de reclamar o Aurélio.

– Pois então o senhor precisava ver o que eu fiz com a caboclada apreciadora de guariroba. Preço do palmito: cinco contos! E esses eu levei na frente da mula, tudo a trote, até à porteira do espigão. E descarregando o pinheiro-machado no calcanhar da bicharada!

– E festa de Santos Reis, seu Neca?

– Dia santo nesta fazenda, só dos legítimos mesmo, seu deputado. Ainda há pouco apareceu uma cambada dançando congo e cantando ladainha. Gente de outras bandas, que decerto ignorava a minha fama, ou senão calculava que eu não tinha coragem de desrespeitar festa de santo. Mas, quando eu cheguei, foi mesma coisa que pé-de-vento em monte de folha seca...

Dona Maria apareceu no alpendre, trazendo o café. Simpatia de moça. E risona, despachada como o marido. Povo mesmo forasteiro, aquele casal tão diferente – via-se pela roupa, pelo casarão bem acabado e de telha francesa, pela curralama aparelhada, de madeira de lei, e pelo gado de bom sangue zebu que já se reunia no malhadouro em frente ao curral grande.

Neca Lourenço nem tomava fôlego, continuando a conversa com o Aurélio. Gostosa a rede de buriti, cheiroso o ar que vinha dos currais – cheiro adocicado de boi, cana picada e esterco fresco de gado. Lombeira danada de boa, a que trazia a fumaça do cigarrão de fumo capoeira. E Paulo era sem seca: nenhuma força fez para espantar a preguiça. Acabou ferrando no sono – e ferrou ferrado mesmo, longe do Neca, longe da dona Maria, do João Soares, do tio Aurélio. Viajava, agora, pela larga da furna de bacuris, roncando metódico. Roncando e planando nos céus do sertão dos Confins, sereno, tranquilo, igualzinho a avião desses grandes.

O segundo acesso de maleita, apesar de forte, não veio com a violência e a duração do primeiro. Paulo esperou-o na cama, depois de haver tomado, quase à força, o prato fundo de sopa – miúdos de frango nadando no caldo grosso de fubá de milho – e a avantajada tigelona de chá de congonha temperado com meio dente de alho para ajudar o suadouro.

Neca Lourenço continuava falando alto, contando histórias. Quando o tremor e o frio apertavam, Paulo se encolhia por debaixo das colchas de lã e se ausentava da conversa. O delírio vinha curto, num vaivém de maré tranquila: mal-estar passageiro, sem a fúria do pesadelo da casa do Nenzinho. E o doente, apesar da febre, intrometia-se na conversa, dando corda ao falatório do fazendeiro:

– Então o senhor viajou durante muitos anos antes de fincar pé nesta furna, seu Neca?

– Meu pai era capataz de boiadeiro, seu deputado. Já nasci montado em pelo, tocando tropa. E puxei ao meu avô, homem calejado da vida, muito observador e muito prático. O velho só abria a boca para dar bom conselho ou ensinar regra verdadeira. Dizia sempre: – "Terra só é terra se for cultura de primeira." Eu ia crescendo, viajando, conduzindo boiada, virando tudo que era espigão deste mundo. E observando. Conversava com fazendeiros ricos e prestava atenção em certas zonas de paradeiro. Sempre com razão o meu avô: só enrica e prospera quem planta e cria em terreno de cultura boa! Zona de bacuri e maleita...

– Maleita? O que tem que ver esta desgraça com cultura de primeira? – perguntou Paulo.

– Tem, e muito. Cultura de primeira é terra massapé, sem areia nem pedra, lugar de baixio, plano. Águas paradas, terreno macio e podre, mato fechado: mosquito pernilongo, terçã. Sujeito que gaba o clima de fazenda, fartura de quedas-d'água, jeito fácil para se instalar monjolo e montar engenho – esse está mas é louquinho para vender suas terras. Em zona de cultura há nada disso, não...

Aurélio discordou:

– Conheço muito lugar de serra, de bom clima e muita água, e zona de culturão...

– Cultura para pastaria, seu Aurélio. Culturão é onde a gente planta durante vinte, trinta, cinquenta anos, e o mantimento é sempre o mesmo. Onde o arado entra bonito sem que a chuva estrague depois o terreno, porque a água não escorre e não abre desbarrancado. O senhor já viu monjolo em chão assim? Vê mas é mosquito... Aqui no Bacurizal, quando eu resolver tocar lavoura, os senhores vão ver o que é fartura de mantimento. Estou esperando a hora – sou paulista e não morro antes de abrir um lavourão nesta baixada. Enquanto isso, vou criando o meu gadinho.

Enrolado nas colchas de lã, Paulo curtia a febre e não deixava a conversa morrer:

– Como foi que o senhor apareceu por aqui? Lavoura nestas distâncias, sem estrada e sem gente, só daqui a muitos anos.

– Sei disso, doutor. Mania é mania. Depois, conheço muita zona de lavoura que faz pouquinho tempo era tudo mato em pé. Um belo dia, chegou a paulistama e a nortistama – e num instante virou tudo cidade. Lavoura puxa caminhão, máquina de beneficiar algodão, arroz e café, puxa o comércio, repartição do governo, estrada. Passei por aqui não tem ainda quinze anos. Viajava como peão de boiadeiro, e me lembro direitinho da primeira vez em que vi as matas desta furna – buracão quase que uma mesa de tão plano, cortado apenas por este morrote comprido onde fiz a sede da fazenda. O mato era só peroba-rosa, gameleira-branca, bacuri... Esse, então, nem se fala! Um topado só, de ponta a ponta... E a maleita? Na época, até urubu que voasse por cima da mata apanhava a febre. Eu vivia sonhando com um lugar assim, e o meu coração até que disparou quando vi essa riqueza... E depois desse dia a furna não me saiu mais da cabeça: virou doença sem cura...

A febre abrandava. A dor na nuca e por cima das sobrancelhas é que ainda teimava em ficar. Mas Paulo ouvia com atenção a história do Neca, apesar dos olhos fechados. Não queria que o deixassem sozinho, e pedia:

– Continue, seu Neca. Estou com sono não. E daí, comprou a furna?

– De que jeito, seu doutor? Eu era peão de boiadeiro, ganhava dez mil-réis por dia... Mas resolvi a minha vida: ia trabalhar feito burro cargueiro, ia economizar tostão por tostão, mas ainda ia acabar dono desta furna. Na volta da viagem, na Vila do Confins, comecei a especular com jeito, puxa uma prosa aqui, puxa outra ali, até que descobri o dono das terras. Naquele tempo, isto aqui era sertão bruto, sem nenhum morador por perto. A furna fazia parte da sesmaria dos Belos e estava escriturada no nome do Pedrinho Belo, conhecido aí do seu João Soares. Fiquei na moita: um dia, eu voltava...

Dona Maria trouxe café novo. A maleita deixava a boca amargosa, os lábios intumescidos. Paulo já sentia, porém, o gosto da fumaça, primeiro sinal de que a doença serenava. E não deixou que Neca Lourenço perdesse o fio da história. Cedo ainda, e não queria ficar sozinho – a pior consequência da doença, ele a conhecia: era a insônia, a prisão na cama quente e úmida, o lento desenrolar dos mais aborrecidos pensamentos.

15

Neca Lourenço continuava:

– A coisa levou tempo, mas deu certo. Larguei o serviço na comitiva de boiadeiro e comecei a negociar por conta própria, mascateando tropa e gado barato. Meu patrão gostava de mim e acabou me emprestando cinco contos, que empatei numa tropa de burrada nova. E me enfiei por estas bandas dos Confins. Eu era solteiro, sadio, e trabalhava que nem negro no eito. Dormia sonhando com a furna dos bacuris, e a vontade de ser dono dela me punha para fora da cama muito antes de clarear. Mas não dizia nada a ninguém. Fui fazendo as minhas amizades nos Confins e fiquei conhecendo o Pedrinho Belo. Cheguei a pousar muitas vezes na fazenda dele, na beira do rio...

– Foi nessa época que o senhor alugou o Cerradão, não foi? – interrompeu João Soares.

– Foi, sim. Negócio muito comentado, todo mundo achando que o aluguel era caro, quatro contos por ano, por causa do abandono da fazenda: tapera de casa velha, currais arrombados, os pastos virando capoeirão. Dinheiro botado fora, diziam. Mas eu tinha cá os meus planos. Já tinha economizado uns trinta contos...

– E com esse dinheiro veio negociar a furna! – disse o Aurélio. – As terras deviam ser baratas, naquele tempo...

– O senhor não conhece direito o Pedrinho Belo, seu Aurélio. É o cabra mais ordinário e velhaco destas bandas. Se eu conversasse sobre a furna sem ter o dinheiro todo e poder fechar o negócio, acabava mas era o Neca Lourenço ficando sem os bacuris. Para que o senhor avalie quem ele é, lhe conto uma passagem. Certa ocasião, pousava eu na fazenda do Pedrinho, quando apareceu por lá o Joãozinho Cigano – botaram esse apelido no cujo, à toa não foi... O mascate chegou e começou puxando prosa para o lado de uma ponta de novilhas que sabia ser de negócio. Pedrinho Belo mandou trazer o gado e o Joãozinho Cigano pediu preço. Apartou, apartou, refugou um fundo de novilhas, achou o preço apertado, resmungou, resmungou... mas não fez oferta. No alpendre, nada de sair, demorando-se, negaceando... O Pedrinho acabou perdendo a paciência e falou claro: – "Ora, seu João, não carece perder mais tempo com conversa fiada! Você não veio aqui atrás da novilhama. O que você está querendo é a bestinha fumaça que viu pastando no gordura de perto da porteira. Eu lhe conheço. Mas essa não é de negócio, não senhor..." O homem é feroz, deputado! Adivinha o que a gente quer. Eu precisava esperar a hora para tocar na furna e estar preparado para pegar o Pedrinho na palavra. A parte dele na sesmaria era duns dois mil alqueires, e o campo do espigão não chegava a mil. Por mais barato que vendesse, a coisa andaria por uns duzentos, duzentos e poucos contos. A mata valia de duzentos a duzentos e cinquenta mil-réis o alqueirão de oitenta litros. Esta por aqui não podia chegar a esse preço, por causa da distância. Mas por menos de duzentos mil-réis era bobagem pensar. Depois, o Pedrinho é um unha-de-fome: prazo, ele só aceita se for a seu favor. Vender, só vende a dinheiro.

– O Neca está com a razão – aparteou João Soares. – Se mostrasse interesse pela fazenda naquela época, tinha ficado sem ela.

– Isso! – confirmou o Neca Lourenço. – Eu sabia que, se não chegasse firme no Pedrinho, tudo iria por água abaixo. Fechava a boca e não contava os meus planos a ninguém. Quando a saudade apertava, inventava viagem e batia para a furna. E marcava os lugares: apartador aqui, cocheira ali, chiqueiro, casinha de queijo, a coberta do carro de boi... A casa, o paiolão, o rego-d'água, tudo isso que o senhor está vendo, tudo eu já tinha na cabeça. A furna continuava do mesmo jeito, graças a Deus, largada por conta dos queixadas e das onças, que isso aqui era brabeza só. A Vila dos Confins não progredia, nem as terras se valorizavam – um paradeiro! Fui esperando, esperando, até que a minha hora chegou. Pedrinho Belo tinha-se aberto comigo, um dia, falando em melhorar o gado e botar mais sangue zebu na vacada de cria. Eu sabia de uma novilhada gir, trezentas e poucas vacas de primeira parição...

– O gado do Serafim Venâncio – lembrou o João Soares.

– Ele mesmo, seu João. O Serafim vendia a novilhada, e eu fiz os meus planos. Bati para Mangueiras atrás do meu patrão, e contei toda a história para ele. Mas o seu Ricardo me emprestava era os seus dez, seus vinte, quando muito os seus trinta contos... E eu precisava, daquela vez, de duzentos!

Aurélio não resistiu:

– Duzentos contos de uma vezada? O seu patrão não lhe chamou de doido?

– Doido? Me chamou de coisa muito pior. O senhor sabe: ele era uma espécie de pai para mim e eu tinha um respeito danado por ele. Aturei firme. E insistia: ele me conhecia de muitos anos e sabia que em negócio ninguém me passava a perna... Aquela era a minha oportunidade... pasto não me faltava, que o Cerradão aguentava o dobro de gado. Num ano eu revendia a novilhada e dobrava o pé com a cabeça e comprava a furna, e ainda sobraria dinheiro – e que mais isso, e que mais aquilo... Enquanto eu chorava as mágoas para o seu Ricardo, comadre Donana me olhava morrendo de pena. A velha gostava de mim: quase que me tinha criado, me protegia muito desde os meus tempos de peão...

Neca Lourenço olhou gaiato para a mulher e continuou:

– Naquela época, eu já andava meio apaixonado pela Maria. Comadre Donana sabia do nosso caso e fazia gosto, que a Maria era afilhada. Resolvi, então, mudar de tática: acabei com a conversa com o seu Ricardo e fiquei pombeando a comadre Donana. Até que peguei a velha sozinha. Seu Ricardo tinha ido dormir, e eu me abri com a comadre, pedindo a proteção dela para as duas coisas mais importantes da minha vida: arranjar os duzentos contos do seu Ricardo e ir pedir a Maria em casamento. Num mês eu retocava mal-mal a casa velha do Cerradão – tempo que a Maria precisava para arrumar o enxoval. Comadre Donana morria de pena. Aí foi que eu caprichei...

– Ah, seu sem-vergonha! – brincou dona Maria – essa passagem você nunca me contou. Então só servi de isca para você comover a pobre da madrinha?

Neca Lourenço soltou a risada:

– Foi um custo, mas dobrei a comadre. A velha era sabida e me recomendou: – "Suma-se daqui amanhã bem cedo e só volte de noite. Me dê tempo para conversar direito com o Ricardo. Deixe tudo por minha conta." Naquela noite não dormi. Acho que também que nem comadre Donana nem o seu Ricardo. Do quarto eu ouvia os cochichos dos dois. De madrugadinha, escuro ainda, saí pela porta da cozinha e me escondi num rancho velho, longe da casa, mas donde podia vigiar a fazenda. Logo depois da tiração de leite, vi o vaqueiro arreando dois animais. A comadre convencera o velho! Lá se iam eles para a fazenda do seu Honório, pai da Maria... Só voltaram tarde, na hora combinada de eu aparecer...

– E arranjou a noiva e os duzentos contos...

– Maria e o cobre, sim senhor, seu Aurélio... Fiquei mesmo noivo da Maria. Seu Ricardo me arranjou o dinheiro, com prazo de um ano. Resmungou muito, me pregou um lote de conselhos, mas acabou me dando um abraço na hora da despedida... Mas, para encurtar a história, cheguei ao Cerradão com as trezentas vacas paridas, compradas do Serafim Venâncio por duzentos contos tapados. O gado estava meio magro e tive de cuidar dele – dois meses numa luta medonha, eu sozinho naquela tapera do Cerradão. Numa folga, voltei a Mangueiras, e me casei – tempinho só de botar a Maria no lombo do animal e virar o pé para o sertão...

– Então a sua lua de mel foi na estrada – disse Paulo.

– Ora se! Mais de quinze marchas de Mangueiras até o Cerradão. A Maria sempre foi sacudida: chegou do mesmo jeito que saiu, alegrinha da vida. Aí foi que começou o duro feio. Não tinha vaqueiro para ajudar, eu mesmo batia pasto, consertava cerca e curral, tirava leite, campeava. Eu e Maria. Nos dias do Ricardinho nascer, ela, já pesadona, me acompanhava na lida do curral. O menino nasceu sem resguardo: com ele nos peitos, a patroa apartava bezerro, cortava bicheira, costeava o gado melhor que muito peão. E Deus ajudou: boi de corte começou a apanhar preço, de repente. Nos dias de vencer um ano do meu prazo com o seu Ricardo, vendi cem bezerros machos e desmamados a seiscentos mil réis. Voltei a Mangueiras, amortizei a dívida com cinquenta contos e seu Ricardo me deu mais uma folga... Foi aí que enfrentei o Pedrinho Belo: lhe ofereci a vacada. A pastaria do Cerradão era um colosso e o gado pegara caixa, tudo de pelo liso, sem berne, manso de escova. O Pedrinho veio na fumaça, pedindo preço. Carreguei a mão com vontade: no puxa, sem direito a refugo, o gado só sairia dos meus currais a conto e duzentos!

– O gado valia – concordou João Soares. – Lembro-me dele, ainda no Cerradão. Vacada e tanto...

– Se fosse hoje... – continuou o Neca. – Vacada nova, de primeira parição e toda enxertada de novo. Um dos bois era o Congo – o ladrão do Pedrinho Belo ainda está ganhando dinheiro até hoje com ele. Mas o homem era mesmo feroz: não disse coisa com coisa. Nem sim, nem não. Apartou duzentas reses, separou daqui, separou dali, e depois de muito pensar me fez oferta: me pagava duzentos contos pelas duzentas vacas cabeceira, nem um cem-réis a mais. E me passava uma letra com cento e vinte dias. A conversa da letra foi que me deu a ideia – eu não achava jeito de tocar no assunto da furna. E entrei com o jogo: primeiro, não podia vender o gado por aquele preço, e depois o prazo me apertava, porque estava compra-não-compra umas terras e precisava do dinheiro. Minha inclinação era lavoura, mania de todo paulista...

– E o Pedrinho foi na conversa...

– Se foi, seu Aurélio! Ficou furioso, querendo saber que fazenda eu negociava... se o negócio já estava fechado... que ele também podia botar umas terras na nossa combinação... se eu conhecia o Bacurizal, mais de mil alqueires de furnas... Mas, para não espichar muito a conversa, lhes conto logo o resultado. Marcamos a viagem, deixando no ar o negócio da vacada, para se resolver depois. Homem difícil, o Pedrinho!

– Mas encontrou um mais rançoso ainda – riu o João Soares.

– Graças a Deus, seu João! Aprendi muito mascateando tropa com vocês aqui dos Confins... Eu ia nas águas do Pedrinho, acreditando nas mentiras dele, fingindo de bobo. No começo, depois que corri a furna com ele, o velhaco me pediu cem contos de volta e escritura por minha conta. E eu, quieto. Na estrada, de volta do Bacurizal, ele fez outra proposta: além das duzentas vacas, eu chegava também o Congo e mais cinquenta contos: ele me dava até prazo de um ano. O Pedrinho estava mesmo interessado...

– E você debaixo do balaio – emendou o Aurélio.

– Se estava! Só sabia pôr defeito na furna, duvidar da alqueiragem, ou senão mudar de assunto e elogiar as terras do Fundão, zona sem maleita e de muita água... A gente viajava, conversava, e o Pedrinho ia cedendo, diminuindo a volta: quarenta, trinta, vinte contos! Até que peguei o bicho na palavra: as duzentas vacas, o Congo, a escritura por minha conta...

– Negocião!

– Mas eu pedi sessenta dias para sustentar o combinado, que eu tinha de acertar primeiro a minha dívida com o seu Ricardo. De qualquer maneira, estava fechado o negócio: se dentro desse prazo eu resolvesse ficar com a furna, ele me passava a escritura; se não, me corria duzentos e vinte contos. E o Pedrinho já podia tirar o gado do Cerradão, deixando-me apenas um devo-e-te-pagarei de duzentos e vinte contos, a sessenta dias. Aí foi que eu bobeei...

– Por quê? O Pedrinho lhe deu prejuízo? – perguntou o João Soares.

– Quase. Vão escutando. Foi só o tempinho de esperar o Pedrinho Belo mandar buscar a vacada e o touro, e eu bati para Mangueiras. Contei a história toda para o seu Ricardo. Velho bom está ali... me deu mais um ano para pagar o resto! Graças a Deus! A furna tinha ficado num preção, mas eu tinha acabado com aquela cisma. Do gado do Serafim Venâncio tinham sobrado ainda cem vacas e cinquenta e tantas bezerras fêmeas. Pagava folgado os cento e cinquenta contos ao seu Ricardo. Vacada de sorte! Na minha volta, passei por Santa Rita e procurei o Nhozinho do cartório, meu amigo de anos, e avisei que qualquer dia daqueles eu voltava para receber a escritura. Contei por contar... E não é que foi inspiração divina? O Nhozinho é sujeito sabido, muito melhor que advogado.

Me deu uma opinião: se ele fosse eu, já levava um documento pronto, por via das dúvidas, um compromisso de venda. O Pedrinho tinha fama de pessoa arteira, e não seria aquela a primeira vez a fazer encrenca. Me abriu os olhos e bateu à máquina o compromisso, dando as divisas da fazenda, a alqueiragem, tudo na regra. Até o lugar da assinatura do Pedrinho e das testemunhas o Nhozinho marcou à cruz. E eu fui para a Vila com o papel no bolso, que a conversa do Nhozinho me botou desconfiado. Nem no Cerradão passei. Fui direto atrás do Pedrinho Belo... Peguei o homem na fazenda. Ele estava sozinho, sem a família – a sorte me ajudava. Fui logo entrando no assunto: chegava da viagem a Mangueiras e tinha acertado os meus negócios com o meu padrinho. Resolvera ficar com a furna... E não é, seu doutor, que o Nhozinho tinha mesmo razão? Não é que o bandido quis quiabar, depois que o gado já se achava nos seus pastos, o negócio feito e acabado?

– Mas por causa de quê? – perguntou Paulo.

– Que depois do negócio feito é que ele soube que a fazenda tinha uma dúvida... Que a escritura rezava alqueiragem diferente da verdadeira... que, se eu não fizesse questão, ele preferia me pagar os duzentos e vinte contos a dinheiro, conforme o nosso trato... Não foi à toa que mascateei muito burro por esse sertão dos Confins. Eu via o homem sozinho, e fui criando um plano na cabeça. A raiva me dava até febre, mas eu fingia que pensava, sem mostrar a revolta que me comia por dentro. Estava mas era vigiando o vaqueiro do Pedrinho Belo botando milho no paiol, perto da casa da fazenda. A gente conversava no alpendre, o Pedrinho dando as desculpas e eu fazendo hora. Até que o vaqueiro entrou no paiol. A ocasião era aquela: antes que o safado pudesse mexer com um dedo, meti-lhe a garrucha em cima do umbigo e falei baixinho, mandando-o entrar para dentro da casa. E contei-lhe a história da onça: que velhacaria daquelas ele não fazia comigo... que tinha vendido o gado por aquele preço porque eu estava interessado na fazenda do Bacurizal... que aquilo mesmo era o que eu queria, que até as trezentas vacas eu dava pela furna, e mais o Congo, e até uma volta de cem contos, até de mais dinheiro... que ele era velhaco para os trouxas, bobo assim que nem ele eu nunca tinha visto... Insultei mesmo o Pedrinho, judiei dele...

– E a garrucha sempre no umbigo do bicho... – gozava o Aurélio.

– Em ciminha do bucho, engatilhada dos dois canos... E, enquanto eu falava, ia empurrando o Pedrinho para a mesa da sala de janta. Deus me ajudava mesmo! O tinteiro e a caneta estavam em cima da mesa, perto dos livros de apontamento...

– E o Pedrinho assinou o compromisso, seu Neca?

– Ora, seu deputado... O senhor já viu boca escancarada de garrucha 44? Assinou com a letra mais caprichada que eu já vi... Tremia um pouquinho, mas a assinatura ficou que era uma beleza. Enquanto ele escrevia, vi também um bloco de papel de carta. E tive outra ideia, na hora: "Me faça também um devo-e-te-pagarei de trezentos contos, ande! Fica de garantia se a fazenda não estiver legalizada. Isso é para você bancar o esperto para cima de paulista..."

Paulo sentara-se na cama. E perguntou, interessado:

– E o Pedrinho assinou o devo-e-te-pagarei de trezentos? Mas essa é muito boa...

– Se assinou, doutor! E me falava suave, a vozinha que nem fio de retrós de seda: fininha e macia... Que não precisava daquela violência, a garrucha podia disparar numa distração qualquer... Mas eu não queria conversa. Meti no bolso o compromisso e o devo-e-te-pagarei, e botei o Pedrinho Belo na minha frente. Fui andando atrás dele até à cerca do curral onde estava o meu burro. Montei e ainda mandei o ordinário me abrir a porteira. E toquei para o Cerradão num trote só...

– Eu sabia da sua inimizade com os Belos – falou o João Soares. – Mas não tinha a menor ideia do motivo. Por que é que a coisa ficou assim no escuro, sem ninguém saber de nada?

– Ora, seu João... O senhor já viu caboclo apanhar de soldado e sair contando? Fala mas é que foi muito bem tratado na Cadeia, que a polícia foi duma delicadeza... Uns dez dias depois, o Nhozinho me mandou dizer que o doutor Osmírio Rocha, de Santa Rita, tinha ido ao cartório pedir para ver o inventário dos Belos – estava desconfiado que iam abrir demanda para não me passarem a escritura. Mas eu mandei só um recadinho para os dois – o Chico e o Pedrinho – e outro para o tal de doutor Osmírio. O que eu lhes conto é apenas isto: no dia exato em que vencia o prazo dos sessenta dias, o advogado do Pedrinho

Belo estava no cartório com a procuração para passar a escritura. E só depois de tudo liquidado foi que o Nhozinho entregou os dois devo-e-te-pagarei, o de duzentos e vinte e o de trezentos, que eu deixei com ele, com ordem de só devolver depois que passasse o prazo de poder o doutor Osmírio armar qualquer chicana...

– E não houve mais nenhuma complicação?

– Até hoje, não senhor, deputado. Só que nem o Chico nem o Pedrinho passam mais pela furna quando têm que ir até às invernadas novas que eles abriram lá no Riso. Por aqui, a economia é de mais de duas léguas. Mas quem é que disse, seu João Soares, que eles aproveitam o atalho? Passam mas é pelo chapadão, rodeando o Bacurizal. Acho que ficaram estremecidos comigo...

16

ESTICADO NA REDE, DEPOIS DO BANHO quente e do chá gostoso de chapéu-de-couro com biscoitos de araruta, Paulo se desculpava:

– Pois estou eu aqui a lhe dar trabalho, hem, seu Neca? Empachando o seu serviço...

Neca Lourenço enchia a seringa de injeção. Vivia vacinando porco e bezerro, e foi com desembaraço que mandou:

– Arreie as calças, seu deputado. Não, aí mesmo no alpendre... o senhor está em casa. E só tenho de lhe agradecer a visita. Ando é meio curioso, querendo saber da novidade que trouxe o senhor aqui. Compadre Nélson está chega-não-chega...

Paulo queria adiar a conversa com o Neca. Não era fácil obter assentimentos imediatos; cansativa, isso sim, a conversa para convencer alguém fora da política a meter-se nas suas enrascadas. As lutas municipais modificavam hábitos, exigiam trabalho, criavam inimizades, e, sobretudo, davam despesa. Os chefes locais achavam importante a interferência do deputado. Explicavam: – "Mesmo que o homem não venha com a gente, fica satisfeito com a visita: é mais um de carne quebrada..."

Quando o diretório da Vila dos Confins se reunia, dois nomes eram sempre citados como decisivos para a vitória municipal: Nélson e Neca Lourenço. Ganhava a eleição quem os conseguisse. E só mesmo ele, Paulo, seria capaz de obter o compromisso dos dois. Por tudo isso estava o deputado ali no Bacurizal. Na Vila, os companheiros estariam aguardando o resultado da viagem, principalmente o Antero. O afobado do Antero! Na hora de decidir entre continuar viagem e aproveitar a condução do Daíco, preferiu voltar à Vila dos Confins. O povoado andaria agitado com a chegada do Chico Belo e do novo delegado militar. E ele próprio queria entregar a carta do seu Sebastião ao professor Elias. Bichinho danado, a política: picara mesmo o sossegado do fazendeiro do Boi Solto! Já lembrava nomes de possíveis vereadores, se incumbia de visitas ao pessoal da vizinhança, ia, inclusive, tentar convencer o Bento Correia a se candidatar, que a Correiama precisava de um representante de confiança na primeira Câmara Municipal da Vila dos Confins. E a ideia de lançar o nome do Jeová para juiz de paz fora dele, também.

Aurélio e João Soares continuavam metidos pelos currais correndo a vacada de cria do Neca Lourenço. O fazendeiro esperava pela tal conversa que o deputado queria ter com ele. O melhor era mesmo entrar logo no assunto:

– O que tenho para lhe dizer, seu Neca, é o seguinte: João Soares, como o senhor já deve saber, é o nosso candidato a prefeito da Vila dos Confins. Está entusiasmado, conta com o apoio de bons companheiros, e me pediu que viesse até à sua fazenda e à do Nélson pedir a ajuda dos dois. O adversário dele é o Chico Belo...

Neca Lourenço espetava agora a agulha, chuchando-a que nem vara de ferrão em anca de marruás. Nem tirou os olhos da seringa para responder:

– O senhor querer que eu ajude o João Soares a derrotar o Chico Belo é a mesma coisa que pedir à fome para vir comer... Estou às suas ordens.

– Tinha certeza disso, seu Neca. Mas o nosso interesse é que o senhor se candidate também – a vereador, por esta zona, e o Nélson pelo Brejal...

– O quê? Vereador?

– Sim senhor. Sem Câmara, o prefeito nada pode fazer. A turma é boa: o Antero, Tinoco...

Neca Lourenço tirou os óculos, que botara na hora de aplicar a injeção:

– Aí já é outra história, doutor. Não dou para isso, não, de jeito nenhum. Sou homem acostumado mas é a fazer cerca de arame, rachar aroeira, curar frieira de gado – homem da roça, cavouqueiro, sem instrução. Me bote num curral, num tronco de castração ou no cabo de um machado, que eu não faço feio. Me dê uma boiada e me despache para o sertão, que dou conta da encomenda... Mas não me mande cuidar de política, que um gato morto pendurado pelo rabo num arame de cerca faz muito mais figura do que eu. Não, seu doutor, tenha paciência! Me meta nisso não...

A sinceridade do Neca desarvorou Paulo. Falar mais o quê? O fazendeiro vivia metido na sua furna, cuidando das invernadas, tratando de melhorar o gado... Forçá-lo a descuidar dessas obrigações e a envolver-se nos mexericos do vilarejo, reacender a velha inimizade dele com os Belos – seria direito? Mas, e o João Soares? Importante a adesão do Neca, decisiva mesmo. Fora ele, Paulo, quem metera aquela ideia na cabeça do companheiro, quem o estumara a candidatar-se a prefeito... E Antero, e o Tinoco, e o seu Sebastião do Boi Solto? E o Nenzinho, e o Jorge Turco? E todos os outros que toparam a luta contra o chefão do lugar? Se Chico Belo ganhasse, aonde iriam parar os amigos? Política do interior não é política de centro grande – em que os adversários se abraçam e esquecem as ofensas...

Não, não podia vacilar, agora. Tinha vindo à fazenda do Neca Lourenço para aquele fim: conquistar o fazendeiro, incluí-lo na chapa de vereadores, atirá-lo na briga contra o Chico Belo. Sua obrigação era insistir:

– O senhor está enganado, seu Neca. O senhor é mais capaz do que muito sujeito metido que anda por aí. Olhe para estas invernadas limpas a enxadão, para estas benfeitorias, que são o melhor exemplo da sua capacidade. Estou acostumado a ver muito doutor se embaraçar com problemas que um homem prático resolveria com a maior facilidade. Doutor entende de mata-burro? Doutor sabe desviar enxurro das estradas? Entende de estiva em atoleiro? Vereador em zona sertaneja tem de ser homem como o senhor, capaz, trabalhador, disposto. Sujeito instruído, letrado... bobagem, seu Neca! Só sabem fazer discurso. Quer um exemplo? Quanta gente instruída saberia resolver a encrenca com o Pedrinho Belo do jeito que o senhor resolveu: de garrucha no umbigo do velhaco? Por outro meio, quem metesse, por exemplo, advogado na questão, estaria demandando até hoje... O senhor pode mas é dar lição para outros, seu Neca. E ainda me vem com essa sua conversa de homem da roça, cavouqueiro, analfabeto, e que só sabe fincar cerca de arame e curar bicheira... Pois sim!

Neca Lourenço não interrompia o discurso. E o deputado aproveitou a atenção respeitosa do outro para continuar com os seus argumentos. A história que o Neca lhe contara da velhacaria do Pedrinho Belo foi a tecla predileta. Bateu-a, rebateu-a, explorando o ódio do paulista à família que dominava o sertão dos Confins:

– O senhor precisa completar o serviço de limpeza que já começou, seu Neca! Imagine o senhor ter de ir lá à Vila de chapéu na mão para pedir ao Chico Belo que mande consertar a estrada do Bacurizal... ter de ir lá pagar o imposto e aguentar a imposição daquele povo... E depois, pode o senhor estar certo de uma coisa: gosto de fato deste sertão e sou amigo do João Soares. Como deputado, tenho a minha influência... a gente pode fazer muita coisa pela Vila: um bom trator para consertar estas estradas de carro, duas ou três escolas rurais, um posto de saúde, agência do Correio...

Paulo levantou-se da rede e encheu gostosamente o peito com aquele ar sadio de roça que chegava dos currais. Terminava a tiração de leite, e a bezerrada, aos pinotes, acompanhava a procissão das vacas de cria, já de regresso aos pastos. Consciente das suas responsabilidades, ciumento e muito cheio de si, lá se ia de volta, puxando o lote, o garrotão fumaça. Beleza de vida, a do Neca: sossegado, independente, dono daquele mundo de terra boa, mandando e desmandando, obedecido, respeitado... Passageira ou não, mas foi com muita sinceridade que o deputado Paulo Santos continuou:

– O senhor pode achar graça. Pode até pensar que estou querendo apenas ser-lhe agradável. Mas vou-lhe dizer a verdade: sou tão roceiro, tão sertanejo, tão fazendeiro quanto o senhor. Só que o senhor conseguiu fazer tudo isso, fincou toda esta madeira, realizou o seu sonho. Eu ainda ando como o senhor andava nos seus tempos de peão de boiadeiro... Mas o diabo é que me botaram nas mãos, quando eu era menino, caderno e livro, em vez de uma boa vara de ferrão. Sentaram-me em banco de escola em vez de me montarem em pelo num poldro sem costeio. Meteram-se um freio água-choca nos queixos e me puxaram de rasto para um caminho que não era o meu...

Mas teve de interromper o discurso: dona Maria chegou e, vendo, do alpendre, os dois cavaleiros que apontavam no corredor, a abrir caminho por entre a vacada de leite, disse:

– Lá em-vem o compadre Nélson. Ele e o seu Eduardão.

17

"APERTAR O CINTO. NÃO FUMAR."

A aeromoça mostrou o quadrinho recém-iluminado e falou, sorrindo:

– Está vendo? Chegamos. Mais um minuto só.

Mas a dor aumentava: dor fina, agora, de espinho a esgravatar os ouvidos. A cara inchava, a cabeça inchava, tudo latejando a ponto de rebentar.

A viagem inteira aquele sofrimento: primeiro, o enjoo, começado ainda antes da subida do avião; no ar, a coisa piorou – friagem nos pés, ânsias, vômito. E o medo: medo desgraçado, que empapava de suor os cabelos, a roupa, o corpo inteiro.

– Olhe, estamos descendo...

Antes não olhasse... Embaixo, tudo rodava, rodava... Eram as árvores, as estradas, os córregos brilhantes ao sol... Rodopiava e – Nossa Senhora! – levantava-se o chão, agora, empinado, de pé que nem parede; e as casas, os postes de luz pendurados não caíam...

A aeromoça sorria, paciente. Cuidava daquele homenzarrão de cara gorda e queimada de sol como de um menino doentinho. Dobrara-lhe a poltrona, forrara-lhe a cabeça, trouxera-lhe remédios... E sempre sorrindo palavras de coragem. Ela e o doutor Osmírio:

– Calma, coronel, calma... É assim mesmo. Eu também já passei por isso. Mas é só da primeira vez...

Os ouvidos zuniam, estalando de dor; os olhos escorriam água; do estômago em petição de miséria, de tanto vomitar, ainda vinha, de vez em quando, a baba azeda, visguenta.

– Calma, coronel, estamos descendo...

Mas o coronel Francisco de Oliveira Belo já não via nada, não ouvia ninguém. Queria mas era ficar livre daquele inferno, daquela invenção dos demônios. Estrumela maldita! Nunca mais!

Era longe, do aeroporto à cidade. Mas a viagem de automóvel não enjoava mais. Ar, sol, chão firme – aquilo sim. O Osmírio é que continuava:

– Não lhe falei, coronel? Isso passa. Incomoda, eu sei, mas vale a pena. Se a gente tivesse vindo de automóvel, eram dois dias. De avião, o senhor viu: três horas e tico...

Mas para Chico Belo bastava a experiência. Ia voltar de trem ou de jardineira. No tal de avião, por dinheiro nenhum deste mundo!

Em parte, porém, o Alcindo, o Braulino, o pessoal da Vila tinha razão: não podiam mais perder tempo. Os unionistas já haviam lançado candidato e esperavam o deputado Paulo Santos para iniciarem a campanha pelo município. Uns boas-vidas, os chefes liberais! Na hora da eleição eram os telegramas, os recados, os portadores trazendo recomendação da Executiva, ordens para descarregar toda a votação em fulano e beltrano. Deputados que o povo não conhecia e que, depois, nem respondiam às cartas dos eleitores! E votação de graça: o peso da campanha, as despesas todas com a eleição, tudo ficava nas costas do pessoal do diretório, principalmente nas do chefe municipal. Os empregos, as facilidades, as honras – eram para a política de Santa Rita, o Rocha velho, o Osmírio... Esse, em todo caso, ajudava: prontificara-se a vir com ele, a resolver com o governo os assuntos da Vila. Mas, agora, a cantiga era outra: Vila dos Confins emancipara-se, virara município; e o chefe, o presidente do diretório, era ele. E o prefeito, também ia ser ele, coronel Francisco de Oliveira Belo. Os entendimentos com o governador e com os secretários, os pedidos de nomeações, os casos, enfim, da política da Vila, nada mais seria resolvido sem a presença dele, ou sem a assinatura dele nas cartas ou telegramas. Já não estava gostando do acordo com o Azambuja. A nomeação do delegado militar não saía, nem o contrato das professoras. E as eleições estavam perto, o pessoal reclamando... Depois, precisavam trocar de intendente: uma lesma, o Jurandir. O intendente tinha de ser ou o Alcindo da Coletoria ou outro que o governo mandasse, mas pessoa recomendada para ficar sob as ordens do partido.

As casas começavam a aparecer aos grupos, a estrada do aeroporto continuando na rua calçada e cheia de movimento. Nas esquinas, o chofer parava com o apito do soldado, para seguir logo depois autorizado por outro apito.

O Osmírio acabara de ler os jornais. Falava:

– Meu clima é este, coronel. Nasci para viver em cidade grande. Mas, desta vez, não há castigo. A nova qualificação em Santa Rita vai nos dar mais uns dois mil votos, no mínimo. O Azambuja garante mais de três mil na zona dele... Com a emancipação da Vila, de Ipê-Guaçu, de São Benevenuto, o eleitorado vai aumentar também. O Santos é mesmo uma besta! Quanto mais força faz para nos derrotar, mais garante a minha eleição. Lançando candidatos a prefeito em todos esses municípios, acirra a luta municipal, bota todo mundo no fogo. E com isso o eleitorado aumenta: o eleitorado deles, mas o nosso também. E o que elege a gente, coronel, é voto na urna. O resto é conversa fiada...

O porteiro, fardado, veio abrir a porta do táxi. Mais outro para carregar as malas, os embrulhos, a horrível cesta do Braulino.

Enquanto o doutor Osmírio enchia as fichas e escolhia os quartos, Chico Belo apreciava o entra-e-sai. Gostava daquele movimento. Todo mundo bem vestido, de gravata e chapéu; as moças, do lado de dentro do balcão da portaria, batiam máquina, fumavam, cruzavam as pernas. Até o vendedor de bilhetes de loteria andava bem arrumado, de jaquetão e lencinho no bolso. Nem aleijado como o Ovo Choco, nem cego que nem o Zé Mamão, lá de Santa Rita. E falava difícil:

– Vão querer? Olhem a vaca, noventa e nove. Noventa e nove... Vão querer? Olhem a vaca!

O menino fardado acompanhou os hóspedes, empilhando as malas à porta do elevador. As duas senhoras de chapéu, perfumadíssimas, esperavam também.

Quando o elevador subiu, subiu de repente, veloz, um foguete! Tudo tão cômodo, tão limpo – aquela porção de botõezinhos coloridos apagando, acendendo, piscando... "Barbeiro e Cabeleireiro – 4º andar"...

Ai, meu Deus! Lá vinha de novo o maldito frio na barriga! Era o avião outra vez, o abafado, o cheiro, o balanço do avião... A tonteira, o enjoo, a friagem subindo pelos pés... Chico Belo quis segurar, mas não pôde. Levou as mãos à boca, tapando-a, mas o vômito saiu pelo nariz, assobiando alto, azedo... Ali, no apertado do elevador, as duas senhoras... Doutor Osmírio quase chorava de vergonha, mas não dava demonstração. Pelo contrário:

– Calma, coronel, isso passa... Pronto, chegamos!

Dura, a política! Aguentar aqueles coronelões da roça só por causa dos duzentos ou trezentos votos... Vomitar em elevador... Era só o que faltava!

18

O CARRO CHAPA-BRANCA PAROU EM frente à grande escadaria do edifício da Secretaria dos Negócios do Interior.

Galões dourados na farda azul-marinho, o porteiro veio abrir a porta e cumprimentou, todo reverências e sorrisos:

– Excelência...

O deputado Cordovil de Azambuja entrou de pasta balançando na mão, a cabeça descoberta, naquele ar displicente todo seu. Acompanhavam-no os três: Osmírio, Chico Belo e o Braulino.

O deputado encaminhou-se para o elevador. Não, não havia mais perigo. Chico Belo já se acostumara com o bicho: no hotel, fizera feio porque chegara doente, zonzo ainda da maldita viagem. Ficara bom logo – jantara boa canja e se deitara cedo. Amanhecera outro. Depois, ninguém tem obrigação de nascer sabendo... Se o Osmírio mostrava desembaraço na capital, na roça vivia fazendo feio: não levara aquela rodada do Brancoso, cavalo velho, manso de mulher, no curral da frente do alpendre, com todo o pessoal assistindo ao fiasco? Não caíra de chapa no esterco, ficando que nem porco no chiqueiro? Se ele, Chico Belo, se avexava ainda em certas partes, avexava-se menos que o doutorzinho num curral. Pelo menos, atravessava as ruas! E o Osmírio, que nem a muque passava no meio da vacada? Andava mas era colado ao tabuado das cercas, cacete na mão, borrando-se todo.

O preto do elevador, gordo, de cabeça rapada e lustrosa, vestia também o vistoso uniforme azul com os dourados enfeites de pijama.

– O secretário está, Apolinário?

– Chegou agorinha, Excelência.

O deputado Cordovil entrou no salão apinhado de gente. Cumprimentava, sorria. Pessoa de casa: foi abrindo a porta do fundo da sala e mandou que os companheiros entrassem.

– Deputado, que prazer!

Era o Almeidinha, chefe do gabinete. Um passarinho de tão magro e elegante. Olhos de pestanas compridas, a voz macia, as mãos delicadas:

– Está aí dentro o major Carneiro, da Região. Foi a greve de ontem... Mas sente-se, Excelência, os seus amigos também. Cigarros?

Até o Braulino, tão seco, tão sem graça e caladão, aceitou o cigarro comprido, diferente.

– Americano, coronel...

Depois das apresentações o deputado Cordovil sentou-se no sofá de couro vermelho.

– Se não demorar, eu espero. A sessão na Assembleia vai ser agitada, hoje. O Borba inscreveu-se – dizem que vai chefiar a obstrução à mensagem da reestruturação. Vou defender o projeto.

– A oposição anda violenta...

– Violenta nada, Almeidinha. Uma vergonha, isso sim. Já se foi o tempo – um Amaral, um Souto Silva... Hoje, é essa meninada que a gente vê – e tudo atrás de sinecuras! Golpe deles, Almeidinha: andam querendo alguma coisa...

– O senhor não viu o caso do Xavier? Depois que o irmão pegou o cartório...

– O irmão, ou ele mesmo? A nomeação do outro foi só para tapear...

Veio o café. Almeidinha fez questão de ele mesmo servir. O deputado continuava:

– Não falei? Não cansei de avisar o governador? Cartório no papo, meu filho, e o Xavier virou aquela bondade que a gente está vendo. E o Guedes, o Alencar, o Silva Neto... São todos uns malandros... Mas hoje eu desanco o pau! Você vai ver o escândalo, as manchetes dos jornais de amanhã. Aqui entre nós, Almeidinha, um abacaxi o tal crédito para a reestruturação... Mas o governador me pediu, mandou-me chamar, faz questão que eu lidere a defesa da mensagem...

Doutor Osmírio não perdia palavra. Tinha vocação para aquilo. Boa ideia, a do pai, de ligá-lo com o Azambuja. Negócio garantido: dois municípios dos Confins para cada município da zona do Azambuja. E ainda um bom auxílio para a campanha. Os dois se elegeriam, o Osmírio estadual e o Azambuja federal, e ficariam com toda a situação nas mãos. Acabariam de uma vez com o Santos...

O deputado continuava falando:

– Olhe, Almeidinha, o secretário vai lavrar dois atos importantes hoje: o do novo intendente e o do delegado militar para a Vila dos Confins. Nossos chefes, lá, são os Rochas – o pai e aqui o doutor Osmírio. Quero isso rápido, que o capitão é para seguir com os amigos, amanhã ou depois, no máximo. E os passes também, de avião...

O major saiu do gabinete particular do secretário. Almeidinha correu para acompanhá-lo: – "Mais um café, major, um cigarro..." Mas o oficial tinha pressa e o chefe de gabinete voltou:

– Agora o senhor, deputado. Pegue a ordem do doutor Carvalho e deixe o resto comigo.

O vozeirão agradou ao Chico Belo, acostumado a lidar com boi e gente macha:

– Nobre deputado...

Voz de trovoada, tipão de sujeito. Gordo, alto, careca lustrosa, mãos cabeludas, grandonas – mãos de rachador de lenha. Chico Belo foi logo com o secretário. Era dos seus.

– Quanta honra!

Chico Belo acostumava-se rápido. Nenhum acanhamento quando se afundou na poltrona de couro – fofa, fofa, parece até que se encolhia para acomodar saliências e se espichava para acertar os vãos do corpo.

O vozão grosso e o sorriso dirigiam-se a ele:

– Então o amigo é o coronel Chico Belo, da Vila dos Confins! Já o conhecia muito de nome. Na última reunião da Executiva, discutimos a sua candidatura. Recebeu o nosso telegrama? O governador precisa saber de sua presença na capital... Mas, quais são as ordens?

Aquela poltrona, as atenções do secretário, o nome dele, Chico Belo, pronunciado tantas vezes, discutido na reunião da Executiva...

– Pouca coisa, doutor Carvalho... O caso do intendente e do delegado militar... Não que a gente tenha medo, mas são os companheiros, gostam de se sentir prestigiados...

– Mas é claro! Perfeitamente! E a oposição, vale alguma coisa?

– Vai ficar falando sozinha, doutor... Meia dúzia de gente despeitada...

O doutor Osmírio interrompeu. Chico Belo botava a coisa fácil demais e podia estragar a história.

– Não é tanto assim, doutor Carvalho. Otimismo do coronel... está acostumado a ver tudo com olhos de ganhar... Os adversários são fortes, estão trabalhando...

Doutor Carvalho de Meneses aprovava:

– Perfeitamente... ótimo... pois sim... é claro...

O Osmírio falava seguro:

– Nosso problema, senhor secretário, é um reforço final de prestígio. O intendente – o Jurandir, funcionário da Agricultura, não sei se o senhor conhece, Jurandir Maia... – o rapaz é bom, serviçal, mas meio independente, meio teimoso; não é nada político... E também o delegado: o atual é aqui o senhor Braulino, pessoa de confiança, companheiro nosso. Mas o senhor compreende: a polícia... a farda... um militar enérgico...

– Claro, claro! Perfeito!

– O nosso coletor estadual tem um irmão, oficial da polícia, o capitão Otávio Jardim...

O secretário ouvia atento, interessado:

– Conheço, conheço muito o Jardim. Oficial de carreira, muito boa pessoa: já me tem ajudado em alguns casos. Ótima lembrança...

Tão fácil! O Osmírio continuava:

– Agradecemos muito, doutor Carvalho. A oposição, só com a notícia, vai-se degringolar. O deputado Paulo Santos...

– Que há, com o Santos? Anda por lá também?

Osmírio não percebeu o sinal aflito do deputado Cordovil de Azambuja. Tão sem seca, o secretário, tão compreensivo...

– Se anda! Fundou a União Cívica na Vila, em Ipê-Guaçu, São Benevenuto... Lançou candidatos a prefeito em todos os municípios novos dos Confins. Mas não tem a menor *chance*, se o governo nos der mesmo apoio decisivo...

Se antes o secretário dos Negócios do Interior ouvia Osmírio com atenção, agora os olhinhos dançavam irrequietos no carão gordo. Mas não desfazia o sorriso; pelo contrário, adoçava-o mais:

– Ah! De fato, de fato... Isso mesmo – recebi relatório a respeito. É o diabo! Ele é coligado nosso, o Santos – precisamos agir com certa calma, não podemos criar casos com ele. Temos de dar um jeito; delegado militar sem pretexto sério...

Idiota do Osmírio! Era naquilo que dava, essa meninada de colo a meter-se em política! Tudo ia tão bem, a coisa pegava... O Azambuja levantou-se:

– Precisamos de acabar com essa confusão, Carvalhinho. Já disse isso ao governador – ele acaba ficando sem companheiros, com essa mania de não criar casos com os tais de coligados. Política é pão-pão-queijo-queijo. A Secretaria é nossa. E a Vila dos Confins é zona minha!

– Eu sei, Cordovil. Mas o acordo...

– Que acordo, coisa nenhuma! Engraçado, isso agora! Não abro mão dos Confins, não senhor, Carvalhinho. Definitivamente, não abro mão! Já me entendi com o coronel Rocha e com o doutor Osmírio: vou presidir o pleito na Vila dos Confins; o município é meu. E precisamos do novo intendente, precisamos do delegado militar, precisamos da mão forte do governo. Você vai ter paciência, Carvalhinho...

O secretário fumava. E sorria:

– Sei disso, Cordovil. Mas quero que você compreenda a minha responsabilidade como secretário da pasta política. Tenho de fazer a cobertura do governador. Um ataque na Câmara Federal repercute no país inteiro. E o Santos é da Executiva Nacional da União Cívica...

Azambuja, porém, não se conformava:

– Que ataque, que faça quantos discursos quiser! Que temos nós com isso? Pelo que eu estou vendo, a vantagem é ameaçar o governador, fazer chantagem como os outros...

O doutor Carvalhinho, sem se exaltar:

– Não é isso, Cordovil. Não demoram muito as eleições gerais, e a gente não sabe o rumo que as coisas podem tomar. O protocolo assinado é muito sério, você conhece o documento, Cordovil... Em todo caso, quem decide é o governador; o chefe é ele. Não passo de um secretário que cumpre ordens...

– Você tenha paciência, Carvalhinho, mas o caso da Vila dos Confins é diferente. O Rocha não é brinquedo, você o conhece...

– Estou tão preocupado quanto você, Cordovil. E não é só por causa do coronel Rocha; meu desejo é servir também ao coronel Francisco Belo, chefe da Vila dos Confins. Mas vou falar com o governador ainda hoje. Podem contar com a minha simpatia...

Chico Belo ainda insistia:

– Fico muito grato ao senhor, doutor Carvalho. Se o governador não concordar com a troca do intendente, não tem tanta importância assim. Mas o delegado militar, esse é preciso... Já garanti aos companheiros que levava o homem comigo. Se voltar sozinho, vou ficar desmoralizado... Tenho de acabar deixando o diretório, largando de mão o partido... Trabalho sem apoio não adianta...

O deputado Cordovil era homem genioso:

– E eu também desisto. Pode até avisar ao governador que não vou à Assembleia hoje. Ele que mande outro defender a bomba da reestruturação! Fico esperando o seu telefonema, em casa.

E saiu.

Mas o secretário não se irritava. Conduziu o Osmírio, Chico Belo e Braulino até à porta, dando explicações. E, antes que deixassem o gabinete, teve tempo de soprar baixinho ao ouvido do coronel:

– Não deixe de me aparecer em casa, logo à noite – nove, nove e pouco. Eu acerto todos os seus negócios. Mas não comente nada com ninguém... O doutor Almeidinha vai apanhá-lo depois no hotel, no carro da Secretaria...

Na outra sala o deputado Cordovil de Azambuja esperava. Não dizia palavra, furioso. No automóvel, abriu-se:

– Vamos todos para a Assembleia. Mudei de ideia. Vou é modificar meu discurso, solto umas indiretas. Sou capaz de dar até uma forçazinha à oposição...

E concluiu, dirigindo-se a Osmírio:

– Um dia ainda arraso com essa podriqueira que anda por aí, seu doutor! E arranco o Carvalhinho da Secretaria. Ele não me conhece!

19

Chico Belo gostava de ficar parado assim, à porta do hotel, olhando o movimento. Bonito o pisca-pisca dos anúncios luminosos – verde, vermelho, azul, amarelo –, arco-íris a tremeluzir nas poças. Apesar da chuvinha miúda, insistente, o mesmo corre-corre cruzando-se no largo passeio da avenida.

Quanta mulher! Sozinhas, a uma hora daquelas, a trançar pernas pelas ruas da cidade grande. Mulher – coisa boa! Elas faziam a gente sentir vontades engraçadas – passar-lhes, por exemplo, de leve, bem de leve, a mão pelo cabelinho da nuca, macio que nem moitinha peluda de capim-meloso. Tudo nelas assentava: aqueles chapéus de soldado que a gente fazia em tempos de menino, de folhas de jornal, pareciam moda: chapéu e capa, da mesma cor. Na chuva, viravam também bichinhos de tempo de chuva: aquela mocinha magra, alta, de capa verde-clara – tal e qual louva-a-deus; a outra, mais magra ainda, e de óculos – gafanhotinha nervosa, pula-pula; amarela, chumbada de pintinhas vermelhas, a capa da moça gorducha, pequetita, redondinha – joaninha assustada, medrosa dos besourões...

Sim senhor! Ali estava ele, coronel Francisco de Oliveira Belo, em plena capital do estado. Hospedado em hotel de luxo, apartamento com rádio, telefone. Barbeiro no quarto – era só pedir à telefonista – com massagens, cremes, toalha quente. Manicura, também: moça conversadeira, velhaca. Ficaram de prosa um tempão, enquanto ela lhe cortava as unhas. Não tivesse aquele encontro marcado com o doutor Carvalhinho, e iria convidá-la para um cinema. Mas tinha tempo – telefonava, depois.

Caboclo simpático, o doutor Carvalho de Meneses! Maneiroso, delicado, mas homem duro. O deputado quis bancar o marruás e investiu – e o doutor Carvalhinho deu só aquele andado de banda, sem tirar a risada e o charuto da boca. Maciota contra brabeza – e ainda prometeu telefonar!

Não chegaram direito a trocar um isto de prosa, e se entenderam. Enquanto o Osmírio falava difícil e o deputado bufava, ele e o secretário olhavam um para o outro, se afinavam. Só o Braulino percebeu: calado, com cara de bobo, mas um caracu de boi sonso: – "No ouvido de quem o doutor falou na saída? No do Osmírio? No do deputado? No ouvido seu, Chico Belo..." O Braulino estava com a razão: quem foi o convidado para o particular na casa do secretário?

Que falta fazia o estudo! Ele e o doutor Carvalho, o mesmo tipo de pessoa. O outro tivera mais sorte, frequentara boas escolas, alisara o pelo, virara doutor... Ele precisava mas era de viajar, conviver com os chefes da capital, desembaraçar-se mais. Com a Prefeitura nas mãos ia ser fácil. O Paiva, de Nova Esmeralda, não fizera, quando prefeito, quarenta e oito viagens à capital, e tudo à custa do município? Falavam dele, mas a verdade é que prefeito nenhum tinha mais prestígio com o pessoal do governo que o Paiva. Colocou os filhos todos, até gerência da Caixa Econômica arrumou para o genro... Hoje, era o boiadeiro mais forte da zona, com os bancos do governo escorando os negócios dele...

O doutor Almeidinha demorava. Telefonara na hora do jantar, e havia combinado passar pelo hotel às nove, nove e pouco. E já eram quase dez! O secretário convidara também o Osmírio, queria conversar com os dois...

Doutor Osmírio lia os jornais no saguão do hotel, enquanto esperava pelo Almeidinha. O Braulino, esse já subira para o quarto, havia que tempo! Chico Belo continuava olhando a chuva e o movimento. Automóvel, automóvel, gente, gente. Louva-a-deus, gafanhotas, joaninhas. Mulher, mulher, mulher...

Vida boa, a vida de cidade grande!

Doutor Carvalho de Meneses recomendou à mulata de avental branco que introduzira as visitas:

– Não me deixe ninguém entrar na sala, Lazinha; avise que tenho audiência importante. E olhe: pode ir arrumando a mesa.

E entrou logo no assunto:

– Pedi ao senhor, coronel Chico Belo, que viesse à minha casa para podermos conversar mais à vontade. E ao senhor também, doutor Osmírio, que o governador tem muita estima a seu pai e não quer agir a não ser de pleno acordo com ele. Preliminarmente, qual a natureza dos compromissos da política dos Confins com o deputado Cordovil de Azambuja? Um momento: antes de qualquer resposta, estou no dever de lhes comunicar que represento o governador nesta entrevista e que tudo o que conversarmos aqui deve ficar rigorosamente entre nós...

Colhidos de surpresa, Chico Belo e Osmírio entreolhavam-se. O assunto era mais sério de que supunham: o governador falava pela boca do senhor secretário...

– Há algum acordo dos senhores com o Cordovil? – insistiu o doutor Carvalho. – Ele representa oficialmente o Partido Liberal na zona dos Confins?

Osmírio meditou ainda, antes de responder. E fê-lo com habilidade:

– Acordo propriamente, doutor Carvalho, nada há de definitivo... Como o senhor sabe, votamos no doutor Araripe na última eleição; mas ele não se elegeu, e desinteressou-se da política... Para estadual, votamos no Serpinha, a pedido da Executiva. Mas o velho desentendeu-se logo com ele... Depois, o candidato da zona agora sou eu... O deputado Cordovil de Azambuja foi quem nos procurou e propôs entendimento conosco na base de troca de votação. Ele vai-se candidatar a federal, não sei se o senhor sabe...

– Gostaria de ouvir a opinião do coronel Chico Belo. Que lhe parece, meu coronel?

Chico Belo via tudo. E respondeu, manhoso:

– Temos trabalhado juntos, doutor Carvalho – eu e o doutor Osmírio. Já sabia desse negócio com o deputado Azambuja, mas, pelo menos da minha parte, não dei a última palavra... Meu compromisso é com o doutor Osmírio; com o deputado a coisa está apenas em começo de conversa: se o governo nos desse força por intermédio dele... Mas, pelo que estou vendo...

Osmírio começava também a perceber: o secretário ameaçava deixá-lo de lado se insistisse no acordo com o Azambuja. Vestia de anjo o Chico Belo, engrossava-o, emancipava-o da tutela da política de Santa Rita, acenava-lhe com apoio direto, sem a interferência dos Rochas. Velhaco, o Carvalhinho! E deixava-o, a ele, Osmírio, na mais delicada das situações. Se resistisse, o presunçoso do Chico Belo seria capaz de esfriar, até de romper! Passaria a entender-se diretamente com o secretário, acabaria articulando-se com outro candidato a estadual... Tinha de agir com cuidado, apalpar o terreno antes de dar o passo:

– Realmente, doutor Carvalho, o coronel está sendo exato. Papai é político velho, experimentado, e não iria comprometer-se sem uma definição taxativa do deputado Azambuja. É óbvio que, sem o apoio do governo, o acordo não tem mais razão de ser. Isto é, se houve mesmo um acordo jurado e sacramentado... Mas, nesse caso, acredito que o velho apenas teve contatos preliminares... Não fecharia um negócio desses antes de consultar os companheiros. E o coronel Chico Belo é um dos mais chegados a ele, pessoa que nos merece a mais absoluta confiança.

– E o senhor, doutor Osmírio, está autorizado a tomar uma decisão política definitiva em nome do seu pai?

Terrível, o homem: encostava-o à parede, exigia o sim-ou-não naquela hora. Falaria mesmo em nome do governador? E as nomeações – o intendente, o delegado, as professoras?

Terrível e mau, com todo aquele sorriso espalhado na cara gorda e rosada. Nem esperou pela resposta do Osmírio para dar o bote:

– Depois que os senhores deixaram a Secretaria, pedi a pasta da zona dos Confins para estudar detalhadamente a situação e poder dar informes precisos ao governador. Não haveria possibilidade de um acordo com o doutor Bernardino de Sousa? Ele já não deixou os democratas?

– O doutor Bernardino? – o Osmírio não escondia a estupefação – o doutor Bernardino de Sousa? Só se o governador estiver louco! O homem é o maior inimigo que este governo já teve!

– O senhor é novo ainda, doutor Osmírio. Se a política municipal é cheia de surpresas, mais ainda o é a estadual... E estamos caminhando para uma solução de âmbito nacional, meu caro doutor. O governador é a chave, hoje, do problema sucessório. Pode ser que venha até a surgir como candidato à presidência...

– Então não estou entendendo mais nada; o melhor é desistir de uma vez. O doutor Bernardino, aquele crápula! O nosso inimigo mais rancoroso!

Chico Belo ouvia tudo calado. Formidável, o Carvalhinho! O Osmírio, coitado, com aquela parte de inteligente, de sabido, com todo o palavreado difícil, caía como um patinho... O secretário jogava, agora, o Bernardino por cima dele... Logo quem, o doutor Bernardino! O doutor Carvalhinho judiava do pobre; mordia e soprava:

– Por isso é que estou preocupado, e chamei os senhores a minha casa. Qualquer acordo que se venha a fazer no âmbito federal ou mesmo estadual, em benefício do nosso governador, teria de respeitar as situações previamente definidas. Vocês, nos Confins, ainda estão no ar, a pouco mais de seis meses das eleições gerais... Mas o senhor não me respondeu ainda, doutor Osmírio, se tem ou não credenciais do coronel Rocha para firmar uma diretriz política definitiva no interesse do governador do estado...

– Bom, é claro que sim... Tenho carta branca de papai para agir numa emergência dessas...

O doutor Carvalho de Meneses levantou-se e foi olhar demoradamente, pela janela da sala de visitas, a chuvinha que caía mansa no asfalto da rua. Voltou para dizer:

– Então, vou-lhes ser franco. O governador não anda satisfeito com o Azambuja. Ele é um homem vacilante, para não dizer aventureiro. Em resumo, não se pode contar com ele. Os senhores viram hoje... E estamos atravessando uma época difícil, meus amigos. O governador precisa de saber quem efetivamente está com ele. Só por um acontecimento absolutamente imprevisível deixará ele de ser o candidato das forças nacionais à presidência da República. Avaliem os senhores, agora, a importância do futuro Congresso. Não sou eu, é ele, é a direção do nosso partido que faz absoluto empenho da minha candidatura a deputado federal. Verdadeiro sacrifício para mim, que já ando mas é necessitado de deixar a vida pública. Sou homem do interior, coronel Francisco Belo, apaixonado pelos nossos problemas agrícolas, especialmente pecuários. Não sei se o senhor sabe: sou também fazendeiro, roceiro como o senhor...

O secretário dos Negócios do Interior falava, agora, com entusiasmo e emoção:

– Reagi, argumentei, cheguei a apelar para a amizade fraternal que nos une, a mim e ao governador, desde os tempos de colégio. Ninguém melhor que ele sabe que dei os melhores anos de vida ao estado, e à causa do Partido Liberal. Precisava, agora, de cuidar da família, pensar um pouco mais nos filhos, em meus negócios particulares. Mas o governador fechou a questão. E o meu dever de soldado é um só: obedecer, fazer mais esse sacrifício... Gosto muito do Azambuja, nada tenho pessoalmente contra ele. Mas, que fazer? A conjuntura atual, as injunções partidárias, os supremos interesses do nosso estado...

Chico Belo aproveitou a pausa:

– Compreendo, doutor, compreendo... Já havíamos conversado a respeito, eu e o doutor Osmírio. Notamos o desprestígio do deputado Cordovil de Azambuja – e isto é o diabo, justamente agora, às vésperas da eleição municipal. Na minha opinião, o homem para nos ajudar tem de ser mesmo o senhor. Da minha parte...

– E da minha também, senhor secretário – ajuntou depressa o doutor Osmírio Rocha. – O que combinarmos nesta noite, fica definitivamente combinado.

– Sabia disso, doutor Osmírio. Conheço a tradição de honradez dos Rochas de Santa Rita. Dúvidas teríamos nós, o meu governador e eu, se o senhor não medisse bem as suas decisões antes de tomá-las, como as mediu. Gosto de lidar com homens prudentes, porém francos, duros, quando necessário. Agora, vamos ao que interessa: posso-lhes fazer a minha proposta?

– Perfeitamente, doutor Carvalho – Osmírio e Chico Belo responderam quase ao mesmo tempo.

– Ótimo, ótimo! Então, combinemos o seguinte: os senhores ficam comigo – o coronel Rocha e o doutor Osmírio em toda a zona de influência deles, e o coronel Chico Belo na Vila dos Confins; o governador fará imediatamente todas as nomeações do interesse dos senhores – se quiserem, já podem até viajar para a Vila dos Confins com o capitão Otávio Jardim, que seguirá com ordem para requisitar o destacamento policial que julgar necessário. O novo intendente, esse irá logo depois, para não provocar grita na Assembleia; vou, antes, chamar o rapaz que está lá – já anotei, na Secretaria, o nome dele – e ele mesmo é quem vai solicitar a exoneração do cargo. Vou mandar para lá um elemento da minha absoluta confiança. Além disso, garanto ao doutor Osmírio a inclusão na chapa para deputados estaduais e mil votos na minha zona; não prometo mundos e fundos porque não sou homem de exageros e gosto de cumprir a minha palavra; mas tenho a certeza de que ele terá bem mais do que isso. E entro com cem contos para a campanha municipal da Vila dos Confins se os senhores me garantirem dois mil votos. Metade agora e metade depois da eleição...

– Pode aumentar a sua conta, doutor Carvalho – interrompeu o coronel Chico Belo. – Só na Vila dos Confins eu lhe garanto de quinhentos a seiscentos votos. Tem ainda Santa Rita, Ipê-Guaçu, São Benevenuto...

– E Águas Claras, também – o Osmírio acrescentou. – Estou autorizado a falar pelo Epitácio.

– Então, como é que ficamos? Vamos pôr o preto no branco.

Chico Belo, em matéria de negócios, tinha mais experiência que o Osmírio. Decidiu, pelos dois:

– O senhor nos entrega todos os atos amanhã: o do capitão Otávio, o do auxiliar da Coletoria, e os três contratos das professoras – amanhã levo os nomes à Secretaria. Cinquenta contos adiantados para a campanha municipal – a gente desconta depois na base de setenta e cinco mil-réis por cabeça...

– Setenta e cinco, não, coronel: cinquenta...

– Setenta e cinco, doutor Carvalho. Não podemos fazer por menos: as despesas são enormes.

O doutor Carvalho fumava, fumava:

– Tudo está muito certo, menos os setenta e cinco. A base no estado está a cinquenta, em algumas zonas até menos... Os senhores não se arrependerão. Só o capitão Otávio, com um bom destacamento, quanto é que isto não vale?

Mas Chico Belo fincou pé, duro, positivo. Nas boiadas também era assim: sistemático, não fazia diferença – dou tanto, vendo por tanto, e acabou-se.

– Não podemos, doutor. Quanto a mim, o senhor pode dormir tranquilo. Do lado do doutor Osmírio, também: fique descansado.

Doutor Carvalhinho levantou-se outra vez e chegou à porta da sala.

– Lazinha!

E, quando a empregada veio:

– Já arrumou a mesa? O pessoal já veio todo? Então pode levá-los para a copa. Já estou terminando.

E S. Exa. o Sr. Secretário dos Negócios do Interior do Estado pôs o seu mais simpático sorriso ao dar por encerrada a entrevista:

– Coronel Francisco Belo, faço todos os meus entendimentos políticos na base de cinquenta. Todos, todos, sem exceção. Mas, em homenagem ao começo da nossa amizade, fecho o negócio como o senhor propôs. E um aperto de mão entre homens da nossa categoria vale mais que selo de educação e saúde. Agora, vamos entrar: quero apresentar-lhes a patroa e os nossos amigos. Vamos tomar um uísque, festejar o acontecimento. E já sabem: esta modesta casa fica sendo, a partir de hoje, a casa dos senhores também.

20

O Almeidinha nascera para aquela vida. Lá estava ele no salão do palacete do doutor Carvalho de Meneses, feliz que nem tico-tico em laranjeira florida. Esvoaçava, saltitante, entre os grupos de senhoras:

– O nosso coronel Belo, Cármen Sílvia: belo e uma simpatia, hem?

Cármen Sílvia achou o coronel um encanto. Maria Lúcia, Lolô Beatriz, Mimi Saraiva – todas as outras acharam também. E Chico Belo conversava, ria, soltava gargalhadas. E bebia doses duplas de uísque.

– Parece até festa de aniversário, dona Baby. Tanta gente...

– Pois toda noite é isto... Almeidinha, Lazinha, olhem: mais uísque aqui para o coronel.

Burrada iria fazer se fosse seguir a cabeça do Osmírio! Tipinho antipático, o tal de deputado Cordovil de Azambuja! – "Nossos chefes, lá, são os Rochas, o pai e aqui o doutor Osmírio..." – "Já me entendi com o coronel Rocha e o doutor Osmírio..." – "Porque o Rocha, porque o Osmírio..." E ele, Chico Belo, bancando o ás de paus, a servir de toco-de-amarrar-égua! O Alcindo enxergava longe; ele só, não: o Braulino também, até o bronco do Juvêncio enxergava: – "Você tem que ir, Chico Belo, conversar com os homens do governo... tratar diretamente com a Comissão Executiva... ficar conhecido também..." Era isso mesmo: o Osmírio fazia os seus arranjos, levava as suas vantagens, e ele, o bobo do Chico Belo, a dizer amém. O outro pensava que São Benevenuto, Ipê-Guaçu, Vila dos Confins ainda pertenciam a Santa Rita, que não se haviam emancipado, tornado municípios independentes! Até Águas Claras... – "Estou autorizado pelo Epitácio..." Pois sim! O Osmírio vira na hora da conversa dura com o doutor Carvalhinho. Se ele quisesse continuar com o Azambuja, ele e o pai, os dois que ficassem; mas não a Vila dos Confins, que essa não era de negócio. Cantava lá outro galo! E o seu Azambuja, ainda por cima, com aquela choradeira, aquela miséria: um custo para entrar com dez contos para a campanha municipal. Dez contos para uma eleição que ia custar, no barato, mais de quinhentos contos! E a prazo... ia passar uma letra a cento e oitenta dias... Mas para o Osmírio, não: a parentada toda nos empregos, aquela mamata da advocacia do Banco do Brasil que o Azambuja lhe arranjara – uns vinte e tantos contos de ordenado e o trabalho só de ir buscar o cobre no fim do mês!

Só naquela noite, quantas relações: dois deputados – o doutor Pinheirinho e aquele outro louro, de óculos – o secretário da Saúde, doutor Osório – outra pessoa tão atenciosa! O comendador Bretanha, o seu Gonçalves – que joia de homem simples!... O comendador Bretanha, esse até fizera questão de sentar-se junto dele, puxando prosa, perguntando por preço de terra e boiadas de corte. – "Mas o senhor ainda não tem o financiamento pecuário do Crédito e Produção? O banco é para isto – colaborar com homens como o senhor!" Não, não: passasse amanhã pelo banco – lá pelas quatro, quatro e meia – e ele ia mandar uma ordem para a agência de Santa Rita; tinham de abrir uma conta especial para ele! – "Um amigo do Carvalhinho, ora essa era muito boa!" Queria ver, agora, a cara do Seixas, gerente de Santa Rita. Antes, tinha de falar com ele de chapéu na mão, às vezes até obrigado a voltar acompanhado do Rocha ou do Osmírio para que o Seixas resolvesse atendê-lo. Os dois agiam de acordo – o Seixas e o Rocha – para que as pessoas servidas pelo banco ficassem devendo obrigação ao velho...

E dona Mimi Saraiva insistira: o coronel tinha porque tinha de jantar com ela antes de voltar para os seus Confins – queria apresentar-lhe o marido, a família...

Doutor Carvalhinho desocupou-se, finalmente, da última audiência reservada na sala de visitas. Nem pudera acabar de apresentar Chico Belo e Osmírio aos amigos, e teve de ir atender a uma comissão de políticos chegados do interior.

O pobre do secretário vinha fatigado:

– Não aguento mais. Já me levanto com gente me esperando aqui em casa, e na Secretaria é aquilo que o senhor viu, coronel. É todo mundo atrás de emprego, é tudo o que é prefeito e chefe político a vir pedir que troque delegado, que transfira o cabo do destacamento, gente ameaçando romper se o governo não demitir a pobre da servente do grupo... Se todos fossem como o senhor... colaborassem, viessem oferecer em vez de reclamar...

Doutor Carvalho servia-se do uísque que o Almeidinha lhe preparara. Perguntou ao seu chefe de gabinete:

– O que há com esse pessoal de Ourolândia? Gente de um tal de porto dos Miguéis...

– Foram eles que estiveram agora com o senhor? Ourolândia é zona do Roxo... Ah, já sei: está vindo de lá uma pilha de telegramas. Mas já resolvi com o Roxo – é para cozinhar essa turma em água morna. Querem a nomeação de um novo adjunto de promotor... Mas é pessoal duvidoso, diz o Roxo...

– Isso, prestigie o Roxo; ele vai continuar na chapa estadual... Ô Lazinha, arrume a mesa, menina. Onze e meia, já!

A mesa grande, redonda, forrada de feltro verde, já estava armada na copa. Enquanto a Lazinha estendia a toalha branca, o Almeidinha contava as fichas e distribuía-as em montinhos iguais pelos lugares. Dona Baby abria os baralhos azuis.

Osmírio percebeu que era hora de retirar e chamou Chico Belo:

– Vamo-nos despedir, coronel. Deixemos o doutor à vontade.

Mas o dono da casa protestou:

– Absolutamente, doutor Osmírio! Os senhores ficam, podem sapear à vontade; joguinho caseiro, barato. Quem sabe se querem também entrar? Pif-paf...

Mas o Osmírio tinha mesmo de sair, precisava de fazer outra visita. O coronel, se quisesse...

– Fica sim – resolveu o doutor Carvalho. – Mando depois levá-lo ao hotel.

E Chico Belo ficou.

Os parceiros não se distribuíam à vontade. Oito, ao todo: e cada um escolheu uma das oito cartas que o Almeidinha baralhara e colocara de bruços na mesa. Doutor Osório tirou o ás e escolheu:

– Fico por aqui mesmo; você é o rei, Pinheirinho? Aqui à minha esquerda...

As senhoras formavam outra roda, no salão. Buraco – explicou o Almeidinha – jogo novo, muito interessante, e que estava tomando conta da sociedade.

Todos assentados nos seus lugares, o jogo começou. Chico Belo contava as fichas empilhadas em frente a cada parceiro: quatro placonas de dez mil, o resto em fichas de um conto, de quinhentos, de duzentos. Cacife de cinquenta contos? E por pouco que não cai na besteira de aceitar o convite! Se insistissem... Conhecia, sim, o pif-paf, jogava-o sempre no clube, quando ia a Santa Rita. Joguinho barato, de vinte para quarenta, cacife de quinhentos... Escapara de boa!

Doutor Carvalhinho pusera Chico Belo a seu lado:

– Me deixe experimentar o seu olho, coronel.

E comandava:

– Jecou! Pronto, tomei. Três e duzentos!

Igualzinho ao pif-paf de Santa Rita: nas mesas jecadas, cada parceiro era obrigado a pingar no monte; e podia-se abrir no escuro com o dobro da mesa. Três contos e duzentos!

– Vamos, Bretanha, você é quem fala.

As fichas amontoavam-se: as verdes, de um conto; as amarelas, de quinhentos; as de duzentos, azuis. Mas ninguém mexera ainda nas vermelhonas, de dez mil.

– Outros, mais trinta e dois!

Caboclo peitudo, o doutor Carvalhinho: repicar a mesa com um jogo feito e par! Mesão, vinte e tantos contos, fora os pingos!

E bateu. Três compras, uma no baralho e duas na mesa – dois jogos, par, par-e-liga (as cartas entraram uma atrás da outra). E bateu com o descarte do seu Gonçalves!

– Baralho mal baralhado – resmungou o Almeidinha. – Mas o primeiro milho é sempre dos pintos...

O secretário dos Negócios do Interior puxou as fichas:

– Vão chorando, vão... Hoje é o meu dia. Primeiro, a sorte grande do coronel Chico Belo; agora, preparem o corpo, que acabo quebrando todos vocês... Ô Lazinha, o copo do coronel, menina... Abra uma garrafa daquele escocês novo que o senador Almeida me mandou... Mas que olho, coronel!

Com o correr das conversas é que Chico Belo ficou sabendo. Achara até esquisito aquilo: o Almeidinha, na Secretaria, era empregado; na casa do secretário, parceiro de pif-paf, e pif-paf de cinquenta contos o cacife! É que o Almeidinha era filho do senador Almeida Alves, presidente do Partido Liberal, chefão no estado. O menino estava na Secretaria para ir treinando, relacionando-se com os chefes políticos do interior. Candidato também a estadual, pessoa de confiança do doutor Carvalho.

Jogava seguro, o Almeidinha. Depois que os parceiros trocaram de posição – de hora em hora sorteavam-se de novo os lugares – o Almeidinha passara a ficar à direita do secretário, e Chico Belo podia sapear os dois. O rapaz só ia por duas cartas, dois jogos... Por isso, entrava em poucas paradas. E, enquanto os outros jogavam, proseava com o coronel. As ordens do doutor Carvalhinho – o Almeidinha falava baixo, quase ao ouvido do Chico Belo – eram para prestigiá-lo totalmente. Conhecia o chefe, sabia das fraquezas dele: quando gostava de uma pessoa, gostava mesmo. E o coronel tinha caído na simpatia do secretário. Dele só, não: de dona Baby também... Ouvira a senhora comentando com as amigas. – "Mantenha essa amizade, coronel!" – o Almeidinha falava. – "O homem está aí, está ministro: o governador é louco por ele, não dá um passo sem ouvir o doutor Carvalhinho..."

E que rapaz distinto! Era candidato a deputado estadual e ainda não lhe pedira um voto! E se oferecia: – "Na Secretaria, o senhor sabe: me telegrafe diretamente, resolvo tudo num minuto para o senhor. As ordens do senhor secretário foram taxativas..."

E o jogo continuava.

Parada sensacional foi aquela do dois de copas.

Mesa jecada e tomada no escuro pelo comendador Bretanha. O Pinheirinho repicara para aguentar a contravolta do doutor Osório:

– Estou lá. E com mais seis e quatrocentos!

Seis ao todo: Bretanha, doutor Carvalho, Pinheirinho, doutor Osório, seu Gonçalves e o tal senhor louro, de óculos. Montoeira de fichas – mais de quarenta contos!

Comprou o comendador Bretanha, dono do escuro, e ficou com a primeira carta (mau sinal, fizera jogo na certa). Descartou um dois de ouros.

Doutor Carvalho foi ao baralho e comprou o sete de paus. (Era muito largo, mesmo! Fez trinca de sete, boando no nove e na dama de ouros, que tinha, na outra liga, o dez e o valete.) Escrita legítima, ainda por cima, que o descarte, completamente bêbado na mão, era o outro dois de ouros.

O deputado Pinheirinho comprou no baralho; pensou, pensou, rebaralhou as cartas que tinha na mão, arrumou-as de novo e pensou outra vez. E jogou um dois de paus, olhando para o comendador, com medo – podia ser pio... Mas correu tudo bem.

Comprou o doutor Osório – gordo, fleumático, calado, mas suando muito na testa. Comprou no baralho, depois de ter vacilado e meditado demoradamente, olhando para o dois de paus jogado pelo Pinheirinho. Devia ter comprado carta melhor, porque ficou todo trêmulo, assobiando baixo, para despistar. E descartou outro dois – o de espadas.

Escreviam mesmo!

Silêncio total. A Lazinha, que trazia mais uísque para o doutor Carvalho, não se arriscou a aproximar-se da mesa. Ficou de longe, esperando: que conhecia as nervosias dos parceiros e já levara muita descompostura por interromper paradas assim.

Chico Belo torcia desesperadamente pelo seu amigo secretário.

E o seu Gonçalves comprou no baralho também. Descartou rápido, e descartou – por incrível que pareça – igualmente um dois: o outro dois de paus!

O doutor Osório parou de assoviar, e arriou o jogo, todo trêmulo:

– É esta! Eu sabia que ele voltava!

Mas não era possível! Na jogada anterior o Pinheirinho lhe dera o dois de paus, e não servira... Como foi aquilo?

O doutor Osório explicava:

– Estava no par de três. Saí por ele, por isso é que revoltei. Com o dois do Pinheirinho, eu fazia par-e-liga, ficaria na internacional. Mas vocês são uns monstros. Se compro, adeus, que ninguém mais descartaria nesse setor! Fui ao baralho e comprei o ás – o ás de paus: par-e-racha no dois de paus. Incrível!

Chico Belo estava com pena do comendador Bretanha. O homem se controlava, pálido, mudo. Caiu, porém, na besteira de olhar a carta que estava em cima do monte virado na mesa. E tremeu:

– Você precisava desta, Santiago?

Era o dois de copas, aqueles dois corações vermelhos, um debaixo do outro, simétricos, impassíveis.

O senhor alto, louro de óculos – doutor Santiago, isso mesmo – respondeu:

– Que dois coisa nenhuma! Estava mas era atrás de rei. Mas nem o gostinho de jogar eu tive...

O comendador não resistiu. Pegou o dois, com fúria, e levou-o à boca. E mastigou-o, mastigou-o com ódio, enquanto rasgava as nove cartas que ainda segurava na mão:

– Filho da mãe! Dois desgraçado!

O homem espumava, dizia as coisas mais horríveis, cuspindo no chão a carta toda babada e mastigada.

Dá raiva mesmo... – o comendador batia com ela! Saíra com dois jogos feitos e comprara um três de copas, ligando-o com o quatro. Fizera boa no dois e no cinco. E piara com o dois de ouros, ainda por cima. Todos acreditaram no pio e voltaram com mais dois: o Carvalhinho, com o outro dois de ouros; o Pinheirinho, com o dois de paus; o doutor Osório, com o dois de espadas; o Gonçalves continuara na judiação, descartando outro dois de paus, o que dera a batida ao doutor Osório. Dois, dois, dois... mas o de copas, nada! Azar desgraçado! Mesão – mais de quarenta contos!

Coitado do comendador: superintendente de banco, a perder a calma assim!

Mas ninguém estrilou.

Novos baralhos, vermelhos agora. E o jogo continuava.

A sorte soprara para os lados do doutor Carvalho de Meneses, como o vento de agosto, vento impossível, que subia o Urucanã, dias e dias, semanas e semanas, sempre no mesmo rumo. Os coqueiros chegavam a ficar de pescoço torto, como gente que apanha corrente de ar. Sorte esquisita!

Carvalhinho não escolhia jogo: ia por três cartas, repicava com vagabundos come-línguas. Ia por quatro pares, ia por dois pares, ia com cada futebol...

E batia. As cartas entravam mesmo. Duas, três, quatro compras, e o homem ficava na boa. E batia: batia igual a carro velho e desregulado subindo ladeira forte. Batia que nem mão de pilão, batia que nem roupa em tábua de lavadeira.

Coitado do comendador Bretanha: cento e cinquenta contos sem puxar uma parada! O azar montara-lhe mesmo no lombo. Mandava trocar de baralho – nada. Mudava de cadeira, mudava outra vez – nada. Vestiu o paletó pelo avesso, tirou a gravata, esvaziou os bolsos de tudo o que era metal: isqueiro, chaves, cigarreira... Descalçou os sapatos, isolava, gemia, soprava...

Houve uma hora em que entrou a queimar caixas de fósforos, pesteando a sala da catinga de enxofre. Mas o azar grudara-se às costas do comendador como concha de caramujo – renitente que nem catinga de jaratataca.

E azar rico: saía, em quase todas as mãos, com jogo feito e dois pares, dois jogos, pela boa.

Se acontece dessas urucubacas!... Cruz-credo!

O pratinho ao lado do doutor Carvalho enchia-se de fichas. O secretário gostava da piada, porque a repetia sempre a Chico Belo, quando tirava o barato:

– A casa não pode ser prejudicada!

Vida boa! Roda de gente importante – e gente dada, sem cerimônias. Dinheiro à vontade, contos e contos de réis. Uísque, charuto, palavrões, gargalhadas... Ambiente de homem!

Quase de madrugada, já. O jogo continuava, cada vez mais violento, todas as paradas abertas no escuro, retomadas, repicadas, contravoltadas.

E Chico Belo sapeava, pegando sorte no doutor Carvalho de Meneses. O secretário já ganhava para mais de trezentos contos, afora o barato.

– Mas que olho, coronel!

O doutor Osmírio agia. Saíra da casa do doutor Carvalho de Meneses e fora para o hotel do deputado Cordovil. Não podia perder o apoio do deputado – mil e quinhentos votos no mínimo, o prometido e combinado – nem tampouco a votação que o deputado lhe assegurara; a votação e o prestígio que, por intermédio dele, o governo ia dar-lhe, e ao pai. Precisava pôr a cabeça a funcionar.

No hotel, contou ao Azambuja o que se passara na casa do secretário, menos aquilo que era de seu interesse ocultar. O outro bufou:

– Mas isto é um absurdo, Osmírio! E nem denunciar a bandalheira eu posso, porque, como você me disse, isso prejudica a vocês: o Carvalhinho não lhe perdoaria! Ninguém aguenta isso, ninguém! O Caio, da Viação, a mesma coisa: deu agora para emprestar tratores para campos de futebol e estradinhas de fazendeiros, a troco de votos. Se a gente arranja as verbas, as estradas não saem a não ser com ordem dele. E não a dá, a não ser com o compromisso de votação! Candidato a federal, também, o Caio... Na Agricultura, o Aloísio, idem: sementes, torta, arame, poços artesianos, tudo isso só sai dali com papel passado – compromisso de apoio à sua candidatura federal!

O pobre esbravejava:

– Fazer política assim é humanamente impossível. Só vence hoje quem tem cargo executivo nas mãos, ou bastante dinheiro. Já há quem compre voto a duzentos mil-réis! Um homem como eu, que não tem Secretaria, departamentos de estradas e outras comedeiras, como vai fazer?

Mas o Osmírio era jeitoso:

– O senhor tem amigos leais, deputado. O que eu e papai combinamos, a gente cumpre. O Chico Belo precisava conciliar as coisas com o secretário, e o remédio era concordar com o homem. Mas a promessa fica em promessa... A votação dos Confins é sua, deputado. O Chico Belo faz o que eu mando. Em Ipê-Guaçu, São Benevenuto, Águas Claras, a situação é nossa também. O importante, agora, é ganhar as eleições municipais, levar o capitão Otávio, o novo intendente, os atos todos do governador...

Sim, era isso mesmo! O Osmírio até que estava com a razão. Deviam mas era tirar o máximo do secretário, tudo que a Secretaria dos Negócios do Interior podia proporcionar, e depois meter os pés no Carvalhinho. Para velhaco, velhaco e meio. Quem estava certo era o Osmírio: – "Malandro não estrila..."

Chico Belo não havia chegado ainda no hotel. No quarto dele, apenas Braulino, que roncava feito um porco.

Tudo arranjado: as nomeações, o dinheiro para a eleição do Chico Belo, a garantia de outros recursos para as eleições gerais. E estava seguro dos dois lados: votação do Carvalhinho, votação do Cordovil de Azambuja. Ganharia a Prefeitura da Vila dos Confins, do Ipê-Guaçu, de São Benevenuto. E iria eleger-se deputado estadual com toda a facilidade. Tapearia os dois: Carvalhinho e o Cordovil; ficariam queimados com ele, brigariam, mas depois tudo passava. Política era aquilo mesmo...

Doutor Osmírio deitou-se feliz. Na madrugada fria, o movimento da rua extinguira-se – um bonde ou outro, correndo longe. Chegava mas era a música da *boîte* do hotel. Mais um arranco, agora, nas eleições municipais, mais outro daqui a seis meses, e voltaria à capital eleito. Deputado Osmírio Rocha, Assembleia Legislativa do Estado. E os cartões, de pergaminho, com letras em alto-relevo...

21

NÃO HÁ BICHO MAIS VELHACO DO que urubu roceiro, morador em zona de criação, mal-acostumado pelo daninho vício de comer umbigo de bezerro recém-parido.

Lá está o peste, de plantão. Refestelado que só ele, no galho alto do pé de angico esquecido no meio do pasto. Passa homem, passa mulher e menino, passa boi, cavaleiro passa. A gente dobra o corpo, deita mão em pedra. O urubu raciocina: mede o mal-inclinado do passante, calcula o tamanho e o peso da pedra, adivinha até onde pode chegar aquele meio quilo de maldade. Pensa, pensa e repensa ligeiro, e continua pousado do mesmíssimo jeito. A cabo-verde alça voo, zunindo, e vai bater no tronco do pé de angico, dois metros abaixo do alvo: beleza de tinido faz a pedrada, que o pau é seco, rijo, ocado pelo fogo – por isso mesmo sonoroso também. Há tipos que respondem com fedorento arroto de desprezo. Outros, porém, mal abrem o bico em um bocejo de pouco caso e repegam no cochilo: soneca matreira, que estão mas é de olho fechado de mentira, tomando nota de tudo quanto acontece de importante pela redondeza. A gente grita, xinga, sapateia, se desespera e berra os mais feios palavrões.

Que o quê! Urubu nem cheirou nem fedeu. E continua quentando sol, vigiando a vaca chegadinha no amojo que, mais hora menos hora, solta a cria ainda boba do susto no rapado jaraguá do pastinho de bezerro.

O fazendeiro busca em casa a fogo-central e volta ao pasto, disposto a acabar com a maldita assombração. Do alto do pau, o urubu pombeia a providência. E, quando o enjerizado aponta na porteira do curral, longe ainda, mas de espingarda na mão, o urubu galeia as juntas das pernas engomadas de piche, estica as asas de picumã, e demuda-de-pouso. Comigo não, violão! De pau-de-fogo não não, seu Bastião!

Vai-se embora o negro-preto, voando barulhento que nem máquina de trem de ferro subindo ladeira custosa, fluque-fluque, fluque-fluque. Bicho excomungado!

Urubu tem mesmo parte com o demo. Bota-se estricnina ou formicida em tripa de vaca morta: morre barbaridade, o chão fica assim de urubu defunto. Mas não se bota outra vez, nem mais uma vezinha, que é bestagem, perda de tempo e dinheiro. Até urubu forasteiro, chegado de novo à praça, cai mais não na esparrela.

Trabalham em bando, os ladrões. Aquele cisquinho de carvãozinho preto que plana rodando, rodando, no regiro encostado nas nuvens, aquilo é urubu-sentinela, urubu-espião: está destacado para farejar novidades.

Má notícia, todo dia: bicheira braba no umbigo da criação, serviço de bico pesteado de urubu. O fazendeiro experimenta tudo – veneno, alçapão, até anzol escondido em posta de carniça. Adianta não. Um dia, a oportunidade chega com a morte da vaca Aramina, picada de cascavel – um iscão, que a rês estava de puba, gorda de segurar poça-d'água de chuva nas ancas. Hora do tira-teima.

A rês foi arrastada até bem perto do ranchão de arroz largado na roça, e o fazendeiro fez tocaia ali dentro, calibre-doze na mão. Viu arribar o primeiro urubu, em voo precavido e assuntante – urubu novidadeiro. Dentro em pouco, a negralhada toda estaria ciente do achado. Dito e feito! Tempinho só de viajar, voante, a notícia, e o bando abicou no pau-d'óleo vizinho longe do rancho. Viera toda a quadrilha dos zés-pretos e a árvore virou de repente jabuticabeira carregada de fruta madura e graúda até às grimpas. Mas ficou nisso o começo da história: a urubuzama arranchada no pau. Escuro já, o fazendeiro saiu da tocaia, onça de fome e de raiva, rabo entre as pernas. Mas não desiste, e volta de madrugadinha, ele e mais um companheiro. Quando o dia clareia, a súcia ocupa os mesmos poleiros, paciente, manhosa. Na hora do almoço, um dos dois deixa o rancho, a dois-canos no ombro, assobiando saliente, e o outro fica escondido, na traição. Quem disse que urubu cai fácil na corriola? Só avança na carniça depois mesmo que os dois inocentes largam de mão a empreitada.

E se se esconderem três camaradas da fazenda? Quatro, cinco, dez? Não acontece nada de mais. Podem entrar e sair como quiserem, inventem-se todas as modas: entram dois, saem três, voltam quatro, sai mais um, entra outro... Hum-hum, 'dianta não.

Urubu tem cabeça boa e faz conta melhor do que gente. Quem duvidar, que espere sair do rancho o último camarada. Que preste atenção ao pau-d'óleo virado fruteira-do-mato. Passado o perigo, despenca a chuva de paraquedas de negro cetim. E o banquete é solene, que urubu anda sempre de preto, trajado a rigor, de casaca e cartola.

Pode ser honesto um bicho dessa categoria? É criação do capeta ou não é?

Antes de aparecer o teco-teco vermelho, voando alto por cima da serra, o ronco já tinha chegado, que barulho viaja sempre na frente. Primeiro, desassossego; deus nos acuda, depois.

Bicho que vacilou, foi só para saber da opinião dos urubus. Na hora, porém, em que a pretalhada se despejou rio abaixo, na mais veloz das retiradas, ninguém mais teve dúvidas. Chegou mesmo o fim do mundo!

Os bichos da terra, em desabalada carreira; os bichos do céu, asas a todo motor, ou a jato, rasantes; e os bichos intermediários – nem da terra nem do céu – fugiam a quatro mãos e mais o gancho dos rabos, pelos trapézios do cipoal e trampolins das pontas de galho. Pânico nas matas da beira do Urucanã.

Mas o teco-teco não vinha com má intenção. Tanto que não houve economia de foguetes nem ausência de uma só das pessoas gradas de Santa Rita e da Vila dos Confins: doutor Braga, juiz de direito da comarca; o prefeito; o promotor; os dois Rochas – pai e filho; padre Sommer; o delegado militar; Chico Belo... Até o professor Elias Fragoso, comandando o pelotão do colégio, meninas à frente, tudo em coluna por dois. Uniforme não havia, mas bandeirinha nacional é coisa fácil de improvisar, desde que haja papel de seda verde e amarelo, varetinhas de bambu e grude de sapateiro. O destacamento policial – vinte homens apertados sob o comando do sargento Dioclécio – tomara posição ao lado do arco triunfal inventado pela Iaiá do Lucas (dois bambus-gigantes entrançados e enfeitados de bandeirolas e um restinho de serpentina guardado do último Carnaval). E bonita faixa de boas-vindas, serviço também da excelente criatura.

Agitação na Vila, há dias já. Primeiro, a chegada da patrola – amarelo tratorão de esteira – mandado pela Prefeitura de Santa Rita. Quando o Daíco voltou ao Boi Solto, ele e o Antero, já a máquina revirava o pasto do cemitério, preparando o campinho de aviação. Bicha valente! Lobeiras, pés de mangaba e de araticum, cupins, valetas, tudo isso a máquina derrubava e arrastava e nivelava, um homem só no volante! Ninguém deixava de, à tardinha, ir apreciar as façanhas do tratorista. Chico Belo determinava o serviço (o pastinho do cemitério, ele o pusera à disposição do governo) e não se esquecia da propaganda: – "Isto é só por enquanto! No dia em que eu for prefeito..."

A pista ficara pronta de madrugada e já de tarde o avião chegava. Planava, agora, perdendo altura em curvas largas e sem mais barulho. Quando pousou, as três pernas tocaram juntas o chão, continuando a carreira e largando poeira na passagem. Voltou a roncar, desvirou para trás e veio vindo que nem automóvel até bem perto do povo reunido na beira da cerca do pasto. E parou, e calou-se de vez.

– Destacamento, seeen... ti'u!

Até na formação coluna por dois do colégio do seu Elias a ordem foi cumprida. E palmas, e foguetes. Chapéus ao ar.

– Viva o doutor Carvalho de Meneses!

– Viva o Partido Liberal!

– Viva o coronel Chico Belo!

Doutor Carvalhinho já desceu carregado do avião. Terno azul de casimira, lenço branco no bolsinho do paletó, a careca vermelha, suada. Desceu e seguiu montado nos ombros do diretório liberal, cercado das autoridades todas e da meninada do seu Elias, bandeirinhas regateiras sacudidas ao sol.

Mas a nota culminante do desfile foi mesmo o destacamento policial. Enérgico e garboso, o sargento Dioclécio. Luzido, impecável, o pelotão. Botinas ringindo na areia – um, dois! um, dois! – perneiras lustrosas à tarde festiva – um, dois! um, dois! – marchavam, fuzil ao ombro, os vinte praças da tropa do governo. O governo, sim, presente agora na Vila dos Confins para manter a ordem e defender o regime!

Na venda do Jorge Turco, tudo fechado, portas e janelas. O diretório da União Cívica, quase todo, reunira-se na cozinha, chefiado pelo Antero. João Soares ausente, acompanhando o deputado Paulo Santos na sua visita pelo município. Quase duas semanas já – decerto metidos pelo Riso e pela Mutuca, aliciando gente, reunindo os chefes. Ou se não, arranchados no Bacurizal, na boa vida, seguros pelo prosão e tanto do Neca Lourenço. Antero não se continha:

– O mais saliente de todos é o xereta do Carrilho. Mas está na cabeceira da minha lista, ele vai ver... E o cachorro do seu Elias? Fazer discurso na porta do Chico Belo! Candidato nosso, já comprometido com a gente! Puxa-saco!

Mas Antero estava sendo injusto com o velho professor. O secretário elogiara o garbo dos meninos, indignara-se ao saber que o colégio dele não tinha subvenção do estado. E tomara nota do seu nome, para providenciar imediatamente, logo que voltasse à Secretaria. – "Um culturão perdido nestes fundos!" – o Carvalhinho não se cansava de elogiar. Pena aquele compromisso com a oposição, justamente com o pessoal que hostilizava o Chico Belo... Lutar contra o governo, um homem tão aproveitável! Depois, tão rara oportunidade daquelas, um discurso de fôlego, as autoridades todas presentes... Não. Antero estava mesmo sendo injusto com o seu Elias. Acima da politicalha – que diabo! – estavam o civismo e o respeito às autoridades.

O urubu-espião, deixado escondido no oco da ponta alta da caneleira do quintal da igreja, levou a notícia à quadrilha reunida na mata do Silvério, légua e meia rio abaixo. Que bicho do outro mundo coisíssima nenhuma! Era parente de automóvel e daquele outro animal amarelão que andara arrancando toco no pastinho do cemitério. Só que voava, a novidade.

No sertão, opinião de urubu é lei, que todo mundo lhe reconhece a sapiência. A notícia do rebate falso espalhou-se depressa. Calma e bom senso de novo, quando a noitinha chegou. Nada tranquilo, porém, o Antero, coitado. Cheia ainda a casa de esquina do Chico Belo quando ele passou por ali, desinsofrido, no carro de praça do Daíco, para atravessar o porto na balsa do Gerôncio e ir buscar o deputado mais João Soares. As traições já começavam. E logo com quem! Com seu Elias!

22

A CHUVA FIZERA MESMO ESTAÇÃO nos Confins. Muito corguinho chinfrim – nem atenção direito a gente prestava a eles, vasqueiros fios de água a contagotar escondidos nas fundas moitas do capim-navalha – muito reguinho insignificante virado agora em estufados, bufantes ribeirões de vozão grosso. Pontilhões – em antes despropósito de altura e desperdício de madeirame – com a enchente já lhes encobrindo o tabuado. Inverno de chuva pesada, daquelas boas chuvas de antigamente.

No chapadão, a chatura do terreno entancava toda a água que caía. O rebaixo da estrada salineira – chão picado pelas pontas de casco das boiadas e pelos gumes cravejados das rodas dos cargueiros – retinha as enxurradas: panelões de poças que se emendavam num agueiro só. Um rio de água suja.

Vagarenta como carro de boi, a camioneta varava aquele lagoão. Às vezes, Paulo distraía-se com a conversa e... lá se ia de novo o motor! E era aquele trabalhão de enxugar vela por vela, água pelos joelhos, e esperar que o próprio calor da máquina secasse os platinados do distribuidor. Loucura perder paciência: com os faróis acesos e naquela marchinha a passo, o acumulador não aguentaria excessos do motor de arranque. Cinco horas já de viagem, desde Santa Rita, e o chapadão ainda se esticava por umas boas quatro léguas: duas, do corredor da fazenda do Tonico Cruz, na beira do espigão, até ao córrego da Lagartixa; e mais quatro, puxadas, até à Vila dos Confins.

A tal história, João Soares e Antero já a haviam repetido várias vezes. Dormiam agora os dois, cabeça de um no ombro do outro, roncando que dava gosto... Companheirada boa! E em que espiga se haviam metido, coitados!

Sim. A coisa se complicara: sem saída mesmo, nenhuma providência útil, capaz de reerguer o moral dos correligionários da Vila; o tempo curto... E a estrada daquele jeito! Antes das oito, nove horas da manhã, impossível chegar ao povoado. Isso, se os faróis resistissem, se o distribuidor não emperrasse de uma vez, o motor já rateando, por causa das malditas traições das poças-d'água. E ter de voltar a Santa Rita, falar mais uma vez com o Braga – moleza de juiz, o tal de Braga! –, ameaçá-lo com telegramas ao Tribunal, armar escândalo... Não, nada disso adiantaria. A denúncia ia, voltava a resposta depois de acabadas as eleições, depois da vaca morta e enterrada. E, além do mais, não havia prova – visagens do Mingote, conversa do Clodoaldo... Ridículo, tudo aquilo!

Mas Paulo sabia que era verdade. Se fosse cisma do Antero, ainda vá. João Soares, porém, era incapaz dum exagero e, além disso, vira com os próprios olhos a pororoca cortada de propósito e derrubada no meio da estrada, a batida de foice no mato, o amassado dos ramos onde o jagunço se amoitara, atrás do pé de ipê. Tocaia, mesmo. Num sertão daqueles, lugar de criminoso fugido e gente ruim, o caso não era o primeiro. Botar a culpa em quem? Como responsabilizar os bandidos dos chefes liberais? A polícia, comandada pelo capitão Otávio, nomeado delegado militar pelo Chico Belo e, ainda por cima, irmão do Alcindo da Coletoria... O cínico do Carvalhinho montado na Secretaria dos Negócios do Interior, manobrando a justiça, comandando a força pública, fazendo e desfazendo...

Graças a Deus, o corredor! Paulo acordou os companheiros:

– A vez é sua, Antero. Aproveite a pernada e abra logo as duas porteiras...

E não deixou que os dois dormissem mais, depois que o Antero voltou à camioneta:

– Vocês sabem que às vezes eu fico pensando... O Chico Belo, por mais burro que seja, não ia ao ponto de cometer uma besteira destas. Vocês já pensaram no barulhão que isso ia dar? Sou um deputado federal – que diabo! – e não se mata a gente assim sem mais nem menos...

– Pois eu continuo achando que isso é serviço dos Rochas – disse o Antero. – O senhor não conhece o velho, deputado. Afinal das contas, não sou eu, nem o João Soares, nem ninguém da Vila, quem pode arruinar a política dele. Quem a atrapalha é o senhor. Nenhum de nós mexe em Ipê-Guaçu, São Benevenuto, muito menos em Santa Rita... O senhor precisa de ver o ódio do Osmírio depois que fizemos o acordo com o doutor Bernardino, o tal trato de trocar a votação com ele para deputado estadual nas próximas...

Provável mesmo! O Osmírio era candidato e já andava em plena campanha, que as eleições gerais seriam dentro de seis meses. Com um concorrente de fora da zona, as vantagens seriam todas dele. Porém a ideia de Paulo lançando o Bernardino modificava a situação. O outro era filho também de Santa Rita, médico, estimado, e conhecia aquele sertão a palmo. O tal negócio: partido vale até certo ponto; e muita gente dos liberais preferia ficar com o doutor Bernardino a acompanhar o Osmírio. Além disso, Paulo garantira-lhe boa votação tirada em outra zona, quase a certeza da sua eleição para deputado estadual. Osmírio desesperara-se: com a eleição do Bernardino, o prestígio dos Rochas cairia, o governo teria de mudar de orientação nos Confins, a música seria outra... Por isso, a violenta reação dos dois, pai e filho, contra Paulo, agravada após a visita do doutor Carvalho de Meneses à Vila dos Confins. O secretário agia às claras: hospedara-se na casa do Chico Belo, visitara todo o diretório do Partido Liberal, prometera mundos e fundos. O Alcindo da Coletoria, de costas quentes, aumentava e diminuía os impostos como muito bem entendia... Buscas, o destacamento do capitão Otávio passara a dá-las ostensivamente, revistando os chefes unionistas em plena rua. O Juvêncio, esse então caprichava: mais de duzentas certidões e mais de cem títulos o ladrão extraviara de propósito, no seu cartório!

E tudo isso acontecia na Vila, acontecia em Ipê-Guaçu, acontecia em São Benevenuto. Intendentes trocados pelo Carvalhinho, delegados militares no comando de destacamentos reforçados, coletores e juízes de paz a serviço da política situacionista.

Paulo, sozinho, tinha de acudir a todos os chamados, moído já pelo corre-corre no lamaçal das incríveis estradas de carro de boi. Uma luta, o acordo em São Benevenuto para o lançamento da candidatura do doutor Cecílio; uma tragédia, o registro do Xisto Paca, candidato em Ipê-Guaçu! Bem não se firmara outra vez em Vila dos Confins – queria passar as eleições ali, por causa do João Soares – chegava o recado urgente do doutor Bernardino chamando-o de novo a Santa Rita para desfazer mais uma chicana do Osmírio: a tal criação de novas seções eleitorais para dificultar a fiscalização nos distritos. Haviam saído cedo da Vila, ele e o Aurélio, a tempo de voltar à tardinha para a reunião do diretório na casa do Jorge Turco, marcada já dias antes. E em Santa Rita, a turma de São Benevenuto esperando por ele: reviravolta no acordo, traição do Maciel (candidato a vereador já registrado pelos unionistas, e comprado à última hora por trinta contos e mais a promessa do Cartório de Paz, o safado!). Só mesmo o deputado para consertar de novo a situação, e toca ele a correr para o impossível São Benevenuto... Mal chegado, estouram os três atrás dele – João Soares, Antero e Jorge Turco – com a bomba da notícia da tocaia no mato do Corrente...

Outro pé-d'aguão, agora. Feioso, com relâmpagos e trovoadas. Felizmente, o chapadão ficara para trás com as suas malditas poças-d'água, e a viagem rendia mais no escorrido da vertente. João Soares fumava em silêncio, preocupado com o Aurélio e Jorge Turco, que viajavam no carro de praça do Daíco, perdidos de vista já havia tempo. Antero, também preocupado:

– Vigie a cerca de três fios do seu Bem. Daqui a pouco, estamos no mato do Corrente. Com esta chuva, é capaz do Daíco acabar encravado num atoleiro daqueles. Talvez fosse bom a gente esperar pelos outros...

Paulo ligou, de repente, uma ideia à outra. E riu, sem querer, enquanto freava a camioneta:

– Isso mesmo, o mato é logo embaixo. Aperto desgraçado devem ter passado os coitados do Clodoaldo e do Mingote!

Noite escura, chuvinha enjoada. O mato engrossava no barranco do caminho cada vez mais estreito e mais fundo, a ramada encontrando-se no alto, fechando-se numa copa só. Feio lugar!

Mas o Mingote era estradeiro prático, doutor naquele trecho. A regra era seguir a batida da jardineira do Custódio sem inventações de moda – e deixar o carro em segunda, pé de leve no acelerador, dose bem medida de gasolina a fim de evitar a exagerada rotação. Bom até a gente deixar de uma vez a direção por conta do trilheiro já feito pelos outros, as rodas encaixadinhas no rebaixo da batida alheia. Afoitou-se...

De repente, o pau atravessado no caminho. Mau-mau – grossota de dois palmos, a pororoca tapava todo o carreiro, e logo na curva! Hora de funcionar urgente a experiência do Mingote, sabedora de muitos casos parecidos, um deles até que acontecido com ele próprio no volante: a cabeça do sargento Aristolino em petição de miséria, virada em mingau de miolo com um tiro só de 44, saído por detrás de um moirão de porteira na entrada da fazenda do Xexéu Bernardes. E o outro tiroteio no mata-burro novo da charqueada (coisa com o pessoal dos Britos, que deu em dois mortos, e ele e mais outro escapos por obra e graça de Deus). Vivido, o Mingote, e nada inocente, não: lá estava, para quem quisesse ver, o picado de facão no pé da pororoca mal cortado, mal despregado do toco, serviço de jagunço bom profissional... E, enquanto os olhos do Mingote veem a barbaridade, os pés e as mãos manobram a marcha à ré engatada com a sabedoria de vinte e cinco anos de vida na praça de Santa Rita. Inútil, porém, desta vez: a roda traseira foi achar logo um facão na beira do barranco, até parece que posto ali de propósito.

O alvo, imóvel, faróis acesos alumiando-o ainda mais. O carro engastalhado no buraco, inútil qualquer novo esforço. Nem canivete o Mingote carregava, e o Clodoaldo, esse, acordado de repente, olhava abobado para o companheiro, sem haver tomado conhecimento da feiura da situação. Mas os tiros não vinham.

Mingote ainda esperou muito tempo, conversando baixo com o Clodoaldo, acalmando o pobre. Não: ou a coisa era serviço de alguém de mau gosto, ou a tocaia não fora feita para eles. O importante, agora, era sair daquele mato mal-assombrado, mais que depressa. E Mingote resolveu: primeiro, a árvore derrubada; o automóvel, depois.

Velhote, franzino, mas corajoso, o Mingote. A machadinha, ele sempre a carregava na caixa de ferramenta, e foi com ela que subiu ao barranco para acabar de cortar o pau de pororoca. Os faróis iluminavam todo o mato do seu lado, e o chofer, mal chegou ao pé da árvore, viu o malfeito: picada recente no mato e, no fundo, o vulto agachado do jagunço! Descarado de sujeito, fingindo toco de pau, chapéu debruçado na testa, paletó preto fechado até o pescoço. E quieto, olhando fixo... Mingote viu o capeta de relance e abaixou logo os olhos, assobiando sem graça. Assim foi que o Mingote acabou de cortar a árvore: de costas para o cujo, fingindo que não vira ninguém, dando a certeza de que não podia servir de testemunha...

Sabido, o sujeitinho: enquanto desencravava o automóvel, bico calado, também; queria era sair daquele mato excomungado. E saiu, graças a Deus, passando aos solavancos por cima da galhada da pororoca, patinando no barro de mais de palmo, fugindo da assombração. E só contou a história ao Clodoaldo quando, pedaço de chão mais adiante, já descia a vertente do corgo da Lagartixa.

A ideia chegou de repente. Plano maluco, um escândalo dos diabos, mas os liberais sairiam desmoralizados. E João Soares ganharia a eleição! Agora, era pôr de parte os escrúpulos, combinar tudo com o Aurélio – o tio toparia, se toparia! – e executar a coisa com rapidez.

Pouco tempo tiveram de esperar pelo Daíco, na descida do córrego. Os dois automóveis entraram juntos no mato. Nítidos, os sinais: a árvore ainda estorvando a estradinha, o foiçado no barranco, os ramos quebrados perto do pé de ipê. Visagens ou não do Mingote (difícil de engolir a tal história do jagunço agachado atrás do tronco, de chapéu acabanado na testa e paletó escuro, olhando fixo...), o fato é que o resto conferia. E mais: toda a Vila sabia que o deputado ia voltar de Santa Rita naquela noite, a reunião do diretório marcada há dias já... e por que o carro de praça do Mingote atravessara ileso o perigo? Emboscada mesmo, que dúvida!

Parafusando as ideias, Paulo nem dava conta do tempo. Dia claro, quando a Vila dos Confins apontou: primeiro, o buritizal da vereda grande dos Teles, o muro comprido do cemitério; o azul-e-branco da igrejinha, depois. Apontou e sumiu, que era de pouco fôlego o tope do morro, todo formado de aroeirinha, já na divisa da chácara do Tinoco. Despreocupado, agora, sem grandes pressas, Paulo lembrou:

– Vamos beber um leite quente no Tinoco. Ele ainda deve estar no curral, que protestante guarda mas é dia de sábado. E hoje é domingo, seu João Soares... Mais uma semana, e as urnas vão contar quem vai ser o prefeito municipal da Vila dos Confins!

23

Gouveinha – Militão Gouveia, funcionário da Secretaria dos Negócios do Interior – era o novo intendente da Vila dos Confins. Ato seu, coisa mesmo sua, foram apenas a assinatura tremida no termo de posse e o discursinho na solenidade de transmissão do cargo. Entregara em seguida a Intendência ao Alcindo da Coletoria, que essas tinham sido as ordens do secretário: caísse o Gouveinha na boa vida, tomasse os seus costumeiros pileques – um gambá, o velhote! – pescasse, dormisse o dia todo, mas nada de se envolver com os negócios do município!

Doutor Carvalho de Meneses cumprira todas as promessas feitas ao Chico Belo: novo intendente, delegado militar, as outras nomeações pedidas. E viera à Vila dos Confins, conforme se comprometera! Chegara, hospedara-se na casa do Chico Belo, conversara com todos os membros do diretório do Partido Liberal. E fizera algumas visitas: ao colégio do seu Elias, para agradecer ao professor o esplêndido discurso com que fora saudado em nome da população da Vila; à igreja, onde conversou com o padre Sommer e deixou um cheque com o

Cordeirinho para as obras sociais da Liga; passou pelo cemitério e prometeu mandar um portão novo, de ferro; já escuro, foi ver ainda o começo do serviço do campo de futebol – ideia do Alcindo, para aproveitar o trator da Prefeitura de Santa Rita; e ficou muito comovido, o doutor Carvalhinho, quando lhe disseram que aquilo seria o "Estádio Carvalho de Meneses", homenagem dos desportistas locais ao grande benfeitor da Vila dos Confins.

Se não ganhassem as eleições, culpa deles, dos liberais: o governo, de sua parte, agira com a máxima correção!

Alcindo instalara na repartição o quartel-general da campanha, e era ali que os chefes se reuniam. Ali também o expediente do capitão Otávio e do Juvêncio; e, com o aperto do serviço (resto de títulos por entregar e o preparo das listas das seções), o sargento Dioclécio viera substituir o escrivão – ideia do Chico Belo, para impor mais respeito ao eleitorado.

Naquela manhã, a Vila dos Confins fervia de gente. Dia de domingo, com missa, casamento e batizado na igreja, e mais a reunião nas sedes dos dois partidos. Um povão na esquina da Coletoria quando a camioneta de Paulo passou, seguida do carro de praça do Daíco.

– Olhe o Carrilho – observou o Antero. – Casa cheia, o ladrão. Está inaugurando o armazém...

Não era a primeira vez que Paulo via aquele letreiro pintado na platibanda nova da casa comercial do Carrilho:

CASA CARRILHO
Armazém de Secos e Molhados
José Carrilho & Cia. Ltda.

E sofria com aquilo. Jorge Turco e o velho Horácio começavam a pagar pelas consequências da política da Vila dos Confins. Chico Belo mostrava até onde iria, disposto realmente a acabar com os seus adversários. E ele, Paulo, fora o culpado de tudo: tivesse tratado melhor o Carrilho, e talvez que o sujeitinho não se houvesse bandeado para o Partido Liberal. Com certeza Carvalhinho prometera o diploma ao Carrilho, a troco da adesão ao Chico Belo e da sua candidatura a vereador. Ordinarismo! Iria longe, o malandro do Carrilho: ambicioso, cheio de manhas, bom comerciante... Liquidaria com a farmácia do Horácio e com a venda do Jorge Turco. Chico Belo entrara com o dinheiro e pusera o filho na sociedade, ampliara a loja: sapataria, farmácia e armazém de secos e molhados. Falava-se, na Vila, até em bomba de gasolina!

Paulo parou a camioneta à porta da casa do Jorge Turco. E, sem esperar pelo dono, que vinha no outro automóvel com o Aurélio, foi entrando venda adentro, à procura da Ambrosina. Antero e João Soares acompanharam-no.

O deputado lavava o rosto na bacia que a preta lhe trouxera, quando Jeová entrou na cozinha:

– Estão dois soldados aí, doutor Paulo: o sargento Dioclécio e um cabo. Estão querendo falar com o senhor...

– Soldado? Que será que esse povo quer comigo?

– Sei não, doutor.

Paulo enxugou preocupado o rosto. Polícia? Decerto algum recado do capitão Otávio...

– Vi quando eles saíram da Coletoria. Está um mundo de gente lá... – completou o dentista.

Nem a camisa Paulo vestiu de novo. Atravessou a cozinha e dirigiu-se à porta da venda. Aurélio e Jorge Turco desciam do automóvel do Daíco, e os fregueses da venda – meia dúzia de pessoas que Paulo conhecia apenas de vista – olhavam curiosos para os praças apertados, de talabarte e sabre, que se plantavam no meio da rua.

– O senhor é o doutor Paulo Santos? – perguntou alto o sargento Dioclécio.

– Sim senhor. Que deseja?

– Capitão Otávio mandou dizer para o senhor dar uma chegadinha até à Delegacia...

Num átimo, Paulo percebeu o desacato. À porta da Coletoria, o pessoal do Chico Belo espiava; gente nas janelas, o povo parado na rua olhando também para a cena. Incrível, aquilo! Ele, um deputado federal, protegido por tantas imunidades e prerrogativas – impossível ignorá-las o mais atrasado oficial de justiça –, receber uma intimação daquelas, pública, a rua cheia de gente! E por quem? Pelo sargentão acabritado, petulante...

Paulo pensava rápido, olhando na cara do sargento Dioclécio. Teve tempo de decorar as feições do soldadão atrevido: cabrito escuro, olhos gateados, bigodinho crespo, meia costeleta... No cinturão, o revólver solto na capa de lona desabotoada e ao alcance da mão irresponsável. Cabo Porfírio – pequenote e cabeludo, amulatadozinho também; e armado, igual ao superior, o revólver 45 quase lhe desequilibrando a franzinice. Os pensamentos chegavam de roldão à cabeça do deputado, uns trás outros: tipos dispostos a tudo, cumprindo ordens, as costas quentes... Reagir? Conflito certo, tiroteio, o resto da soldadesca do destacamento, a jagunçada do Chico Belo... E se ignorasse o acinte, desentendesse a provocação, comparecesse à Delegacia? Desmoralização completa perante o povo da Vila dos Confins, e perda de toda a força moral, desmoronamento sem mais remédio da política dos unionistas...

Paulo estava armado. Sem paletó e camisa, o revólver aparecia na cintura, à vista de todo mundo. João Soares e Antero, esses chegavam da viagem, armados também, com toda a certeza. Aurélio, Jeová, Jorge Turco... o pessoal da venda...

Sargento e cabo esperavam pela resposta. Paulo deu-a, disposto a tudo:

– Olhe aqui, sargento: diga lá ao seu capitão que não se meta a besta comigo. Não sou empregado dele nem recebo ordens de polícia. E vão dando meia-volta os dois, depressa, que estou de pouca prosa hoje. Andem!

Nada como uns bons berros, em certas horas. A indecisão dos dois soldados dava mais força a Paulo, que gritava, agora, para que toda a rua ouvisse:

– Cambada! Venha aquele cachorro aqui, se for homem! O que vocês sabem é armar tocaia de noite!

E filho disso, filho daquilo.

Uma cena. Só a muito custo conseguiam Aurélio e os outros amigos empurrar Paulo para dentro da venda. Mas não evitavam os gritos:

– Deixem as janelas abertas, as portas também! Vamos receber esta jagunçada à bala!

Na cozinha, Paulo serenava-se, meditando na gravidade da situação. João Soares, Antero, Jeová... Pais de família todos eles, com mulher e filhos... Maldita política de povoado! E agora? Tiroteio na certa! Era só o tempo de o capitão reunir o destacamento e vir cercear a venda. Depois do que dissera, não havia mais jeito senão resistir à polícia. Sangueira, mortandade... Ali na venda, quantos dispostos a enfrentar a soldadesca, e quantos armados? Dez, doze... Só o destacamento eram vinte praças armados de fuzil!

Antero chamou Paulo à realidade:

– Esses homens vão voltar, doutor. E o senhor não pode entregar-se à polícia. Não valho nada, mas fico para reagir até o fim. Acho bom a gente ir reunindo a munição...

– Meu revólver é 32 – emendou João Soares. – Vou pegar bala na venda...

Jeová continuava à janela, olhando a rua, mão na cintura e dedo no gatilho do 38. Informava:

– Está assim de gente na porta da Coletoria: Chico Belo, Juvêncio, o Alcindo... a soldadesca toda... Olhem o padre! Vem vindo para cá...

Padre Sommer! Batina limpa, cabelo cortado rente, a barba feita. No rosto largo, ainda queimado do sol e da seca, os olhos muito azuis. Enchia, sozinho, a rua, encheu sozinho a porta escancarada da sala do Jorge Turco.

Paulo apertou a mão grandalhona estendida pelo amigo:

– Ué, seu padre! Veio-me intimar também?

– Não, doutor. Vim ficar aqui na venda, até que vocês todos criem juízo. Você e essa gente braba da Vila dos Confins.

Quando Paulo acordou, o quarto de janelas fechadas custou a desenhar-se-lhe na memória. Rio? Boi Solto? Ipê-Guaçu?

Difícil descobrir, que a escuridão continuava. Até que a cama ringiu, despertando o grilo das juntas de ferro e a lembrança também: Vila dos Confins, Jorge Turco!

Estendeu a mão e apalpou o assoalho, à procura de cigarro. Os dedos encontraram primeiro o cano frio da carabina, depois a cartucheira e a caixa de balas. Mas achou o que buscava e riscou o pau de fósforo.

À luz da chamazinha, viu as redes atravessadas no quarto. João Soares e Aurélio, ainda vestidos da mesma roupa enlameada da viagem, dormiam inteiramente esquecidos das complicações do dia atribulado.

Paulo deixou o quarto e encaminhou-se para a cozinha. Padre Sommer contava histórias, cercado de gente. Jorge Turco, Jeová, Tinoco, os dois irmãos do Antero... E a maior das surpresas: Gerôncio!

– Uai, Gerôncio! Você também virou valente?

O preto soltou a risada barulhenta, pregadora de sustos na bicharada beira-rio:

– E o nosso parentesco, compadre? Ao menos um soldadinho desses tinha de ficar por minha conta. Mas seu padre estragou a festa...

– E o Antero?

– Está na minha cama, coitado... – respondeu Jorge Turco. – Custamos a dar jeito na brabeza dele...

Na sala, outra roda formada. Paulo chegou-se à janela e perguntou:

– Penso que estão mais sossegados agora... Que acha você, hem, Bilico?

Continuava o entra e sai na Coletoria. Menos gente, porém, na rua e no largo da igreja.

– Acho que acontece mais nada não, deputado. Mas estão provocando o nosso pessoal. Xingaram o Jerominho ainda há poucas horas, quando ele vinha vindo para cá. E estão dando busca em todo mundo – a gente não pode sair daqui, não senhor...

Situação, aquela! O padre estivera na Coletoria, por diversas vezes, tentando acalmar os ânimos. O capitão lhe garantira que tudo fora um mal-entendido, que não intimara o deputado. Pedira-lhe um encontro, isto sim, para lhe explicar certas coisas, acabar com os boatos a respeito da tal tocaia do mato do Corrente. Era um oficial de carreira, conhecia as leis... estava ali para manter a ordem... o sargento Dioclécio não soubera dar o recado e o doutor Paulo ofendera sem razão a polícia...

Mas o padre voltava à venda desiludido. A soldadesca continuava a passear arrogante no largo da igreja, exibindo as armas. O capitão não a recolhia nem desautorava as buscas no pessoal da União Cívica...

Situação difícil! Noite já, os amigos presos na venda, dispostos a não abandonar o deputado, todo mundo certo de novo desacato por parte do capitão Otávio. Impossível continuar aquele estado de coisas.

Paulo voltou à cozinha e levou padre Sommer para o quintal. Transmitiu-lhe o que havia resolvido:

– Não podemos continuar assim, padre. Você nos salvou a todos de uma desgraça e estou vendo sua disposição de continuar protegendo-nos com sua presença. Mas isso não adianta: mais hora, menos hora, um dos nossos reage, e a coisa pega fogo outra vez. Não posso ficar aqui na venda, encurralado, impedido de sair. Por outro lado, não quero sacrificar os companheiros, resolvendo este negócio a tiro. A polícia continua humilhando e provocando a nossa gente com essas buscas despropositadas. Pensei em tudo, agi com o máximo de prudência, como você viu. Mandei uma carta ao juiz de direito de Santa Rita, relatando o ocorrido e pedindo a presença dele aqui; até agora o portador não voltou, e nem sei se volta tão cedo. O Godofredo foi de caminhão, e a estrada está uma lástima – passei nela e posso-lhe dizer... Mas nada vai adiantar, não, padre. Doutor Braga é aquela lesma que você conhece. Pode ser que venha, que converse com esse bandido de delegado, que oficie ao secretário do Interior, à Junta Regional Eleitoral... Mas o secretário é o Carvalhinho, a alma danada de todas estas violências; a Junta pedirá informações, oficiará também, se mexerá com a burocracia de sempre... Enquanto isso, chega o domingo, faz-se a eleição debaixo dos fuzis e das carabinas dessa jagunçada solta por aí... E até lá? Vou ficar quentando sol na porta da venda, com medo de polícia? Você vai continuar morando na casa de Jorge Turco, servindo de pajem? Chega, padre Sommer! Quem vai agir agora sou eu! Vou viajar para Santa Rita e fazer escândalo: requerer força federal, radiografar para o ministro da Justiça, denunciar esse governo de facínoras que tomou conta do estado. Não fui antes porque não gosto de agir com precipitação. Mas a provocação continua... Isto é inominável, padre! O maior desaforo que já vi...

Padre Sommer fumava, ouvindo a explosão de Paulo sem a interromper. Mas o amigo não se acalmava, e ele resolveu opinar:

– Desde que soube da tocaia no mato do Corrente, Paulo, previ tudo isso. Conheço essa gente – e conheço você também. Não tenho nada com isso; meu dever é outro, muito diferente: é procurar evitar que a política deste lugar degenere em desgraça. Continuarei rezando, pedindo, implorando. Mas estou vendo as coisas perdidas. Se ainda nutria ilusões, esperanças de ver passar esta eleição sem sangue, hoje me convenci do contrário. Perto de mim, conversam manso, prometem mundos e fundos, juram boa intenção... Mas vejo insinceridade em todas as palavras –, estou acostumado a vê-la, passo a vida lidando com as almas, meu amigo... A paixão tomou conta de todos vocês. Vaidoso é o Chico Belo, como o é você também. Se ele deseja ser prefeito da Vila dos Confins, você quer aumentar eleitorado, eleger homens seus nos municípios desta zona. Chico Belo é grosseiro, violento; você é jeitoso, bem-educado... Mas, no fundo, cada um de vocês quer a mesma coisa: a destruição do outro. Você me desculpe, mas...

Surpreendido pela franqueza do amigo, Paulo protestou:

– Mas padre, você não tem visto como procuro agir? Que mal fiz eu aqui na Vila? Você acha então que eu devo fugir, escorraçado pela jagunçada do Chico Belo? Correr, de calças na mão, de um delegado desses, abandonar os meus amigos? Por quê? Não sou ambicioso, você está enganado... Pelo amor de Deus, compreenda, reconheça este meu direito de ser político!

Padre Sommer sorria, fumando o cigarrão de fumo goiano. Voltou a falar, paciente:

– Não lhe pedi que fugisse, doutor, nem que se rebaixasse diante de ninguém. Mas não desejo ver este lugarejo transformado em praça de guerra, com tropa federal armando barulho com a polícia. Antes de provocar o escândalo que você ameaçou, faça primeiro um rigoroso exame de consciência. Quem foi reacender o ódio do Chico Belo, ameaçando-o com o Neca Lourenço? O Neca estava quieto na fazenda, cuidando da sua vida, e você mais o João Soares foram provocá-lo, estumá-lo contra o inimigo. Sabe o que aconteceu? O Neca anda dizendo a todo mundo que vai entrar na Vila montado no Chico, riscando-lhe as virilhas à espora; que lhe vai botar bridão e barbicacho, barrigueira e rabicho! Você pôs fogo nos Confins, deputado, e agora quer apagá-lo acendendo mais fogaréu ainda... Tropa federal! Enquanto me for possível, evitarei violências e crimes! Tenho certeza de que poupei muito sangue no dia de hoje. Mas lembre-se de que eu estaria agora do lado do Chico Belo, se a agressão partisse de vocês. Pense na decisão que pretende tomar, doutor Paulo, e que Deus ilumine a sua cabeça desorientada, tão desorientada como a do Chico Belo, do capitão Otávio, de todos esses malucos soltos por aí.

Padre Sommer se excitara; passeava, agora, no quintal da casa do Jorge Turco, explodindo, desabafando preocupações. Paulo não o interrompia mais, deixando-o descarregá-las. O padre estava com a razão, em parte, Paulo bem que o sabia. Eleição de verdade era acontecimento novo no sossego daquele sertão. A chegada do destacamento, a tocaia no mato do Corrente, o desacato do capitão Otávio, as buscas, as provocações da polícia... Neca Lourenço, por outro lado, vivia arrotando papo, mandando recados e desaforos ao Chico Belo...

Situação complicada. Só mesmo uma solução: pôr em prática, imediatamente, o seu plano. Confiara-o a Aurélio, que acabara convencendo-se da necessidade dele. O padre que tivesse paciência, mas não havia outro caminho. Fugir, impossível. Deixar as coisas correrem como iam, derrota na certa... Não, nada diria ao padre Sommer, por enquanto. Não teria o seu consentimento, agora; depois, sim: o amigo não lhe negaria perdão...

Paulo ia começar a agir. Ia, sim, que interrompeu a brabeza do padre Sommer e lhe disse, peremptório:

– Você está certo, padre, mas eu também estou. Prometo-lhe que não correrá uma gota de sangue sequer nesta eleição de domingo. Faça o seu papel, acalmando essa gente – tanto do meu lado como do lado do Chico Belo – que vou começar a fazer o meu. Viajo, agora, para Santa Rita; conversarei pessoalmente com o juiz de direito e haveremos de encontrar solução para o caso. Amanhã, se Deus quiser, estarei de volta com o doutor Braga. E vou ganhar esta política, padre Sommer: elegerei João Soares prefeito da Vila dos Confins! Pode-se preparar para o sermão da posse...

Quem se surpreendeu foi o padre. Violento, quase agressivo, interpelou:

– Você está louco? Viajar, agora, para Santa Rita? Sair de casa à noite, num tempo destes, com toda essa polícia na rua, os ânimos ainda exaltados?

Mas Paulo não lhe deu ouvidos: entrou na cozinha e carregou com Jorge Turco para o quarto; acordou João Soares e Aurélio, para ditar as ordens:

– Nenhum de vocês me saia da venda até Aurélio e eu voltarmos de Santa Rita. Mantenhamos o pessoal preparado para o que der e vier.

Mandem esparramar na Vila que fui buscar o juiz de direito. E evitem qualquer motivo de briga com a polícia e com o pessoal do Chico Belo. Se vocês ficarem aqui na venda, reunidos, até à minha volta, nada acontece. Botou as coisas na mala, tio? Tudo o que lhe recomendei?

Nada valeram os protestos de João Soares, de Jorge Turco, do padre Sommer e dos outros amigos reunidos na venda: a decisão de viajar naquele instante, acompanhado apenas do tio, era definitiva.

A camioneta, suja ainda do barro da estrada de Santa Rita, atravessou vagarosa a rua principal da Vila dos Confins. Passou pela Coletoria Estadual, cheia de gente e com soldados à porta. Mas nada aconteceu.

Mal deixou para trás o muro comprido e branco do cemitério e os últimos ranchos de folha de buriti, Paulo tirou a carabina do colo, travou-a e colocou-a no tapete do carro:

– Como é, tio: dá ou não dá certo?

– Sei lá, Paulo... Mas agora não adianta discutir. É tocar para diante, e seja o que Deus quiser!

24

SERIAM MAIS OU MENOS DEZ HORAS quando Paulo e Aurélio chegaram à boca do mato.

– Vá prestando atenção aos barrancos, tio. Olhe do seu lado, que eu olho do meu – Paulo recomendava.

A camioneta entrara no mato devagar, faróis clareando o túnel da densa e alta ramaria.

– Não temos de escolher muito, não. O mato é pequeno e não podemos voltar, por causa dos rastos. Precisamos aproveitar o trecho mais fácil do barranco. Olhe, olhe ali, no começo da curva: parece ser o melhor ponto.

Paulo freou a camioneta, deixando o motor ligado e os faróis acesos. Abriu a porta, espiando cuidadosamente para os lados. Decidiu:

– Vai ser aqui mesmo, tio Aurélio. Passe as botinas de mateiro... Noite mais escura assim é difícil!

Aurélio abriu o saco de linhagem e tirou o par de botinas de elástico, novas, três números no mínimo acima da medida do calçado de Paulo. O sobrinho tirou os sapatos, calçando os canoões enormes.

– Agora, o facão. Depressa.

Paulo, sem descer para o chão da estrada, usando apenas o estribo da camioneta, subiu para a carroceria; dali, saltou para o barranco oposto – o do lado de Aurélio – e meteu-se no mato. Não precisou escolher muito para achar árvore conveniente: fina, crescida a menos de metro do leito da estrada. Nem chegou a dar dúzia completa de golpes com o facão, e a arvorezinha caiu sem desprender-se inteiramente do tronco. Perfeito: a ramagem tomou conta do caminho, que o pau era esgalhado, copudo, e vinha vestido do folhoso cipó-de-são-joão.

Faltava preparar o malhadouro do jagunço. Paulo achou – fácil também – o pé de jatobá, a poucos passos de distância. E começou a pisar a folhagem rasteira, quebrando ramos e galhos baixos. Nos bolsos trouxera pedacinhos de palha desfiada e cortada, e meia dúzia de tocos fumados de cigarro. Atirou-o a esmo nas proximidades. Deixou cair, também, pequeninos torrões de rapadura. Ótimo! Estivera mesmo gente ali, tocaiada, comendo rapadura e fumando.

Na linha definida pela árvore cortada e pelo jatobá, havia embaraços à visão – exuberância de galharia e cipoal. Em dois tempos o facão desbastou e abriu caminho para a pontaria do atirador. Paulo voltou ao tronco de jatobá: a vista passava livre pelo canudo da picada feita a facão. Lá estava a copa da árvore caída, bem iluminada pelos faróis da camioneta.

Mas faltava o principal. O deputado voltou pelo mesmo caminho por que viera, trepando na carroceria e descendo pelo estribo oposto. Entrou na cabina e disse a Aurélio:

– Agora, tio, preste atenção: vou tentar subir no barranco com a camioneta; foque a lanterna para o mato, do seu lado. Quando a luz passar pela picada e aparecer o jatobá, me avise. Pode começar!

Motor acelerado, marcha engatada em primeira, Paulo apontou a camioneta para o barranco à sua esquerda. Trepidando, para-choque cortando raízes e derrubando arbustos, a camioneta vencia a difícil rampa, no desvio quase intransitável do estorvo posto de propósito no caminho. Aurélio gritou:

– Agora! Pode parar!

Paulo viu, através do vidro, o jatobá corpulento. Quem tivesse na tocaia atiraria contra o para-brisa, por causa da curva fechada do caminho, a camioneta dando a frente para a picada quase paralela a este. Impossível achar melhor posição.

– Chegou a hora, tio. Vou sair pelo seu lado, que a minha porta está espremida no barranco. Saia primeiro: suba à carroceria, e pule depois no mato. Não deixe cair objeto algum. Largue tudo aqui no assento: canivete, papéis, tudo, tudo que é seu. Passe outra revista aos bolsos. Ande, saia logo!

Aurélio revistava-se: tudo vazio, que a recomendação vinha sendo repetida a viagem toda. Haviam estudado os mínimos pormenores do estratagema – já bem aprendido e decorado. O velho Aurélio – como apreciava um malfeito! – passou para a carroceria e embarafustou pelo mato. O sobrinho acompanhou-o, carabina na mão. Desceram os dois, beiradeando a estrada, sempre dentro da mata, umas boas dez braças, antes de Paulo resolver:

– Agora, você fique aqui, enquanto eu vou soltar uns fogos...

Atravessou a estrada, longe, bem abaixo do trecho onde a camioneta ficara pendurada no barranco. Entrou no mato, do outro lado, até chegar ao tronco de jatobá. Ajoelhou-se no chão, sustentando a carabina com a mão aberta, as pontas dos dedos apoiadas na árvore. A camioneta funcionava, faróis acesos e focados quase no rumo exato onde ele se encontrava – perto, menos de vinte metros de distância. Paulo – sempre fora atirador de primeira – não se afobava, demorando-se na pontaria. Visava o canto inferior do para-brisa.

E atirou. Antes de puxar novamente o gatilho, olhou o alvo: lá estava o estrago da bala, a teia de aranha de mil pequenas rachaduras no vidro inquebrável... Mais um tirázio da arma possante; e mais outro ainda... O manejo da carabina jogava fora as cápsulas deflagradas, espalhando-as nas imediações. Excelente! Mais indícios...

Dados os três tiros, Paulo deixou o ponto da tocaia, voltando pelo mesmo caminho. Atravessou de novo a estrada e juntou-se ao tio:

– Vamos ver o estrago, tio Aurélio.

Duas balas haviam furado o vidro quase num ponto só, saindo pelo vão da porta esquerda, e a outra atingira o teto da cabina. Estavam nítidos os dois buracos – o da entrada e o da saída – pois a bala pegara de baixo para cima. A trajetória percorrida pelos projetis não teria podido encontrar nem os braços nem a cabeça do motorista. Teriam passado raspando, sem atingirem porém o chofer. Tão perfeitos os tiros que Aurélio não pôde evitar o comentário:

– Puxa! Por um tiquinho que não pegam a gente!

Mas faltava ainda o remate, e o sobrinho não queria conversa. Novamente na direção da camioneta, Paulo desceu o barranco, passando o carro por cima da copa da árvore, esmagando-a, arrastando-a. Parou outra vez, alguns metros adiante:

– Vou dar mais uns tiros. Gostei da festa.

Nova manobra complicada, pulando do alto da carroceria para o barranco. Atirou, desta vez, de perto da árvore cortada, como se o tocaieiro, vendo a camioneta atravessar ilesa o primeiro tiroteio, houvesse corrido para a beira da estrada e continuasse a alvejá-la daquela nova posição. Mais dois tiros, dados com estudada pontaria: o primeiro errando de propósito o alvo para se encravar no tronco da árvore grossa e vizinha, e o segundo acertando no tabuado lateral da carroceria.

Antes de voltar ao encontro de Aurélio, que esperava por ele no barranco, Paulo completava um novo truque: andava, agora, pelo meio da estrada barrenta, passos alargados, marcando fundo na lama as pegadas da botina do jagunço – quarenta e quatro, bico largo...

No mato do Corrente, nenhum barulho suspeito; apenas o tamborilar das primeiras gotas da chuva na folhagem densa. Cinco tiros de carabina, e nenhum sinal de alarma. Sertão bruto mesmo, um ermo! Os preparativos tinham sido demorados – aquelas manobras com a camioneta, as idas e vindas de Paulo e Aurélio, os tiros. Na mata, porém, tudo era como se nada houvesse acontecido. Escuridão e silêncio, apenas. E chovia...

Boa cidade, Santa Rita. Movimentada, bares abertos à noite, gente andando na rua, de madrugada. Caminhões chegavam e saíam, enlameados.

A bomba de gasolina do Sinhô Moreira funcionava dia e noite. Ali faziam ponto os caminhões, e ali comiam e dormiam os motoristas.

– 'noite, moço. Me chame o sinhô, depressa!

Paulo fazia o máximo de barulho, provocando a atenção das mulheres-da-vida e do pessoal que papeava no balcão do bar:

– Vamos, moço! Acorde o sinhô e fale com ele que é o deputado Paulo Santos quem está aqui. O assunto é urgente. Por onde anda a polícia desta terra?

Aquilo bastou. Num minuto a camioneta estava rodeada de gente e Aurélio recapitulava o acontecido:

– Por pouco! Olhe onde bateram as balas... Mais uns dois dedos para o lado de dentro, e o Paulo tinha ido! Bandidos! Não é a primeira vez, não senhor. Quase pegaram o Clodoaldo, aquele viajante de drogas, e o Mingote, pensando que fosse a gente. Sorte, o vidro ser inquebrável, senão os estilhaços... Mas o menino é bicho-bandeira num volante! Trepou no barranco, passando por cima da árvore, arrasando e carregando tudo...

Concertando as calças, estremunhado, chegou Sinhô Moreira. Prontificava-se:

– Pois não, doutor, pois não! Vou lá com o senhor. Sei onde é a casa dele. A Delegacia, também... Perto da Prefeitura...

Foi assim que o deputado Paulo Santos entrou em Santa Rita, na madrugada de segunda-feira: acordando todo mundo – Sinhô Moreira, o juiz de direito, o delegado-geral, o agente dos Correios e Telégrafos. O promotor de justiça fez questão de acompanhar pessoalmente o deputado à casa do radiotelegrafista do estado, pois ia também comunicar-se com o chefe de polícia, dando-lhe ciência do ocorrido.

Doutor Braga não se continha de indignação. Um abuso, aquilo, justamente na sua comarca! E ficou de redigir enérgico e telegráfico protesto diretamente ao presidente da Junta Regional Eleitoral, requerendo força federal para garantir o pleito na Vila dos Confins. Estavam enganadíssimos com ele!

Ordens preciosas, soube dá-las o doutor Afonso, delegado-geral, logo que se apresentou o tenente Aristóteles, do Serviço de Capturas:

– Apanhe o caminhão da Delegacia e mais doze praças embalados, e siga imediatamente para o mato do Corrente. Isole o local e feche o tráfego. E me prenda qualquer pessoa que for encontrada nas imediações!

Doutor Afonso assegurou a Paulo que iria, em pessoa, juntamente com o escrivão, antes do almoço, ao local do atentado, para continuar o inquérito. E estava pronto para abrir o processo, esperando apenas o depoimento do deputado. Na hora em que ele se dignasse...

Na residência do doutor Bernardino, o deputado Paulo Santos, já refeito do susto e das emoções sofridas, recapitulava os antecedentes que culminaram na tocaia do mato do Corrente. Depunha, em caráter oficial, perante doutor Braga, juiz de direito da comarca de Santa Rita, e doutor Afonso, delegado-geral. Tomava termo das declarações o escrivão Alcides:

"*Que – declara o depoente – vinham distraídos, ele e o tio; não acreditavam na história contada pelo Clodoaldo e pelo Mingote, respectivamente viajante comercial e motorista, já qualificados neste depoimento, pois jamais poderiam supor que o senhor Francisco de Oliveira Belo, apesar de homem notoriamente ignorante e abrutalhado, fosse capaz de tal barbaridade; várias pessoas haviam avisado o depoente do perigo que corria, à vista dos péssimos antecedentes de Chico Belo, acusado, à boca pequena, de ter empreitado várias mortes, entre as quais a de Lupércio de Tal, desaparecido misteriosamente depois de uma briga com o Juquinha, filho do Chico Belo, e também a de um tal de Rivalino, peão da fazenda de Chico Belo, encontrado morto poucos dias depois de acesa discussão com o fazendeiro, num acerto de contas; declara ainda o depoente que somente começou a sentir a gravidade dos fatos quando recebeu a intimação do capitão Otávio Jardim, delegado regional militar, violento e flagrante desrespeito à Constituição da República, no dizer do depoente; declara mais que a disposição do referido delegado regional era a de atacar a venda do Jorge Turco – como é mais conhecido na Vila dos Confins o comerciante sírio Jorge Abdala – só o não fazendo em virtude da corajosa atitude do sacerdote da Vila, padre Sommer, que arriscou heroicamente a vida para poupar brutal derramamento de sangue; que permaneceram na venda, ele, o padre, mais o depoente e outros amigos e correligionários políticos, esperando que o capitão sentasse juízo e meditasse no absurdo que cometera e tentava ainda cometer; que o depoente afirmava, ainda...*"

O escrivão Alcides registrava meticulosamente as declarações do deputado Paulo Santos. Letra graúda, vagarosa, caprichada. Paulo narrava todos os acontecimentos com riqueza de minúcias e comentários:

– Mas as violências recrudesciam: buscas, apreensões de armas de fogo, até de canivetes e mesmo de inofensivas faquinhas de picar fumo.

E ofensas pessoais, insultos, xingatórios... Resolvi, então, enfrentar a situação insustentável e vir a Santa Rita para reforçar, com a minha presença, a denúncia que fizera por carta ao doutor juiz de Direito, carta que foi realmente entregue a S. Exa. por intermédio do senhor Godofredo Alvarenga, vendeiro na encruzilhada do Fundão...

Viera, sozinho com o tio, apesar dos veementes apelos dos amigos, inclusive do padre Sommer, preocupados todos eles com a viagem e, principalmente, com a passagem obrigatória da camioneta pela Coletoria Estadual, onde se encontravam reunidos ainda os provocadores daquelas lamentáveis ocorrências... Nada acontecera de importante, porém, durante a viagem até à mata do Corrente; vinham conversando, ele e o tio, inteiramente absorvidos por outros assuntos, descuidados – pois jamais poderiam admitir a estupidez de um novo atentado no mesmo local, fato conhecido e amplamente divulgado em toda a região – quando toparam, de repente, com a árvore caída. Logo na entrada de uma curva fechada e estreita, bem dentro do mato!... A lembrança da primeira e frustrada tocaia veio-lhe imediatamente à cabeça, e, inconscientemente, reagiu: engatou a segunda, acelerando o motor e atirando a camioneta no barranco do seu lado, tentando desviar-se da árvore caída no caminho. O veículo subira no barranco, quase virando, e passara por cima da copa ramada do pau, arrastando-o e vencendo aquele obstáculo, não sabia bem explicar como... Mas os estragos eram visíveis na camioneta, para-choque e para-lama amassados, pintura toda arranhada e riscada fundo pelo barranco e pontas de galho... Os tiros de carabina seguiram-se ao zumbido e à pancada das balas no vidro do para-brisa e na capota de aço, alcançados por três projetis. Pela disposição dos orifícios no vidro e na capota da cabina da camioneta, as balas deviam ter passado a poucos centímetros da sua cabeça. Um, dois, três, não se lembrava com exatidão quantos estampidos foram. Lembrava-se, porém, de que a esses primeiros tiros se seguiram outros dois ou três, depois que a camioneta vencera a árvore. Verificara, posteriormente, ter uma das balas atingido a traseira da camioneta, alojando-se numa das tábuas da carroceria...

... Não, não viram ninguém. Nenhuma ideia de quem poderia ser o jagunço. O motorista Mingote – segundo o informaram – é que afirmava ter visto o homem na tocaia, dias antes: sujeito grandalhão, branquelo, chapéu tombado na testa, paletó escuro de casimira... Pela descrição do chofer, havia quem levantasse suspeitas sobre a pessoa de um tal de Filipão, retireiro e homem de confiança de Chico Belo...

Paulo descrevia os acontecimentos da noite, medindo palavras, evitando formular acusações diretas. Se apenas fazia insinuações, era para facilitar o trabalho de investigação do doutor Afonso. Mas que o capitão Otávio cometera violências, isso era óbvio, claríssimo. Que o Chico Belo tinha maus antecedentes, o fato era conhecido em toda a redondeza. Que uma primeira tocaia fora feita e que havia graves suspeitas sobre o tal de Filipão, nenhuma dúvida sobre isso poderia existir, dadas as declarações públicas e notórias do viajante Clodoaldo, e do Mingote, chofer de praça.

O deputado Paulo Santos não duvidava da energia e da imparcialidade das autoridades de Santa Rita, quer judiciárias, quer policiais. Lamentava, entretanto, não poder confiar na isenção do secretário dos Negócios do Interior do Estado – suspeitíssimo, por vários motivos, de inspirador e até de conivente com aquelas violências. Tomara medidas de exceção absolutamente injustificáveis e denunciadoras da sua facciosidade: a substituição do intendente da Vila dos Confins pelo Gouveinha, funcionário subalterno da sua própria Secretaria; a nomeação do truculento capitão Otávio Jardim, oficial afamado pelas suas arbitrariedades e – o maior dos absurdos! – irmão do coletor estadual, um dos mais ativos chefes políticos dali. E a vinda do destacamento de polícia? Como justificar a presença de vinte homens armados de fuzis num lugarejo pacífico como a Vila? Doutor Carvalho de Meneses chegara ao cúmulo de visitar a Vila dos Confins, em caráter oficial, hospedando-se com Chico Belo. E as violências recrudesceram depois dessa visita... Chico Belo apostava alto como ganharia a eleição, e não tinha pejo em declarar que "ganharia de qualquer jeito".

O dia estava claro quando Paulo – assessorado por Aurélio, que não deixava escapar oportunos e esclarecedores detalhes – manifestou desejo de repousar, pois se encontrava fatigado ao extremo. Mas não se esqueceu de agradecer mais uma vez ao juiz de direito e ao delegado-geral, repetindo-lhes protestos de confiança:

– Saberei ressaltar, doutor Braga, na devida oportunidade, a sua enérgica e louvável atitude redigindo aquele incisivo telegrama ao presidente da Junta Regional Eleitoral. E o seu trabalho, também, doutor Afonso, as prontas e eficientes providências que já determinou no sentido da abertura de rigoroso inquérito. Se telegrafei ao presidente da República, ao ministro da Justiça e aos presidentes do Superior Tribunal Eleitoral, da Câmara e do Senado, fi-lo por imperativo do meu cargo de representante do povo, ferido nas suas prerrogativas. Comuniquei também esses graves incidentes da Vila dos Confins aos líderes do meu partido na Assembleia Legislativa e nas duas Casas do Congresso Nacional. Mas deixo principalmente nas mãos honradas dos senhores, autoridades que são de Santa Rita, as efetivas providências para o esclarecimento do atentado contra a minha vida...

Santa Rita inteira soubera do ocorrido. Ruas agitadas, comentários fervendo. Gente civilizada, porém, os santa-ritenses: deploravam o atentado e não escondiam as mais severas críticas ao coronel Rocha e ao filho, doutor Osmírio Rocha, por apadrinharem bandidos da marca de Chico Belo e seus asseclas. Caíam os Rochas no conceito público. Em compensação, Paulo Santos virara herói do dia.

No quarto da casa do doutor Bernardino – forrado, cortinas nas janelas, sem perigo de se ouvir fora a conversa dos dois hóspedes – Paulo e Aurélio proseavam baixinho. O tio babava-se – parece até que convencido da realidade de tudo:

– Pelos seus cálculos, Paulo, amanhã a força federal chega de avião... Deve ir também um mundo de gente da capital: jornalistas, repórteres, fotógrafos. Só estou preocupado com a Maroca e a família, coitados, lá em Amburana. Nem depois de velho parei de lhes dar cuidados...

Paulo, esticado na cama, lavado e vestido, de pijama limpo, revia pormenores da trama:

– Tem certeza de que o Jorge Turco não percebeu quando você roubou aquelas botinas na prateleira da venda e quando tirou o pedaço de rapadura da cozinha?

– Ora, ora!... E ninguém me viu, também, catar os tocos de cigarro de palha varridos pela Ambrosina. A coisa ficou uma perfeição de benfeita... Aquela minha ideia de enterrar as botinas no chapadão foi boa, também, hem, Paulo? Perigo pode haver, se a polícia técnica cismar de conferir a bala enterrada na tábua da carroceria com o cano da nossa carabina. Se descobrirem que a arma é a mesma...

Paulo afastava as dúvidas:

– Confere não, tio. Isso é coisa de romance policial, de fita de cinema. Polícia técnica só existe em propaganda americana. Depois, a coisa foi clara demais: o farelo da rapadura, as cápsulas vazias da 44, os tocos de cigarro, o malhadouro do jagunço atrás do jatobá, os passos do sujeito marcados fundo na lama da estrada – pés de sujeitão graúdo... o precedente testemunhado pelo Clodoaldo e pelo Mingote... Tem perigo não, tio. Foi crime perfeito!

Mas a conversa tinha de acabar morrendo mesmo, que ambos estavam desdormidos, mortos de cansaço. Dia agitado! Noite cheia de confusão!

O sono, chamado pelo silêncio do quarto, pegou logo Aurélio. O velho roncava, de cara risonha, que a pândega fora boa e o que estava para vir prometia ser melhor ainda.

Paulo continuava acordado, fumando, olhos abertos e perdidos nas tábuas do forro pintado a óleo. E pensava... Pensava no padre Sommer. Mentira-lhe, ocultara-lhe o plano, mas haveria de cumprir com o prometido. Não correria gota sequer de sangue na Vila dos Confins, e a paz voltaria a reinar nos seus sossegados e esquecidos sertões. E ganharia a eleição – se ganharia! Haveria de desbancar o burro e pretensioso Chico Belo e o ainda mais burro e mais pretensioso Carvalhinho. Deputado Federal Carvalho de Meneses... Pois sim! Que se elegesse, nada tinha que ver com isso. Mas não com os votos da Vila dos Confins. Aqueles eram dele, Paulo Santos! Ninguém lhe roubaria impunemente aquela rica e nova zona. Ninguém! Crescessem, primeiro, e depois aparecessem...

25

A SEMANA INTEIRA FORA UM ALVOROÇO. Começaram as peripécias com o incidente havido entre o deputado e a polícia do capitão Otávio Jardim. Depois, a tocaia do mato do Corrente. Se Paulo desejava mesmo escândalo e agitação, teve-os à vontade.

Na casa do doutor Bernardino, em Santa Rita, as visitas não paravam. Todos queriam pormenores sobre o tiroteio no mato; jornalistas tomavam declarações; fotógrafos batiam chapas; investigadores – grossas lentes na mão e ares misteriosos – perscrutavam, na camioneta, os orifícios largados pelos balaços de carabina.

Chegavam telegramas aos montes, que o atentado passara a morar nas primeiras páginas dos diários da capital do estado. Deputados de todos os partidos aproveitavam o assunto para discursos de indignação e protesto na Assembleia Legislativa. Os governistas solidarizavam-se também com a vítima, mas sugeriam que os autores da sinistra empreitada talvez tivessem outros motivos que não políticos; que se aguardasse o resultado do inquérito...

Na Câmara Federal e no Senado o fato repercutira igualmente, merecendo enérgicos pronunciamentos dos líderes da União Cívica e da Aliança Democrática, e a mesma solidariedade prudente dos demais oradores do Partido Liberal.

O país tomou, assim, conhecimento do perigoso transe vivido pelo parlamentar na longínqua e desconhecida Vila dos Confins.

Das cidades vizinhas – Ipê-Guaçu, São Benevenuto, Veadão, Mutum – e até de Amburana, chegavam automóveis com correligionários. Da Vila dos Confins, quase todos os amigos. Gente que não acabava mais! O deputado salvara-se do perigo e saíra dele mais que nunca prestigiado. Valera a pena – se valera! – correr aquele risco.

Visitas e mais visitas. Mas havia o Aurélio e o doutor Bernardino para fazerem sala, e Paulo podia, assim, refugiar-se no quarto para boas horas de sono. Somente quinta-feira à noite – após a chegada da Polícia da Aeronáutica – foi que o doutor juiz de direito de Santa Rita permitiu o regresso do deputado à Vila dos Confins. Mesmo assim, Paulo teve de viajar escoltado por dois automóveis – um na frente, outro atrás – levando as mais altas autoridades da comarca e as recém-chegadas da capital do estado. O próprio doutor Braga fizera questão de viajar no mesmo carro do deputado, numa tocante demonstração de apreço à sua vida e também de repúdio à vileza do crime perpetrado na sua pacífica circunscrição. Grande e integérrimo juiz, o doutor Braga!

Sexta-feira, antevéspera do pleito, o trabalho apertou. Eram muitas as providências: contratar caminhões para condução e recondução do eleitorado; distribuir cabos para acompanhar as viagens; fornecer gasolina e óleo; nomear fiscais para as seções eleitorais; designar cabos especializados em trabalho de rua (no dia é que se ganham as eleições); organizar o quartel...

E muitas outras, ainda: mandar tirar dezenas de cópias das listas dos eleitores (cada um dos cabos deveria obrigatoriamente tê-las sempre consigo), preencher e assinar credenciais para o ingresso nas seções e a impugnação das irregularidades. Serviço demorado e cacete: a máquina de escrever da farmácia de seu Horácio acabou enguiçando, tudo tendo mesmo de ser feito à mão.

E nada se resolvia sem a aprovação do deputado – presente e por isso mesmo responsável. A ele se expunham todos os problemas; sobre ele se descarregavam as mil complicações do importante e inédito acontecimento na história da Vila dos Confins: a eleição municipal.

A noite de sexta para sábado foi um prolongamento do trabalhoso dia. Ninguém pregou olho. E, à medida que passava o tempo, mais e mais providências, mais e mais preocupações. E a falta de prática dos companheiros: Antero Ferreira, de todos o mais sabido e experiente, perdia-se em afobações e nervosias, atrapalhando em vez de ajudar. Difícil lidar com gente assim!

A notícia correra veloz por toda a região. Desnorteara os moradores da Vila. Dera coragem aos unionistas e largara confusão nos liberais.

E chegara pelo Balduíno, oficial de justiça, que viera trazer ao capitão Otávio a carta do doutor juiz de Direito de Santa Rita, solicitando esclarecimentos sobre a ilegal intimação feita ao deputado. O ofendido apresentara queixa enérgica. E mais: doutor Braga comunicava oficialmente ao delegado militar os sucessos do mato do Corrente. Determinava, outrossim, rigorosas instruções para imediatas providências a fim de que fosse descoberto e preso o autor ou autores materiais da tentativa de morte.

Balduíno não se limitara a cumprir a diligência do juiz: correra, também, à venda do Jorge Turco, para lhe entregar o bilhete do deputado, em que dava ciência do ocorrido e da incrível sorte em ter conseguido escapar ileso ao tiroteio. Paulo recomendava no recado a máxima calma aos companheiros, insistindo em declarar que o governo federal tomaria a tempo as urgentes e necessárias medidas.

Mas ninguém pensou em represálias. No caminhão de conduzir creme de leite para o laticínio de Santa Rita – acabava de atravessar o Urucanã, vindo dos lados da Mutuca – e no carro de praça do Daíco, seguiram viagem, *incontinenti*, os correligionários e amigos do deputado, ansiosos de revê-lo. Se aumentou a tensão moral – bando de assassinos, gente desalmada! – morreu a pressão policialesca. Capitão Otávio Jardim – a ordem do juiz era taxativa – desarmou e recolheu imediatamente a tropa do destacamento de polícia. E partiu, com dois praças apenas, para o mato do Corrente, dócil à determinação da autoridade superior.

Chico Belo, coronel Rocha, Osmírio e os outros figurões do Partido Liberal não encontravam explicação para o fato. E fecharam-se em copas, encabuladíssimos.

O ministro da Justiça radiografara comunicando ter o governo federal determinado – por solicitação do egrégio Superior Tribunal Eleitoral – a remessa de tropa da Aeronáutica para garantir a livre realização do pleito na Vila dos Confins. Antes, na terça-feira de manhã, havia chegado também o telegrama do governador do estado. S. Exa. tomava, por sua vez, decisivas providências. Entre outras afirmações de solidariedade e revolta ante o crime, dizia o despacho:

> JÁ ORDENEI VIAGEM CHEFE POLÍCIA AVIÃO ESPECIAL ACOMPANHADO MELHORES AUXILIARES SERVIÇO INVESTIGAÇÕES PT DESIGNEI OUTROSSIM OFICIAL IDÔNEO A FIM DE SUBSTITUIR IMEDIATAMENTE DELEGADO MILITAR VILA CONFINS.

Antero Ferreira viera no carro de praça do Daíco. Fora um dos primeiros a abraçar comovido o deputado. Estava abatido, o coitado do Antero!

As respostas do ministro e do governador deram-lhe, porém, novo alento. Força federal e novo delegado militar: demonstração de que a Belaria e a Rocharia tinham perdido mesmo o prestígio.

O pessoal da União Cívica precisava ter ciência daquelas boas notícias. De posse dos dois despachos oficiais, Antero rumou de novo para a Vila dos Confins. À porta da venda do Jorge Turco, sede do diretório, Antero teve o capricho de afixar o radiograma do ministro da Justiça e o telegrama do governador. E saiu avisando de casa em casa, enquanto estouravam os foguetes de três tiros que mandara soltar, anunciando a novidade. Os unionistas estavam para o que desse e viesse!

Mas os liberais suportavam calados a provocação: o governo voltara-se contra eles, doutor Carvalhinho abandonara-os...

Chico Belo, porém, não pensava assim. Provou que não pensava quando o Carrilho lhe levou as cópias dos dois despachos – o cínico teve a coragem de ir até à porta da venda do Jorge Turco!

Chico Belo leu e releu o telegrama do governador. Cercavam-no, num abatimento de fazer dó, o Alcindo, o Braulino, o intendente Gouveinha e outros chefes liberais. O coronel não deu o braço a torcer:

– Eu bem que sabia! Conheço muito esse oficial... Fui apresentado a ele no palacete do doutor Carvalhinho: homem de confiança do secretário... A troca foi *pro forma*. Ora, quem havia de ser – o Idôneo! Meu companheiro de pif-paf...

Paulo abria a torneirinha do chuveiro de regador, medindo com avareza a água morna. Demorava-se de propósito naquele complicado banho, fugindo ao entra-e-sai da cozinha do Jorge Turco. Mas a água esfriava e o vento entrava pelas frestas largas do telhado grosseiro do chalé. O vento e a claridade, e os primeiros cantos dos galos, também. Amanhecia.

Sim, amanhecia. Anunciava-se o primeiro domingo de dezembro, data marcada pela Justiça Eleitoral do Estado para a realização das primeiras eleições do novo município da Vila dos Confins.

Mas a manhã ignorava o rebuliço e as preocupações da Vila: nascia tranquila e fresca.

O banho morno de chuveiro reanimara o deputado. Passada a surpresa – como voava o tempo! – Paulo teve de aceitar a madrugada como fato consumado.

A voz de Jorge Turco apressou-o:

– Morreu aí dentro, doutor? Ande, que o pessoal começa a chegar. O Venâncio está na cozinha. Veio com o primeiro caminhão do Brejal...

Na cozinha o Venâncio informava:

– Vieram trinta e dois, doutor. Mas só vinte e três com título; o resto é mulher e menino. Deixei outro caminhão na venda do Fiico, esperando mais um lote de gente. Fora o pessoal que vem no caminhão do seu Nélson...

Paulo interrompeu o retireiro:

– Mas só vinte e três? Quantos você acha que ainda vêm nos outros caminhões?

– Vai haver quebra, doutor. Me disseram que o Juquinha do seu Chico Belo andou por lá, de tarde, comprando título. Estava pagando a quinhentos...

O deputado explodiu:

– Quinhentos mil-réis? Não é possível. Que eu sabia que eles iam tentar esse golpe baixo, sabia. Mas a quinhentos! Será que compraram muitos? Você soube de algum?

– De três eu dou notícia: a família do Regnério... esses deram parte de doentes. Mas avisei ao seu Nélson e ele passou a noite correndo as casas. Na venda do Fiico escutei alguns comentários: até gente nossa, seu doutor, gente de confiança, já está falando em dinheiro!

A notícia trazida pelo Venâncio não deixava de ser realmente muito séria: inaugurava-se, nos Confins, o sórdido processo da compra de títulos. E se o Chico Belo houvesse mandado correr todo o município?

Paulo chegou à chácara do Tinoco acompanhado de Aurélio e Jorge Turco. O quartel fora instalado ali – ótimo local, quilômetro e pouco retirado da Vila, na beira da estrada do Fundão.

Tinoco esvaziara o paiol e levantara o ranchão de folha de coqueirinho-indaiá – praga no campo vermelho – junto ao telheiro do carro de boi. O conjunto – paiol, telheiro e rancho – dava para abrigar um mundo de gente. E havia ainda a vantagem do rego-d'água perto.

O pagode não morrera, apesar da hora. Pouca gente chegara de véspera (a boa técnica mandava trazer os eleitores da roça no dia mesmo da eleição, pois assim se evitaria o trabalho insidioso dos cabos adversários). Mas a dança se formara com o pessoal do povoado.

Chapéu na cabeça, facão e garrucha na cintura, lá estava o Dito da Donana agarrado ao Tiago – irmão mais moço do Tinoco – caprichando na valsa *Saudades de Santa Rita*. E outros pares conhecidos: o Olegário com o Juca do Retiro, o Carneirinho com o Gervásio. Tinoco dançava com um mulatão desempenado, lenço vermelho no pescoço, chapéu de palha, pés no chão e calçados de espora.

Homem com homem. Dança de canzil.

Requebravam-se, soltando risadas, divertindo-se uns à custa dos outros:

– Cuidado com a mão, ô Militino!

– Aperte menos a dama, seu Tinoco!

Aurélio não se conteve. Abotoou o paletó, dizendo alto:

– Vou ensinar a esta moçada como se roda uma valsa...

E saiu em busca do par – o velho barbudo e saliente que marcava o ritmo com palmadas, num dos cantos do paiol.

De casimira, chapéu tombado de banda e cigarrão de palha nos queixos, Aurélio entrou disposto no pagode. E como dançava bem, o sem-vergonha!

A sanfona de oito baixos do Lalau animou-se com a chegada do deputado. Clodomiro – violão de primeira – retomou o posto ao lado do sanfoneiro, floreando o acompanhamento.

O velho barbudo e saliente, virado dama do cavalheiro importante e de casimira, continuava botando fogo na pândega:

– Revolta na segunda parte, seu Lalau! Mais alto, Clodomiro! Vamos, meninos, tem muito par solteiro encostado à toa por aí!...

A manhã já mostrava os primeiros clarões vermelhos pelos lados da serra do Fundão. O pagode continuava ferrado. Da casa do Tinoco – as mulheres pousavam ali – brotavam moças acordadas pelo esquentar da música e pelas palmas do baile. Entravam agora na dança, e novos pares se formavam: Jorge Turco largara o Mariano – empregado na farmácia do seu Horácio – tirado pela mulata carnuda e risonha; Aurélio deixara, também, o caipira barbudo e prosa, e rodopiava, agora, circunspecto e elegantíssimo, com a caboclinha de trança e olhos morteiros... Devia estar morrendo de felicidade, pois a sanfona do Lalau executava, suspirosa e gemente, *Sueños de Paraguay*.

Sim, aquilo devia mexer com a alma do tio Aurélio. Paulo já o ouvira, muitas vezes, olhos perdidos longe, em infinita querência, cantarolar baixinho a polca merencória.

À porta do ranchão de coqueirinho-indaiá, Paulo conversava com o Pereirinha. Sujeito tremendo! Fora a contribuição mais valiosa que poderia o doutor Bernardino dar aos unionistas na sua luta contra os liberais: mandar buscar e despachar para a Vila dos Confins o mais entendido e famoso chicanista eleitoral da região – o rábula Pereirinha.

Costumavam dizer que o Pereirinha, se houvesse estudado, deixaria longe o próprio Rui Barbosa. Pena que estivesse tão velho...

Doutor Bernardino convocara-o com urgência. Pereirinha chegou de avião e nem esquentou lugar em Santa Rita. Examinou as listas do eleitorado – ficara fuçando no cartório por umas boas duas horas – tomou uma porção de apontamentos e bateu para a Vila, acompanhado pelos quatro auxiliares escolhidos por ele próprio, gente de confiança.

Pânico nas fileiras liberais. O Pereirinha por conta dos unionistas! Doutor Osmírio andaria desorientado, senão bufando de raiva. Sim senhor, logo quem – o Pereirinha!...

Miúdo, franzino, míope de meter pena. Mas, se a pequenez era de filhote de camundongo, a esperteza e a malícia batiam longe a do raposão erado e varado de fome. Numa eleição, o rábula se agigantava: um demônio em forma de gente!

Vinha das épocas do bico-de-pena, das atas falsas, do tranquilo reinado dos coronéis. Braço direito do velho Rocha e responsável por todo o seu longo domínio nas urnas de Santa Rita. Verdadeiro artífice da oligarquia rochista, firmemente consolidada e ainda no poder, apesar da revolução e do voto secreto.

Mas Pereirinha envelhecera. Poderia substituí-lo o doutor Osmírio, recém-formado, advogado novo mas já treteiro, fiel à escola do pai. A primeira injustiça e ingratidão, Pereirinha recebera-a com a nomeação de outro, que não ele, para o Cartório do Segundo Ofício. A segunda, com a vaga de escrivão do crime (nomeou-se outro protegido também). E o velho chicanista cometeu o erro de se queixar, publicamente, relembrando a solidariedade antiga e méritos desprezados – o bastante para que Osmírio passasse a persegui-lo, incompatibilizando-o com os juízes, atrapalhando-lhe a vida no Fórum.

Pereirinha preferiu mudar-se de Santa Rita a submeter-se às humilhações dos chefes mal-agradecidos. E foi morar na capital, com a filha mais velha, bem casada.

Mas o velhaco do doutor Bernardino aproveitou-se da briga: obteve os serviços do Pereirinha e experimentou-os nas eleições gerais seguintes. Um sucesso, o reaparecimento do rábula na política de Santa Rita – perfeitamente adaptado à nova lei eleitoral e mais perigoso que nunca. Fez furor nas seções, como fiscal, impugnando trapaças, armando outras, protestando, recorrendo... Por pouco não joga ao chão os Rochas. Mas acabaria jogando – jurava o leguleio. Dessem-lhe tempo...

Ali estava o Pereirinha, chamado outra vez pelo doutor Bernardino, para uma demão no pleito municipal da Vila dos Confins. Encarquilhado, franzino, vozinha esganiçada – mas vigilante que nem cachorrinho onceiro, pronto para morder os poderosos calcanhares da máquina governamental.

– Todas as seções em ordem, doutor Pereirinha?

– Perfeitas. Em cada seção pus homem de confiança: na Intendência vão ficar o Generoso e o Rosendo; para a Coletoria destaquei o Ruço e o Rosalvo. Companheirada velha, dos bons tempos.

Paulo lembrava possíveis chicanas:

– E os *fósforos*? Soube que o Osmírio é especialista...

– Coisa nenhuma, deputado! O Osmírio perto de mim é menino de colo. Ajudei a criar aquele traste – prosa só! Conheço o município a palmo. Caboclo estranho que votar, vota apenas uma vez, que sai da seção acompanhado e vigiado. Na hora de entrar em outra e tentar votar de novo, com título de alguém, me encontra pela frente...

– E os títulos de gente que já morreu?

– Mesma coisa. Por via das dúvidas, tirei certidão dos óbitos registrados no município. O juiz mandou-me dar. Impugnam-se na hora.

Paulo insistia:

– Quer dizer que eles não podem cometer nenhuma fraude?

Pereirinha sabia onde tinha o nariz, e respondeu de pronto:

– Dessas comuns, não senhor. Meu medo é o dinheiro. Soube que o Chico Belo pôs gente a correr o município, comprando títulos. E a ordem é pagar até quinhentos por cabeça...

– Ah! Então o senhor já soube? No Brejal, o Venâncio me disse que fizeram estrago...

– Soube, sim, doutor. E disso não há quem escape. Nada segura. Esta lei eleitoral é uma beleza: quem pode comprar títulos inutiliza os que não podem. O sigilo também não existe. Aposto como o Osmírio mandou distribuir marmitas preparadas para o pessoal dele. Fui eu que descobri esse golpe, na última eleição.

Paulo mostrou-se curioso:

– Preparadas, como? Qualquer sinal, qualquer marca inutiliza as cédulas...

Pereirinha olhou com superioridade para o deputado. Uns inocentes, os fazedores das leis... Explicou, paciente:

– Ovo de Colombo, deputado! A coisa mais fácil do mundo. Por exemplo: o senhor quer descobrir em quem votou fulano, empregado seu, pessoa que lhe deve obediência. Basta entregar-lhe a marmita com a cédula de um deputado qualquer, nome desconhecido. Na apuração, aparece o envelope com aquele voto; se não aparecer... Ou senão, nestas eleições municipais, onde não se vai votar em deputados, o senhor prepara a marmita colocando, por exemplo, duas cédulas iguais para prefeito, três iguais para vice, quatro iguais para juiz de paz... O senhor pode fazer tantas combinações quantos forem os eleitores cujos votos há interesse em descobrir. Na apuração, aparece o truque. E não se perde um voto, que cédulas iguais não o inutilizam... Sigilo! Voto secreto!... Bobagens, doutor Paulo, bobagens...

– E na qualificação? Será que falsificaram muitos requerimentos?

Pereirinha estava ciente de tudo. E não tardou a responder:

– Não acredito que o Osmírio se meta a repetir aqui o que já fizemos muito em Santa Rita. Na última eleição, consegui anular barbaridade de títulos falsos. A invenção foi minha... Mais de duzentos títulos foram apreendidos depois da minha denúncia. Mas, apesar da fiscalização, os liberais são capazes de tentar a chicana... Com o tranca do Juvêncio no cartório...

Paulo recomendou:

– Então, seu Pereirinha, olho vivo, olho vivo! A fraude na qualificação é a mais perfeita de todas. Facílimo, se o cartório faz vista grossa. Um perigo!

Pereirinha tinha razão. Sem radical reforma da lei eleitoral, as eleições continuariam sendo uma farsa. Bastava a conivência do escrivão eleitoral para se inundarem as seções de eleitores-fantasmas. E o processo era simples. Nos últimos dias do alistamento, o partido reunia as certidões de idade remetidas pelos cartórios de paz e que sobravam, entregando-as aos cabos eleitorais de confiança. Cada um deles se incumbia de fazer porção de requerimentos, tudo com a própria letra, assinando-os com o nome constante da certidão de idade. E davam entrada às petições e assinavam o recibo e os títulos respectivos. Um eleitor ficava, assim, de posse de vários títulos, reproduzindo-se em vários eleitores. Compareciam nas seções, votavam, assinavam as folhas de votação e não havia jeito de apanhar a fraude: a assinatura conferia com a do título... Nas cidades onde as seções eram muitas, avalie-se o número de eleitores-fantasmas: um sujeito só a votar como Antônio, como Francisco, como José, como Venefredo... Tantos cabos desse tipo multiplicados pelo número de seções... e olhem o estrago!

Pereirinha estava mesmo com a razão. Sigilo... Voto secreto... Bobagens, bobagens!

26

DOUTOR BRAGA ENTREGARA TODO O policiamento da Vila dos Confins à força federal, determinando se recolhesse o destacamento de polícia, apenas deixado de prontidão.

Coronel Felizardo – o idôneo oficial nomeado pelo governador em substituição ao capitão Otávio – limitava-se a tomar providências relativas à tocaia do mato do Corrente. Homem velho já, pacato, e que não gostava de política.

Filipão sumira-se. Mais de um morador nas cabeceiras do Corrente informava ter sido o jagunço visto a viajar de madrugada – paletó de casimira azul-marinho, montado em nova e bem arreada besta – nas proximidades do mato, logo no dia seguinte ao da primeira tocaia descoberta pelo Clodoaldo. Mas sovertera-se depois, não deixando rasto.

Não havia mais dúvidas: fora mesmo o Filipão quem estivera no toco, enxergado de relance pelo Mingote, na apertada hora de remover a pororoca derrubada no caminho. Fácil deduzir a sua autoria na repetição do atentado, e o doutor Braga não vacilara em expedir o mandado de prisão preventiva requerido pelo promotor. Investigadores e soldados à paisana batiam o sertão dos Confins, em severa diligência, procurando o criminoso.

Capitão Lemos comandava os dois pelotões de combate da Polícia da Aeronáutica. Mantinha severa imparcialidade, e chegara a proibir aos policiais de serviço que falassem com qualquer morador da Vila, salvo se interpelados. Mesmo assim, a resposta deveria ser seca, sem pretexto para conversa demorada.

Por sugestão do Pereirinha – o homem previa tudo – Paulo solicitara ao meritíssimo juiz a permanência na Vila apenas de um dos pelotões. O outro deveria ser distribuído pelas diversas encruzilhadas do município para evitar a propalada pressão de Chico Belo, que diziam pretender impedir o livre trânsito dos caminhões carregados do eleitorado unionista. Doutor Braga atendera: Venâncio trouxera ao deputado notícia de dois militares da Aeronáutica – capacete de aço e arma automática a tiracolo – postados na venda do Fiico, para garantir a liberdade das viagens.

Na balsa, outros dois soldados. Se arrependimento matasse, morreria todo o diretório dos liberais, provocador daquele estado de coisas.

Pereirinha sugeria, Paulo aceitava a voz da experiência e requeria as providências lembradas pelo manhoso rábula. Assim foi, também, na hora da distribuição das seções: aceitando a justificação apresentada pelo deputado, doutor Braga concordara em não permitir o funcionamento das mesas fora do povoado. Ele, o juiz de direito da comarca, à vista dos fatos ocorridos, desejava, em pessoa, fiscalizar o pleito; não podia estar aqui e ali ao mesmo tempo. Despachara o pedido da União Cívica e fora, inclusive, áspero com o Osmírio quando o advogado o procurara, para objetar à medida.

– O município vive dias anormais; não fui eu o culpado, seu doutor Osmírio... A nação está de olhos fitos em nós, depois da barbaridade do crime cometido contra um parlamentar da República. Meu dever é presidir o pleito com honradez e o máximo de segurança. Não vou estragar meus trinta anos de magistratura. Proteste, recorra, se quiser.

Os tempos mudaram... Maldita tocaia contra um deputado federal!

Prevaleceu a vontade do juiz de direito: quatro seções eleitorais apenas – duas para o sexo masculino e duas para o feminino: os homens votariam na Intendência e as mulheres na Coletoria. E acabou-se.

Doutor Braga fez mais: na sexta-feira, cedinho, mandou recolher as faixas atravessadas na rua principal (propaganda política proibida nas quarenta e oito horas anteriores ao pleito). E determinou que se caiassem os dois ou três muros em que havia inscrições ofensivas; proibiu cachaça e foguetório, e porte de armas também – sem exceção de qualquer pessoa, de dentro ou de fora do município – como rezava o edital afixado na Intendência, na Coletoria, no Armazém Carrilho e na venda do Jorge Turco.

Iaiá do Lucas. Solteira ainda, apesar de tantas qualidades; instruída e ricota, moça despachada e nada boba, não. Chefiava o envelopamento das marmitas, ajudada por três mocinhas da escola municipal, e proibira a interferência de qualquer dos candidatos naquele serviço de responsabilidade.

Paulo, chegado do quartel, foi vê-la trabalhar – tão cedo já na obrigação! – no cômodo da venda do Jorge Turco. A moça permitia-lhe certas liberdades:

– Então, dona Iaiá, a senhora me escondendo as novidades! Ouvi uma conversinha a seu respeito que muito me agradou... O tenente Arquimínio, da nossa gloriosa Aeronáutica; uma joia de moço...

Mas Iaiá desconversou:

– Futricas, doutor Paulo. Prosinhas de gente sem serviço. Seu tenente conversa às vezes comigo – literatura, poesia, cinema... Com quem é que ele pode trocar ideias, aqui na Vila? Despeito, doutor, despeito...

A falante e cheia de expedientes Iaiá inventara processo rápido de preparar as marmitas. As três mocinhas trabalhavam de equipe: a primeira ia distribuindo por sobre o balcão a cédula única de prefeito e vice-prefeito, que a combinação fora imprimir juntos os nomes de João Soares e de Sebastião de Almeida; a segunda meninota cobria então, uma por uma, as cédulas já distribuídas, com a outra do Jeová, candidato a juiz de paz, e seus suplentes; entrava em cena, por fim, a terceira mocinha com as cédulas do candidato a vereador escolhido pela Iaiá do Lucas.

Findo o serviço, envelopavam-se as três cédulas diferentes e reunidas num envelope só.

– Quantas já tem do Bilico, Quetinha?

– Duzentas, dona Iaiá.

– E do seu Raimundo?

– Umas cem. Do seu Antero, já fizemos mais de trezentas: ele já levou quase todas.

– Então chega. Aqui não pode haver proteção.

À porta da venda enfileiravam-se os automóveis de praça contratados em Santa Rita. Antero pintara os números a alvaiade nos para-brisas e escrevera a palavra UNIÃO nas traseiras e nas portas dos automóveis – novidade adotada em Santa Rita pelo doutor Bernardino, e que dera um resultado e tanto. Quatro carros, fora a camioneta de Paulo, o carro de praça do Daíco e o automóvel fechado do doutor Bernardino.

Outra despesa puxada, que os choferes cobravam quatro contos livres, preço pago pelo Chico Belo. Quatro vezes quatro, dezesseis. Dezesseis contos, só pelo luxo de trazer os eleitores da chácara do Tinoco, passar na venda para receber as marmitas e os títulos, levá-los à respectiva seção, e conduzi-los de volta ao quartel, para o churrasco e o pagode. Dezesseis contos!

Antero exigira aquela providência:

– Temos de dar condução, doutor. Se deixarmos os nossos eleitores virem votar de caminhão, eles se ofendem. Temos de mandar apanhar também as famílias da cidade...

– Mas Antero... – reagia Paulo. – Concordo em que a gente mande buscar os eleitores na chácara; mas os da Vila... Uma ou outra pessoa mais idosa, está certo. Mas tudo que é velho, mulher e moça, como você quer... As seções são centrais, a alguns metros...

Antero, entretanto, teimava:

– Conheço isto aqui, deputado. As famílias vão, mas querem automóvel. O Chico Belo manda buscar... Em que é que ele é mais do que nós?

– Vá lá, Antero! A gente está na chuva é mesmo para se molhar...

Às sete horas da manhã começou o trabalho principal: a votação.

Na Intendência e na Coletoria, distribuíam-se as senhas de ingresso às seções. Os primeiros em chegar foram os moradores da Vila.

Os mesários – segundo expressas instruções do juiz – entregavam os cartões numerados de um a trinta, não permitindo maior presença de pessoas na sala onde se instalaram as mesas. Nas imediações, o pessoal, respeitando a Polícia da Aeronáutica, evitava ajuntamentos e conversas altas. Doutor Braga pusera ordem no pleito.

Pereirinha, fiscal credenciado pela União Cívica, não parava um minuto, correndo as seções:

– Olho vivo, seu Rosendo! Desconfiou do sujeito, já sabe: peça ao presidente que pergunte o nome do pai, da mãe, onde nasceu, a idade, a residência...

Para presidentes das mesas doutor Braga escolhera pessoas práticas de Santa Rita: gerentes de banco, funcionários do Fórum. Ninguém da Vila, por via das dúvidas.

O eleitorado da cidade apresentava-se bem esclarecido: os candidatos, tanto da União como do Partido Liberal, haviam corrido casa por casa, cafua por cafua, entregando envelopes com cédulas e ensinando como votar. Muita gente se alistara, que só agora entravam realmente em jogo os destinos do município. Primeira e importante eleição!

Sim, alistara-se muita gente. Nos últimos dias, fora aquele corre-corre: os próprios candidatos se espalhavam pelo município, catando tudo quanto fosse pessoa jeitosa, capaz de decorar a assinatura. Deu trabalho, mas bom resultado, também: quase mil e cem eleitores, o total relacionado na lista do cartório! Vila dos Confins passava à categoria de respeitável núcleo eleitoral.

presidia a segunda seção – da letra M em diante – na Coletoria Estadual, o Calimério do Banco do Brasil. Terminara de redigir a primeira parte da ata, conferira o material de votação recebido – listas, envelopes pardos (comuns), e os especiais, para os votos em separado – e já mandara distribuir as senhas. Chamou o primeiro eleitor:

– Número um!

Apresentou-se a senhora gorda. Vestido cinza-claro, bordado de azul nas mangas e na barra da saia. Conservava nos ombros a mantilha de filó negro, que vinha da missa das seis e comungara. Desembaraçada, apesar de um pouco trêmula de emoção:

– Sou eu...

– Nome, por obséquio?

– Maria. Maria das Dores Fragoso.

Seu Calimério, lista na mão, corria os nomes:

– Pronto. Assine aqui, faça o favor. Pode-se assentar.

Dona Maria das Dores sentou-se. Abriu a bolsa e tirou os óculos e o lencinho branco de bainha rendada. Enxugou as mãos úmidas e nervosas, enxugou os óculos. Aceitou a caneta já molhada de tinta que seu Calimério lhe entregava e começou a assinatura: letra redonda, em pé, de aluna primeira da aula. Mulher educada e instruída, dona Maria das Dores, senhora do professor Elias.

Mas tremiam-lhe as mãos. Descansou, desculpando-se:

– A vista...

Recomeçou, consertando os óculos e respirando fundo. Devagar, parando nas curvas das letras, menos vagarosa nas retas, caprichando nas voltinhas: Maria das Dores Fragoso...

Seu Calimério pediu-lhe o título. Conferiu rápido o autógrafo – hábito de gerente de banco, acostumado a lidar com cheques – e entregou à eleitora o envelope pardo:

A senhora pode dirigir-se à cabina.

Dona Maria das Dores guardou na bolsa os óculos e o lencinho rendado, e levantou-se, encaminhou-se ao canto da sala. Uma ripa atravessada de parede a parede, sustentando a cortina de algodãozinho alvejado, compunha a triangular e indevassável cabina. Demorou-se pouco ali dentro, voltando com a sobrecarta na mão.

– Pode colocar o voto na urna, minha senhora. Não, a senhora mesmo. Isto!

A eleitora enfiou o envelope na frincha do caixote quadrado posto em cima da cadeira, ao lado da mesa.

– É só, minha senhora. Olhe o título...

Agora mais calma e risonha, dona Maria das Dores atravessou a sala, sob os olhares curiosos da fila feminina. À saída, respondeu baixinho à muda pergunta pendurada nos olhos da comadre Maria Isabel:

– Coisa à toa, comadre. Mas dá uma tremedeira... Virgem!

E deixou a seção, gorda que só. E apressada, que ainda tinha de preparar o almoço para a família e os hóspedes.

Rosalvo, fiscal da União, tomava apontamentos. Quando Calimério chamou o número três e se apresentou a Maria Eleutéria, irmã mais velha de Antero, ele comentou baixinho para o Jeová, que aparecera na seção:

– Vai indo, vai indo... Chico Belo, dois: João Soares, um.

Na venda do Jorge Turco, sentado à cabeceira da mesa da cozinha, o deputado Paulo Santos redistribuía os títulos e entregava os envelopes com as cédulas. E dava instruções:

– João José de Oliveira. O senhor? Olhe o título. Vá com o Pé-de-Meia, no automóvel 4. Preste atenção: na fila, o senhor recebe uma senha numerada; espere a sua vez. Quando chamarem o número, o senhor se apresenta à mesa e entrega o título. Um momento: conhece o Zezé Alfaiate? É nosso fiscal. Ele e o seu Generoso, de Santa Rita, o mecânico das jardineiras, sabe quem é? Não se afobe, que eles estão lá para ajudar. O senhor assina o nome num papel que vão lhe dar – não precisa pressa, escreva sem acanhamento. Pegue no envelope amarelo que lhe entregarem, e entre com ele no quartinho de porta de pano. Lá dentro, o senhor tira as cédulas de dentro deste envelope aqui – deste que lhe estou dando agora – e as enfia no envelope amarelo. Entendeu? Volte, feche o envelope – no quartinho tem grude – e bote-o no caixote que vão lhe mostrar. Coisa simples, seu João José. Não se esqueça de tirar as cédulas de dentro deste envelope, senão a gente perde o seu voto... E não converse com ninguém na fila, me faça o favor: podem até prendê-lo! Depois de votar, pode fazer as suas visitas, as suas compras, passear na Vila à vontade. Na hora em que quiser voltar para a chácara, passe por aqui, que há condução. Não me vá botar este envelope dentro do outro, seu João José, pelo amor de Deus!

João José de Oliveira, João Máximo de Sousa, João Pedro da Silva... João, João, João que não acabava mais...

Paulo anotava os eleitores que, com escala no quartel da chácara do Tinoco, haviam chegado da roça. Ali, o serviço estava a cargo do Xixi. O mascate conhecia todo mundo e tinha a vantagem de não ser candidato, o que evitava as ciumeiras. Recebia os caminhões, recolhia os títulos, conferia, e ia distribuindo os eleitores pelos automóveis numerados, de acordo com as seções. O cabo eleitoral acompanhante

– cada automóvel levava um responsável – entregava os títulos ao deputado, que os devolvia ao eleitor, juntamente com as cédulas. Serviço organizado, seguro: o cabo só largava os homens sob as vistas do outro elemento designado para permanecer nas proximidades das seções. E a ordem era denunciar imediatamente à mesa qualquer abordagem dos cabos eleitorais do Chico Belo. Controle absoluto.

Com todos os eleitores vindos da chácara Paulo repetia a mesma lenga-lenga, paciente na cuidadosa instrução sobre o modo de votar. Noutra folha de papel almaço registrava as chegadas dos caminhões com os eleitores: Brejal, vinte e três; Mutuca, Riso e Boi Solto, quarenta e sete...

Os caminhões vindos do Bacurizal – atopetados de gente, enfeitados de bambu e galhos de mangueira – entraram na Vila em algazarra. Gritos, vivas, espalhafato:

– Já ganhou! Já ganhou! Já ganhou!

– Viva o João Soares!

– Vivôôôô...

– União! União! União!

– E a roseta, come ou não come?

– Coooome...

– E o seu Neca, nada?

– Neca Lourenço! Neca Lourenço! Neca Lourenço!

O tenente Arquimínio, simpático mas de pouca prosa, fez parar o caminhão da frente:

– Entrem em silêncio. Propaganda não pode mais.

Sempre exagerado, o Neca Lourenço! Mas respeitador, porque fez cumprir a ordem do tenente e os caminhões puderam atravessar a rua principal da Vila dos Confins. Em primeira, escapamento aberto, acelerando sem necessidade... Entretanto, ninguém piava mais.

Paulo deixou o serviço para ir cumprimentar o Neca e dona Maria:

– Puxa, já estava aflito! Quase que mando um caminhão atrás de vocês. Quantos vieram?

Neca Lourenço – botas limpas, terno de brim amarelo, lenço vermelho no pescoço – entrou na venda com o Ricardinho pendurado na mão. Obedecera ao tenente Arquimínio, mas se vingava:

– Não gosto de soldado não é à toa, não, seu doutor. Estão usando agora penico na cabeça em vez de boné?

Paulo acabou com a raiva do Neca Lourenço, explicando, entre risadas:

– Não é penico, não, seu Neca: é capacete... Força federal, Polícia da Aeronáutica. Não lhe falei que o governo ia mandar reforço e acabar com o capitão Otávio? E o Nélson?

– Deve estar chegando também. Onde desço o meu pessoal?

– Na chácara do Tinoco. O Xixi Piriá recebe a sua gente e lhe explica tudo.

Neca Lourenço apresentou o embrulho de papel de jornal:

– Olhe os títulos: sessenta e dois... Tudo caboclada escolhida. Mais o meu e o da Maria, sessenta e quatro...

27

O PRIMEIRO DOMINGO DE DEZEMBRO corria sem novidades. Chegavam os eleitores – caminhões da União Cívica, caminhões do Partido Liberal. Chegavam e apeavam nos quartéis, acompanhados de perto, vigiados pelos cabos eleitorais. Recebiam os envelopes já preparados e seguiam para as seções, sempre debaixo de vigilância. Nas filas, outros cabos substituíam os primeiros, e na mesa, a presença do fiscal do partido.

Na frente de gente estranha, gente da cidade, o eleitor da roça atarantava-se todo. Roupa nova de brim, sapatão apertado, colarinho abotoado e gravata garroteando o pescoço desacostumado de tais vexames. Mão forçuda e no entanto incapaz de segurar a caneta, a não ser com os cinco dedos convocados para a tarefa mal aprendida. Dessem-lhe uma tora de peroba de oito braças de roda e um bem encabado machadão, e antes do escurecer se ouviria o ronco feio do gigante despencado das alturas, arrasando mais de litro de mato no tombo colossal. Mas aquele pauzinho maneiro, envernizado, escorreguento – ei, coisa excomungada!

O fiscal olhava, esperando. Não havia escapulir.

O eleitor benzeu-se por dentro, e começou. Carro de boi em trilheiro de serra – lá vai ele subindo e descendo, aos trancos. A pena de aço ringe no papel – a mesma cantiga do eixo do carro, untado a azeite de mamona. Curva fechada, apertada demais. Vence-a, porém, começando a descida – não é fácil, não senhor, senão desembesta, perambeira abaixo! Sobe outra vez – mais ladeiras, mais curvas, mais lances a pique. Barbaridade!

Altamirando Bento de Araújo. Isso mesmo, seu moço – Araújo, das bandas do São Francisco...

O presidente da mesa consulta os mesários, os fiscais. Todos aceitam – tácita combinação: começassem as impugnações, e seria um nunca parar. Rabiscou mal-mal, voto válido. Partido nenhum se importava; permitia-se, até, interrompesse o eleitor a assinatura, e esperasse de lado, refazendo forças, recriando coragem. Passado o mal-estar, tinha direito a nova tentativa.

Botina desgraçada! Gravata lazarenta! Porqueira de paletó!

Na cabina, Altamirando Bento de Araújo vê-se sozinho. Olha para os lados, para cima – ninguém! Desabotoa o cinturão, enfia os dedos por baixo da camisa, acha o envelope dobrado e escondido no bolso de carregar dinheiro graúdo, costurado pela mulher no lado de dentro da ceroula. As cédulas são outras, não as que o patrão lhe deu, mas sim o compadre Eustórgio, com mil recomendações. Coloca-as no envelope pardo, rasgando o que viera no insuspeitável bolsinho. Passa o pincel de goma-arábica. Pronto!

Mas não sai: tem ainda o que fazer: no bolso de dentro do paletó está o envelope que lhe deram no quartel. Abre-o, retira as cédulas e guarda-as na ceroula. Não joga fora o envelope: precisa dele para mostrar ao patrão que andou direito; e das cédulas também, para não perder a confiança do compadre Eustórgio...

O caipira veste a cara que sempre usa por ocasião das velhacadas: cara séria, tristonha, de doente crônico. Sai da cabina mancando, humilde, olhos no chão. Enfia, maljeitoso, a sobrecarta na urna quadrada. E vai para a rua, para o sol... Oi, servicinho entojado!

Altamirando Bento de Araújo. Podem chamá-lo de tudo o que for nome feio, que ainda é pouco. Praga das maiores, o peste: eleitor consciente...

Nélson chegou com dois caminhões apinhados. Entregou os títulos: cinquenta e sete. Entrou na venda a correr, e levou Paulo para o quarto:

– Compraram o meu pessoal, deputado! Mais de trinta! Quis acudir, mas foi tarde. Graças a Deus, eu tinha recolhido a maioria dos títulos. Se não, ia tudo de embrulho... Deram dez contos para o Armando da Várzea Limpa. Dez contos por oito eleitores! Soltaram dinheiro mesmo. Mas o pior foi que tive de prometer também, caso contrário, nem a metade embarcava nos caminhões. Estamos perdidos...

Paulo ouvia a má notícia resignado. Procurava animar o companheiro:

– Se você trouxe estes cinquenta, podemos garantir mais de trezentos, fora o pessoal que já veio, e o da cidade. Nenzinho chegou com trinta e nove; Bilico ainda não veio, mas deve trazer também uns trinta... e os protestantes não apareceram ainda. Podemos pôr mais uns vinte, por baixo... Ah, e tem o João Soares! Do Fundão vem mais de cem, com certeza. Mais de trezentos, não, mais de trezentos e cinquenta! A eleição é nossa, seu Nélson!

Mas o candidato a vereador pelo Brejal estava desanimado:

– Sei lá, doutor! Se compraram título na minha zona, compraram também nas zonas dos outros. Não seria bom mandar recurso para o João Soares? Já devia ter chegado...

– Tem tempo, Nélson. Meio-dia e pouco, agora. Já-já, o João Soares aponta. Vá almoçar. Tem comida na cozinha...

O deputado voltou ao trabalho de entrega das cédulas. Iaiá acabara de votar e viera continuar na ajuda. Com a chegada da turma do Nélson, o serviço apertava.

Paulo fazia as contas, somando parcelas no papel almaço. Vinte e três mais quarenta e sete, mais sessenta e quatro, mais trinta e nove, mais cinquenta e sete...

Duzentos e trinta. Uns trinta do Bilico, mais uns vinte dos protestantes, na pior das desgraças uns oitenta do João Soares... trezentos e sessenta. Mais uns cento e cinquenta da Vila, quinhentos e dez. A lista registrava mil e oitenta e oito eleitores. Se votassem menos de mil, a eleição estava no papo!

A presença do rábula Pereirinha evitava toda sorte de manobras ilícitas em que era mestre o Osmírio. Com o juiz de paz, o Juvêncio, inteiramente vendido aos liberais, dezenas de títulos deviam ter sido entregues ao Osmírio para que pudesse usá-los na sua especialidade: os *fósforos*. Havia nas vizinhanças certos cabos treinados em passar por cinco, seis, até por mais eleitores diferentes. Os Rochas contratavam-nos. Terríveis, esses vigaristas eleitorais: assinavam tão bem com a mão esquerda como com a direita; e não esqueciam um nadinha da complicada qualificação do eleitor substituído.

Se algum mesário duvidasse, poderia perguntar, por exemplo, ao Calisto Barbosa – o Calistinho Corneta, empregado da sorveteria do Abrão, em São Benevenuto – que a resposta vinha engraxada:

– Sim senhor: Salustiano de Alvarenga; Ambrosino Ambrósio de Alvarenga e dona Etelvina Soares de Alvarenga; Vertentes, Goiás, em 1919; dia 7 de setembro, sim senhor, dia da Independência... Moro na Lajinha – já faz uns três anos que trabalho com seu Epitácio, no engenho de cana... Sim senhor... Pois não... Pois sim... Obrigadinho...

Calistinho Corneta passava pelo Salustiano, por Pedro, por Veríssimo, por quem lhe mandavam passar. *Fósforo* de segurança!

Calistinho Corneta, Chico Preto, o Doquinha do Juca Bento. Do Doquinha, então, contavam horrores; na penúltima eleição – Pereirinha ainda estava com os Rochas – o tipo pintara e bordara. Votou, a primeira vez, barbudo, representando o velho Didico, morto havia mais de ano; fez a barba, deixando o bigode, e foi para outra seção votar em nome de um tal de Carmelita, sumido desde meses; tirou o bigode e, com a cara mais limpa e lavada deste mundo, preencheu a falta de outro eleitor; e dizem ainda que votou mais uma vez, de cabelo oxigenado e cortado à escovinha, substituindo um rapazinho alemoado que viera trabalhar, por uns tempos, na montagem da usina elétrica de Santa Rita.

Mas Pereirinha – inspirador de muitas daquelas patifarias – agora estava do outro lado. E seco por uma desforra.

Do outro lado estavam também a Magistratura, no colarinho alto e engomado do íntegro doutor Braga, e a Força, no elegante uniforme creme do capitão Lemos.

Sim. A lisura do pleito encontrava-se defendida. Nem fraude, nem violências. Bendita tocaia do mato do Corrente!

– Bilico chegou! Trouxe trinta e dois!

Pé-de-Meia entrou correndo na cozinha, dando a notícia:

– Agora só faltam os protestantes!

O café já não conseguia evitar o terrível cansaço que tomara conta de Paulo. O cigarro provocava ânsias de vômito, amargava a boca. Dois dias e duas noites sem dormir! Toda a agitação da semana, as entrevistas, o inquérito, as conversas com o juiz de direito, com o coronel Felizardo, com o capitão Lemos, providências e mais providências... Era de arrasar!

Nem o entusiasmo de Pé-de-Meia conseguia tirar Paulo do profundo abatimento. Físico – e moral também, depois da história de compra dos títulos do Brejal. Respondeu mole, sem vontade:

– A eleição está ganha, Pé-de-Meia. Mas não arreie as cargas agora, tenha paciência. Lembre-se de que a gente pode perder por um voto. E o seu Sebastião, do Boi Solto, por onde anda ele?

– Já votou, na segunda da Intendência. Está ajudando a baldear gente. Vi a dona Maria da Penha na Coletoria: já estava na fila...

Maria da Penha! Nunca mais a vira... A moça mandara-lhe pelo pai as roupas que deixara na fazenda do Boi Solto... Notícia mais nenhuma... Quase quinze dias metido pelos fundos do Bacurizal, Mutuca, Riso – até às beiras do ribeirão das Palmas havia chegado com o Nélson e o Neca Lourenço, a visitar gente, a ajudar ao João Soares, a firmar compromissos... Tinha uma desculpa: Chico Belo trabalhava, corria também o município todo. Depois, então, que o Antero aparecera com a notícia da chegada do doutor Carvalhinho e a defecção do seu Elias, não podia mesmo esfriar. Trabalho brutal, dia e noite a cavalo, metido pelos cafundós dos Confins... Depois, o pessoal do Ipê-Guaçu e de São Benevenuto; as terríveis estradas de carro, a chuvarada que não parava mais...

Paulo levantou-se e pediu a Iaiá do Lucas:

– Tome conta do meu serviço, dona Iaiá. Vou dar uma espiada nas seções.

Encaminhou-se diretamente para a Coletoria. Lá votavam as mulheres. Maria da Penha, letra M. Olhava a lista copiada por Aurélio e que trazia consigo: Maria Augusta, Maria Eleutéria, Maria Eulália, Maria Margarida... Maria da Penha... Maria da Penha de Almeida! Ali estava ela, com o mesmo sobrenome de solteira – ah! o mesmo sobrenome de casada, também: o doutor Luisinho era parente...

Viu-a, logo que entrou na Coletoria Estadual. Os cabelos não mais soltos – trançados e amarrados agora em coque alto; vestido preto, sem disfarce, de gola alta, punhos apertados.

Na sala, apenas quatro ou cindo mulheres. Imprudência, porém, dirigir-se à eleitora, mesmo para um cumprimento formal, ali no recinto da seção. Ela não o vira ainda. Somente quando, ao avistá-lo, o presidente da mesa se levantou, e levantaram-se os mesários, o arrastar de cadeiras fez Maria da Penha voltar-se.

Paulo cumprimentou-a com a cabeça, e ela respondeu, discreta, abaixando os olhos. E deu-lhe as costas, sem a menor demonstração da antiga intimidade. – "Vou deixar a porta do meu quarto aberta... Você vem..." Como sabia disfarçar!

O presidente da mesa ofereceu a cadeira ao deputado, convidando-o a ficar. Paulo aceitou, menos por deferência que pelo desejo de falar com Maria da Penha, depois que ela votasse. Sabia que todos os olhares estavam fixos nele, e por isso mantinha a conversa com o Calimério sem fitar a viúva, para evitar suspeitas. Esperou que o presidente a chamasse:

– Número vinte e cinco!

Viu a moça entregar a senha e receber a lista de votação. Nem se assentou. Assinou com rapidez, a letra deitada, firme, corrida. Devolveu a caneta e encaminhou-se para a cabina.

Vinte e cinco, chamara o presidente da mesa. Vinte e cinco anos? Não, vinte e um, vinte e dois, no máximo. E já viúva, e enterrada ali no Boi Solto, vivendo com o pai a vigiá-la. A fazenda cada vez mais vazia, o Romualdo posto para fora, mais outros empregados, com certeza... Apenas o Veveco e, vez ou outra, para um pouso curto, o Xixi Piriá... A eleição chegava ao fim: mais três, quatro horas, e tudo acabaria. As futricas, os boatos não prejudicariam a mais ninguém. E se Maria da Penha quisesse assistir às apurações em Santa Rita? E se a convidasse, a ela e ao pai? Lá talvez fosse mais fácil – a cidade maior, o pessoal todo da Vila ocupado com a apuração...

Maria da Penha tornou da cabina e depositou a sobrecarta na urna.

O deputado levantou-se, estendeu-lhe a mão:

– Chegou quando, dona Penha? E seu pai? Não pude ainda vê-lo...

– Chegamos há pouco, doutor Paulo. Estamos hospedados na casa da tia Isaura...

Paulo acompanhou-a até à porta. Agora, a iniciativa tinha de partir dele:

– Você compreende, Maria da Penha... os companheiros insistiam, achavam que não podíamos esperar nem mais um dia sem ir ver o Nélson e o Neca...

– Compreendi tudo, sim. Fiquei sentida não...

– Amanhã vamos todos a Santa Rita acompanhar a apuração. Fale com seu pai, vamos também...

Chegava gente. Doutor Bernardino atravessava a rua, apressado, fazendo sinais.

– Não posso nem falar com você hoje... Amanhã ou depois... Vou ficar na Vila mais uns dois ou três dias... Estou na casa da tia Isaura... Vá tomar um café com a gente...

Bernardino, de tão afobado, nem cumprimentar Maria da Penha cumprimentou:

– Com licença. João Soares acabou de chegar, Paulo. Estamos atrás de você. O assunto é urgente...

28

Esvaziara-se mesmo a Vila dos Confins.

Os últimos a deixarem o povoado foram os soldados da Aeronáutica. Lá estavam eles, em frente à Intendência, embarcando na jardineira especial, posta à disposição pelo juiz de direito da comarca. Era o Segundo Pelotão de Combate, sob o comando do tenente Martinho, calado e manso oficial que tão amigo se fizera do padre Sommer – ambos encontradiços, nas horas de folga, na casa paroquial, a cozinhar em água fria compridas e silenciosas partidas de xadrez.

A população da Vila assistia ao embarque. Das autoridades, porém, apenas o padre Sommer e o seu Elias: as outras haviam viajado na véspera, compondo o concorrido acompanhamento das urnas eleitorais. Mas sobrava menino, que nenhum espetáculo agrada mais à criançada: formatura militar – vistosos uniformes creme, armas automáticas a tiracolo e os capacetes brancos e cinza brilhando ao sol.

Da porta da venda do Jorge Turco o deputado Paulo Santos via partir a força federal. Comentava com o Aurélio:

– Precisávamos de uma lei que entregasse à força federal o policiamento das eleições em todo o país. Imagine você o que teria acontecido aqui na Vila, com o capitão Otávio e o sargento Dioclécio manobrados pelo Alcindo...

Lá se ia a Polícia da Aeronáutica, com a partida do Segundo Pelotão. O Primeiro já havia deixado a Vila, nos automóveis que conduziram as urnas. Capitão Lemos, tenente Arquimínio, doutor Braga, presidentes e mesários das seções, todos já tinham ido embora. Doutor Bernardino, Pereirinha e a sua escolada equipe de cabos... Gente do outro lado, também: quase que a lista inteira de candidatos soaristas e belistas.

Paulo dormira como precisava. Não eram ainda oito horas quando se esticou na cama de ferro do Jorge Turco. Com as urnas fechadas e seladas a lacre, e entregues à custódia do capitão Lemos, acabaram-se as preocupações. Havia, ainda, a garantia do doutor Braga: somente depois de conhecido o resultado do pleito é que dispensaria a colaboração da força federal.

Jorge Turco não deixou que ninguém acordasse o deputado. Transmitiria, depois, os abraços de despedida do pessoal. O doutor precisava descansar, depois do trabalhão daqueles dias.

E Paulo pôde dormir como raras vezes o fizera: das oito horas da noite de domingo ao meio-dia de segunda-feira. Dezesseis horas de sono de bicho-preguiça, no escuro e no silêncio do quarto da venda, vigiado e defendido pela energia do Jorge Turco.

O deputado cumprira com as suas obrigações: nada poupara em auxílio dos amigos da Vila dos Confins; inutilizara as bandalheiras do Carvalhinho; a pressão policialesca do capitão Otávio, a força federal liquidara-a de vez; as velhacarias do Juvêncio, doutor Braga pusera-lhes fim, comparecendo à entrega dos títulos e cobrando processos de alistamento sumidos pelo sonso do juiz de paz; as chicanas do Osmírio, o Pereirinha – ah, o leão do Pereirinha! – desmontara-as, obrigando o metido advogadozinho a desenlear outras. Fiscalização como aquela, nunca mais! Nenhum dos especialistas convocados pelo Pereirinha abandonara o posto – das sete da manhã às sete da noite, dia inteiro passado a café e cigarro, grudados às seções, olhos experientes e arregalados.

Paulo trabalhara de verdade. Doente, atacado da terçã maligna, não deixara de fazer uma visita ou um convite conveniente, e tudo a tempo e hora. Sebastião de Almeida, Neca Lourenço, Nélson, Raimundão...

Apenas a compra de títulos não se pudera evitar. O remédio seria comprar também, como o fizeram os liberais, mas onde o dinheiro para atochar no eleitorado do Chico Belo, a quinhentos, a conto de réis por cabeça? Pobre do João Soares... Qualificara, ele mesmo, mais de cem pessoas no Fundão. Contava certo com quase duzentos eleitores, unicamente na sua zona. E apareceu, no domingo, com apenas quarenta e seis... Quarenta e seis gatos-pingados, essa miséria de gente, menos do que o Neca Lourenço, menos do que o Nélson, menos do que o próprio Raimundão. Chico Belo levara a coisa a pique – desmoralizara o concorrente! Quarenta e seis eleitores, o caboclinho saliente que se metia a importante, querendo derrubar o velho predomínio político dos liberais da Vila dos Confins! No Brejal, outro arraso: mais de cinquenta títulos comprados também pelo Pedrinho Belo e pelo Juquinha.

E ainda dizem que com paciência e boa vontade tudo se resolve... Elas! Quem disse que o Chico Belo teve coragem de se meter na zona do Bacurizal, de mandar gente abordar a turma do Neca Lourenço? Pois sim! E a lembrança do garruchão 44 no bucho do Pedrinho Belo? E as conversas de entrar na Vila montado no Chico, barbicacho e rédea curta, roseta nas virilhas? Nada como o respeito: Neca Lourenço, o paulista destabocado e valentão, entrara na Vila com dois caminhões cheios, dando vivas ainda por cima. Sessenta e quatro! E tudo caboclada de chapéu quebrado na testa, gente de confiança.

Coitado do João Soares! Dava pena vê-lo na hora da chegada, com o seu pessoal: haviam acabado com a vida dele, lá no Fundão. Mais de cento e cinquenta títulos comprados ao preço exigido pelo eleitor! Até a conto e quinhentos, como o caso do Isé Baiano... E os adjutórios por fora? Cinco contos recebera o Melanio Benzedor de Bicheiras para convencer a família do Venefredo. E a máquina de costura para a Sinhoca, mãe das três famílias dos pretíssimos e safadíssimos das-Neves?

Mas a cidade tiraria a diferença – jurava o Antero, ajudado pelo Tinoco, tão valorizado agora pela fidelidade dos protestantes. Os protestantes – gente correta! – seis casais, afora a moçada solteira. E tudo numa compostura de fazer gosto: os homens, sérios, de gravata; e as mulheres, de manga comprida, gola abotoada, e discretíssimas meias pretas.

O corgo dos Moreiras desembocava no rio Urucanã, bem menos de meia légua acima do porto dos Confins. Barra estreita, escondida no meio das folhagens e touceiras do barranco. Marcava-a, porém, de longe, o encorpado pé-de-pato – pau raro naqueles sertões, ali nascido e criado por obra e graça de Deus. Esta, talvez, a mais certa explicação para o esquisito daquela árvore crescida em terreno tão malpropício.

Acaba mesmo louco varrido quem se mete a investigar o misterioso destino das árvores. Na insignificante barra dos Moreiras, um pé-de-pato! E solteirão, ainda mais, vivendo em sociedade estranha – povo vegetal de baixa categoria – na arenosa terra branca da beira do Urucanã. Pateiro dos legítimos, irmão ou parente próximo dos vistos e invejados pés-de-pato da terra roxa de Volta Grande ou de Veadinho do Porto.

De onde, como viera, desguaritada, a semente?

Em bucho de peixe morto, boiante e arribadiço, largado a apodrecer no barranco pelas águas retirantes do fim de cheia? Impossível, que eram outras as vertentes: mil cabeças e mil braços tinha o avantajado corpanzil da serra – implacável divisor a impedir o intercâmbio via barriga de peixe da flora ribeirinha. Por terra, viajando nos porões da pança de bicho andejo? Difícil: costuma ser rápida a digestão do animal de pelo, e, de um ponto a outro, media-se o chão por dezenas e dezenas de marchas sol a sol. Nem mula sem cabeça, com o capeta no corpo, chegaria a tempo. Pelos ares, em moela viageira – patão-trombeteiro, quem sabe? Hum, hum! Longe, muito longe, as matas paulistanas do rio Grande... E nas cacundas de redemoinho – viajando engarupada em maluco pião de ventania? Aparecida em fundo de canoa? Esquecida em capanga de garimpeiro? Doente do juízo acaba mesmo quem se envolve em tais indagações. Via aquática, ou terrestre, ou aérea – em que buchos ou moelas ou em que descômodos veículos viajasse – o líquido e certo é que aparecera por ali a semente. E brotara e crescera: e virara árvore corpulenta e sombrosa, pernilonga e ramalhuda, ensinando ao canoeiro onde abicar o bote e encher o cabação de água fresca.

Despretensioso e pacífico, mas teimoso tributário, o corgo dos Moreiras. O rio apanhava caixa e subia, subia, embocando por tudo o que fosse ribeirão confluente e vizinha lagoa – misturando águas, tomando conta da praça, menos – devagar com o andor! – menos do rebelde riacho. O Urucanã engordava, amarelão; estufava os peitos, também, limpinho sempre, o renitente dos Moreiras. Desengordava o correntão, perdendo caixa; esmagriçava-se o córrego, desafogando o capim-navalha das beiradas, voltando à pequenez.

Por isso, e por outra e importante razão – praga de prolíferas figueiras nos barrancos – a especialidade de pesqueiro que era a barrinha embosqueirada. A briga das duas águas – teimoso descedesce, pirracento sobe-sobe; rio para lá, corguinho para cá – atraía os peixes da redondeza, e os peixes passantes também. Os figos, miudinhos e doces, cevavam a lambarizama e a miuçalha dos parentes e contraparentes. Fáceis de apanhar, as frutinhas: na água limpa do córrego, era só fechar os olhos e abrir a boca. O que pingasse...

Além do mais, rio cheio carrega fartura de guloseimas. Rara a folha navegante que não vire asilo de náufragos. Formigões e mandarovás, aranhas e lacraias, piolhos-de-cobra, filhotes de lagartixa, gafanhotos... Muita gostosura de frutinha, muito broto de ramo e muita flor de finíssimo paladar. Ror de bichinhos de asa, mas com as voadeiras barreadas, quando não desconjuntadas de vez. E tudo o que é raça de minhoca – cotós e lombrigonas, magriças ou rechonchudas, molengos fiapos ou encapetadas molas espirais. Muita comida viajando a contragosto, mas viajando, nas frágeis jangadas da folharia rodante e nos desmantelados comboios das afunda-não-afunda touças de capim.

Toda essa comezaina vinha dar no rebojo da barra. Muita coisa parava por ali, agarrando-se ao cipoal das coivaras ou grudando-se à pegajosa escuma da beira do barranco. O bastante para desajuizar filhotes recém-descidos da rasoura das cabeceiras do corguinho. Criançolas sem miolo e levados mais depressa ainda à desgraça pelo mau exemplo da suicida esganação dos peixotes de chave.

Com o canoão de mangue-verdadeiro acorrentado ao tronco caroquento do solteiro pé-de-pato, os dois pescadores continuavam em silêncio. Pensavam – ocupação de todo piraquara, caboclo bagreiro ou carretilheiro pedante. Pensavam e vigiavam as varas, olhos na pontinha sensível do cabresto. Calados, agora, mas já haviam conversado, discutido e brigado muito. Arrufos sem importância, porém, que amigos eram de fato aqueles dois: o padre e o deputado.

Paulo continuava imaginando coisas. Na água limpa, os pequenos, os fracos, os imprudentes: a comida. Na água suja, os grandões, os malvados, os velhacos: a fome.

No córrego, a miudeza: aracus – toda uma coleção de tintas e desenhos, desde o tinga branquelo ao mimoso aracu-pintado; piabas e lambaris – o chique é usar o rabo pintado de cores vivas – de mil alcunhas e mil origens; timburés e taguaras, piabanhas e pacus; e os elegantes ferreirinhas, da nobre família dos Ferreiras – brasão de listras escuras no lombo e donairoso carmesim nas nadadeiras da barriga; e muitos outros petizes e piquiras, filhotada e gente adulta – e nem por isso menos miúda – a empanturrar-se de comida, à beira da morte certa e tocaiada nas sombras pardo-escuras do rio grandalhão.

Esse, o povinho nanico que enxameava a barra, na zona da água represada e limpa. Na zona fronteiriça – do outro lado – reunia-se a corja; assassinos todos eles, comedores de filhos e parentes, facínoras da pior qualidade.

Dourados. "*Salminus brevidens*, da bacia do São Francisco; *Salminus maxillosus*, das vultosas e espraiadas águas do Prata; ambos da subfamília *Salminae*, caracídeos carnívoros e vorazes..." Latinório do Rufino... Mas o professor tinha lá as suas veias de patriotismo. Um upa para demovê-lo do "irrevogável pedido de demissão" de presidente do Conselho Deliberativo da Confederação dos Clubes de Pesca do Vale do Pariri. Tudo por causa da proposta rejeitada pela Assembleia Geral no sentido da oficialização de novo nome para o dourado: PIRAJU, o mais sonoro e expressivo da etimológica série indígena: *pira-iú*, *pira-uvu*, *pirajuba*, *piraju*...

Traíras – os feios e repelentes trairões: hienas de tudo o que é água doce, estancada ou corrente; urubus comedores de qualquer qualidade de carniça. Ou, senão, os dois repugnantes fundidos num bicho só: urubu-hiena. Traíra... E ainda há gente que coma essa peste!

Piranhas – ah, as piranhas: flagelo máximo das águas. Substituam-se por cento e quarenta e quatro navalhas a grosa de dentes da máquina elétrica de cortar cabelo, enfileirem-se essas mecânicas monstruosidades em disciplinada formação de brigada de assalto, e solte-se a legião desses vivos e medonhos aparelhos, todos a funcionar num tempo só – pálida ideia de um cardume de piranhas...

E mais: tabaranas – especialistas em ataques de superfície, e bicho de paladar delicado: comida, só se forem piabinhas, e os lambaris-do-rabo-amarelo, lambaris-do-rabo-verde, lambaris-do-rabo-vermelho, lambaris-do-rabo-maravilha...

E mais, e mais: pacuaçus, piaus-de-três-pintas, matrinxãs...

E no fundo? Ah, no fundo! Lá estão eles, os peixes de couro, grandalhões e bigodudos: mandijubas e cascudões; pacamãos, feiosos e sempre taciturnos; surubins, abotoados, jaús. Preferem o chão lamoso, contentando-se com as sobras do banquete. Dos andares superiores do rio – principalmente do último andar – descem rabos e cabeças, taludos nacos de peixinho tesourado pelas bocadas de má pontaria. Mas vêm também, e não raro, peixotes inteiros: aflitos mergulhos à procura de refúgio na emaranhada galhaça e no espesso colchão de folhagem podre. Coitados! Escapavam da foice, caíam no machado; um chupão, apenas, do peixe de couro: e lá se vai a desinfeliz da piabinha, escapa dos dourados e tabaranas, acabar-se em outra pança insaciável...

A tarde já esticava a sombra do pé-de-pato bem para lá do meio do rio. Regressavam às casas, na ramaria do mato, bandos de passarinhos. E também os casais das aves honestas, as de um marido só e de uma mulher só.

Na proa do canoão de mangue-verdadeiro, Paulo fumava, cansado já de vigiar o caniço e de recolher a linha de aço para substituir a isca. Velhacos andavam por ali os dourados, ariscos, já, por causa do Gerôncio e do padre Sommer, velhos frequentadores do pesqueiro.

Paulo caprichava na isca – piaba ou piau-de-uma-só-pinta, ou mesmo um elegante canivete. A fisga atravessada no lombo do peixinho, por baixo da nadadeira dorsal, sem ferir partes perigosas. Linha sem chumbada, para que o infeliz ajoujado pelo cangote pudesse nadar com mais desembaraço. A isca viva nadava em largos círculos, bem no centro da fronteira das duas águas: ilusão perfeita, a mexer com a esganação dos canibais. E... nada!

Porém as iscas eram comidas. Roubavam-nas, os malandrões, atacando por baixo, bocando-lhes a barriga, a cauda, a cabeça. Conheciam o anzol e sabiam como evitá-lo. Rufino é quem estava com a razão: burro é quem pensa que peixe é burro...

Acabada a eleição, João Soares eleito prefeito municipal, os companheiros mandando no município! Mês de dezembro, que pena... Época boa para trazer outra vez o Rufino seria em outubro, novembro, começo das primeiras chuvas, logo que as águas principiassem a amarelar. Igual à primeira vez, quando chegaram os dois, ele e o Rufino, ao porto... Mas como passava o tempo! Quem poderia supor que ele, Paulo, aparecido ali na Vila dos Confins para servir de companhia a Rufino, em busca da barra do Pretinho, tão falada pelo Zé Garricha, ainda acabasse como acabou, figura principal dos acontecimentos mais importantes do povoado... João Soares candidato a prefeito, a tocaia do mato do Corrente, intervenção federal! E ele ali, de novo, caniço de bambu-jardim na mão, pescando nas mesmas águas do rio Urucanã... Jorge Turco, Antero – sempre o mesmo, quase não mudara, o Antero! – a Ambrosina, o Gerôncio... O primeiro almoço na cozinha do Jorge Turco... O Rufino, de camiseta e calção verde-garrafa, já meio tocado pela pinga velha do Bilé – até hoje o Jorge Turco guardava algumas garrafas – a fazer discurso na cozinha: – "Com o sol a pino, seu Gerôncio, peixe de responsabilidade não vem ao anzol. Hora boa é de manhãzinha, até às nove; e lá pelas quatro, até à noite. Boa mesmo é quando o sol começa a se esconder, derretendo-se no rio, tingindo a água de cor-de-rosa. Depois há a beleza do entardecer, a paisagem – mais arte, mais poesia..." E a cara espantada do Gerôncio, a atenção da Ambrosina – até a negra gostava do palavrório do Rufino – a paciência do Jorge Turco... – "À tarde, seu Antero, principalmente à tardinha, é que se fisgam os grandes peixes. Peixe adulto não se arrisca com o sol a prumo, por causa da transparência da água; não se expõe. Nem se ilude mais com esses engodos comuns. O peixe experiente já os conhece: sabe que na ponta daquele cipozinho brilhante e fino, que parece tão inocente, está escondido o ferro do anzol, guardado nas tripas do piau ou da tentadora sardinha. Inventou-se então fisgar a isca por baixo da nadadeira dorsal, deixando-a viva. Resultado no começo – mas com o correr do tempo os peixes foram aprendendo também, e hoje já é sistema fora de moda..."

– Olhe a sua isca, Paulo – padre Sommer interrompeu os pensamentos do deputado. – Assim você não pega mesmo nada...

– Foi pena você não conhecer o Rufino, padre. O pescador mais científico que conheço. E cheio de invenções gozadas. Para cevas assim, inventou a tal pesca à ratoeira.

– Ratoeira?

– Ratoeira, sim: dessas grandonas de pegar gambá e raposa. Prendia o cabo da vara-de-espera na mola da armadilha e armava-a envergando a vara com uma cordinha que ia da ponta até à peça que faz a ratoeira disparar quando se cutuca ali. O peixe bocava a isca e, na corrida, envergava mais a vara, bambeando a tal pecinha... E era uma lambada de arrancar o queixo da piapara ou da piracanjuba que caísse na besteira de ferrar a isca. "Zagaiadeira automática" foi o apelido que o Tuta, outro companheiro nosso, botou na invenção do Rufino...

– Mas devia dar certo...

– Dava, sim. E o foguete atira-isca também. A gente ria, amolava o Rufino com piadas, inventava anedotas, mas o certo é que o ladrão pinchava a linha-larga dele para lá do meio do rio Grande, a isca pendurada no rabo dum daqueles foguetões de vara...

Ninguém mesmo igual ao Rufino! Aquela aula que ele dera na cozinha do Jorge Turco, aquilo já fora contado e recontado, tinha passado adiante, virado história clássica em todas as turmas de pescaria. Paulo incumbira-se de divulgá-la. Decorara o discurso do Rufino, reproduzia-o sem omitir uma única palavra... Atenta, a roda na cozinha do Jorge Turco: o vendeiro, a Ambrosina, o Antero, o Gerôncio, e ele, Paulo. O Rufino, de pé, agora, à cabeceira da mesa, pontificava: – "Aprenda isto, seu Gerôncio: velhacaria é no reino das águas, uns se defendendo dos outros, desde o dia em que nascem. Quem não aprende essa regra acaba no bucho dos mais espertos. Peixe é bicho muito inteligente: inventa modas, muda de cor para se confundir com o lodo do fundo, fabrica e esparrama em volta tinta escura... São uns sabidões, seu Gerôncio. Burro é quem pensa que peixe é burro... E quem aprende essas malícias não passa a descoberta adiante. Nas águas, seu Jorge, não há desse cavalheirismo dos homens, não senhor. O primeiro trabalho do peixe, mal nasce e abre os olhos, é o de se defender dos pais – da mãe, principalmente – que começam a comer a ninhada, um por um. Vou-lhes contar um caso. Certa vez, ferrei nas corredeiras do Arapuá um dourado dos seus três palmos e tanto – um animal! Ferrei com vontade: o bicho saltou, saltou, lutou, lutou, mas fui enrolando a carretilha, e ele teve mesmo que se entregar. Eu ia puxando, o dourado resistindo, mas já no último furo da defesa, procurando pedras onde enroscar a linha, metendo-se no meio da água-braba. Mas o fio de seda vinha enrolando, enrolando o bravo caracídeo... O dourado vinha vindo, vindo, escondido na corredeira, lutando com valentia. De repente, senti que acontecera alguma coisa: o peixe começou a resistir de maneira nova, diferente. E saltou outra vez – impossível aquilo! Um baita de peixe, já vermelho de tão erado! E meteu-se de novo na corredeira, mais violento que antes. Minha cabeça trabalhava com rapidez, revendo casos, tentando encontrar explicação para aquele mistério. A linha ia rebentar – esse, o meu medo. E linha de sessenta libras, seu Paulo, daquelas que o Lúcio me trouxe da Europa! E a vara também, virando bodoque... Mas esqueci tudo, linha e vara, e fiz força, insisti, enverguei ainda mais a vara – fosse tudo o que Deus quisesse! – e dei o arranco definitivo. O dourado foi planchear mesmo na prainha de areia. Você conhece o Mauro, aquele professor de inglês do Colégio Estadual? Ele estava comigo. Foi quem correu para a praia e me gritou: – "Rufino! Rufino! Corra aqui! Barbaridade!" E o professor calou-se. Até a Ambrosina parara com as resmungações e largara de arear as panelas. Gerôncio, esse parece que até branqueara, de tão extático, eletrizado. E Rufino esperou o tempo exato, antes de recomeçar: – "Barbaridade mesmo! Eram dois dourados. O menor, o primeiro, tinha sido fisgado pelo anzol, e o maior estava com a metade do corpo do outro engasgalhada na garganta. Aproveitou-se da desgraça do companheiro e atacou para comê-lo!" E Rufino, de pé, arrematou: – "Como eu lhes disse, a regra é a do mais forte, do menos escrupuloso. Passam fome, os bandidos, durante o dia, mas prolongam a vida deixando de correr riscos. Você, seu Paulo, com essa eterna cara de descrença, observe um fato: por que é que é que só à noite se pegam os maiores dourados nas linhas-largas? Você se lembra daquelas campainhas de cincerro que eu colocava na ponta das minhas varas de espera? É que eu desejava saber a hora exata das ferradas. Passei muita noite em claro, seu doutor, mas hoje sou autoridade no assunto..." Nem um catedrático encerraria mais solenemente a aula inaugural da sua universidade. O professor virou-se para Jorge Turco e perorou: – "Se o senhor me der licença, vou-me encostar um pouco naquela rede ali, até a hora do peixe. E pode convidar os seus amigos da Vila para hoje à noite. A ceia corre por minha conta: o *menu* vai ser dourado – *salminus* ao forno, com rodelas de limão-galego. Um grande prato!"

Tantos anos, já! Voltaria à boa vida de antigamente, seria possível recuperá-la? – pensava Paulo Santos. Não, as responsabilidades aumentavam, seu trabalho político tornava-se cada vez mais intenso, sua zona de ação ampliava-se. Mais três municípios, agora; três, não: quatro. A oposição de Santa Rita escolhia-o também para chefe; aqueles dias que ficara hospedado em casa do doutor Bernardino proporcionaram-lhe contatos com todo o pessoal contrário aos Rochas. E, parece, haviam gostado mesmo dele, prometeram-lhe até futuro apoio... Formidável, a ideia da tocaia do mato do Corrente!

O deputado ofereceu cigarro ao padre. E puxou briga, outra vez:

– Olhe o cigarro, padre. Então você continua achando que não andei direito... Pois eu só reconheço um pecado em tudo isso: o de não ter-lhe contado o que pretendia fazer. Mas pergunto-lhe: você concordaria com o meu plano?

Padre Sommer aceitou o cigarro e acendeu-o:

– A mim você não enganou. Só faltou contar o que ia fazer na hora em que saiu de viagem, lá na venda do Jorge Turco. Desconfiei de que você armava um plano qualquer e vi tudo claro quando a notícia chegou. Conheço a pontaria do Filipão, e se fosse mesmo ele quem tivesse atirado na camioneta, você não estaria aqui, agora, com esse ar fingido de arrependimento, falando em remorsos. O Filipão, Paulo, não erra pratinha de quinhentos, pinchada no ar. Isso, de revólver... De carabina, já o vi atravessar fundo de garrafa sem a bala raspar no gargalo. O Filipão errar tocaia? Só os trouxas vão nessa conversa!

Paulo riu e justificou-se:

– Que outra solução tinha eu, padre? Se não houvesse motivo sério, você acha que o doutor Braga iria requerer força federal? Acha que eu teria mobilizado a Assembleia e a Câmara, e interessado o próprio presidente da República? Tiraria daqui da Vila dos Confins aquele bandido do capitão Otávio e a sua jagunçada? Teria amedrontado o governador e o seu imoralíssimo secretário? Você é testemunha do que estava para acontecer; viu o que a polícia pretendia, as barbaridades que já se praticavam...

– Mas se o Filipão for preso? Vai sofrer por um crime que não cometeu. Preso e condenado, pagará pelo que não fez. Não atirou na camioneta atentando contra a sua vida, esta é que é a verdade.

Paulo interrompeu o padre Sommer, para rebater:

– Ora ora, seu padre! Pagar pelo que não fez, essa é boa... Aquilo é bandido da pior espécie. Ele, o Chico Belo, toda essa corja de assassinos soltos por aí. E o Lupércio? E o Rivalino? Mortos barbaramente, a mando do Chico Belo, e por quê? O primeiro, porque discutiu com o filhinho do papai; o segundo, porque cobrou do patrão uma conta que este lhe devia... Não terei um minuto a menos de sono, se a polícia pegar o Filipão, lhe meter a borracha sem piedade, obrigá-lo a confessar todos os crimes passados e impunes, e lhe assentar trinta anos no lombo. E o Chico Belo, também, mandante dessas mortes, protegido pelo dinheiro e pelo governo! Digo-lhe mais, padre: foi o Filipão que esteve no mato do Corrente, na noite do Clodoaldo e do Mingote. Se não atirou, atiraria – você sabe disso – se o automóvel fosse o meu. Já há declarações, constantes do processo, de que o próprio Filipão, na fazenda do Honório Vale, no dia seguinte ao acontecido com o viajante, se gabava de não me deixar escapar da próxima vez, que de outra eu não me livraria. Se não me conseguiu matar naquela noite, o azar foi dele. Mas vai pagar pela intenção. Ou intenção não é crime? Responda, por favor...

Padre Sommer não respondeu de pronto. Estava acabando de iscar o anzol com um taludo pedaço de muçum. Chegava a hora dos surubins. Mas, depois que atirou a linha quase no meio do rio e apoiou a vara na borda da canoa, falou seguro:

– Não compete a você nem a mim julgar. O problema é outro: você mentiu, aproveitou-se da condição de deputado federal... Se a coisa é tão clara e inocente como você diz, por que é que você não confessa publicamente o que fez? Por que não declara ao juiz que a tocaia foi fingida, e que tudo não passou de um truque para trazer a força federal para a Vila e chamar a simpatia sobre você e os seus candidatos? Por que me veio contar essa patifaria aqui no corgo dos Moreiras, escondido, sem que mais ninguém ouvisse, depois do caso passado e sem mais jeito de evitar? Por quê? Se você é tão santo assim, não esconda mais o fato, não oculte mais a verdade... Por quê, seu anjinho de asas?

O deputado Paulo Santos não respondeu. Se o fizesse, talvez tivesse ficado a discutir com o padre o resto da tarde e a noite toda. Em vez de responder, levou à boca o dedo esticado pedindo silêncio.

Chegava um canoeiro. Ouvia-se, claramente agora, interrompido o vozeirão do padre Sommer, o batido manso dos remos na água. Paulo conheceu aquele remar macio e jeitoso, e o barulho familiar da lata de esvaziar a canoa, rapando-lhe o fundo. Era o Gerôncio, a subir o rio, beiradeando barranco por causa da correnteza. O balseiro foi dando a notícia:

– Sabe quem está no porto, doutor? É o seu Nequinha Capador, vindo do Boi Solto. Trouxe um gadão... Como é, ferraram algum dourado?

– Um só, pequeno. Está dando é muita tabarana, mas tudo numa velhacada de fazer raiva. Então o Capador está no porto? E o nosso pessoal, já voltou de Santa Rita? Veio alguma notícia da apuração?

Gerôncio amarrava a corrente do bote na ponta de um cipó, preparando-se para matar também o viciozinho. Respondeu:

– Por enquanto, ninguém, compadre, ninguém voltou ainda de Santa Rita. Quer-me arranjar um pedaço de muçum, seu padre?

Gerôncio enfiou o rolete carnudo e sangrento de cobra-d'água no anzol fundo-de-agulha. Enrolou cuidadoso a corda em laçadas amplas e enfiadas no braço esquerdo. De pé, no meio do bote, girou por sobre a cabeça, em muitas e enérgicas voltas, o metro e pouco da ponta de linha-larga. E soltou-a. Golpe bem calculado, que a linha-larga se desenrolou toda no braço esquerdo estendido, e o engodo foi cair longe, quase no outro barranco do rio.

O preto sentou-se no chão da canoa, tirando a garrafa de pinga da capanga ensebada; a garrafa e a cuia de coco-da-baía. Bebeu o gole avantajado e ofereceu:

– É do Barbosa, compadre Paulo. O senhor não aceita, seu padre?

Nem Paulo nem o padre Sommer aceitaram. Olhos presos na pontinha do cabresto, ambos vigiavam. Agora, a sombra do pé-de-pato tomava conta de toda a largura do rio, o sol projetando-se quase em horizontal por sobre as águas sujas do Urucanã. Aquela, a hora de peixe grande, como dizia o Rufino. Era só esperar...

29

À NOITE, O DAÍCO CHEGOU À Vila com a notícia: começaria no dia seguinte, ao meio-dia, a apuração das urnas. Doutor Braga assim o resolvera, atendendo à impaciência das duas facções políticas do povoado. E o chofer contava mais:

– Em Santa Rita só se fala na nossa eleição. Mas ninguém aposta uma garrafa de cerveja. O pessoal do Chico Belo garante a vitória, e o nosso também. Uns dão cem votos de lambuja a favor do Chico, outros dão cem votos a mais para nós. Eleiçãozinha apertada! Mas amanhã de tarde acaba a dúvida. João Soares mandou avisar ao senhor que lá pelas nove, dez da noite, devem estar chegando de volta com o resultado.

Daíco estava com a razão. Imprevisível o resultado daquele primeiro e barulhento pleito da Vila dos Confins. De todos os novos municípios, o antigo e desconhecido distrito de Santa Rita ocupava o primeiro lugar no interesse público do estado. Também, com aquela propaganda... E nem por isso: o eleitorado fora de apenas oitocentos e setenta e nove votantes.

Oitocentos e setenta e nove eleitores do sertão dos Confins. Gente da Vila, gente das roças – Mutuca, Carrapato, Riso, Brejal... Bacurizal, serra do Sono, Boi Solto, Capivaras... Gente do Fundão, gente do Brejo Seco, gente de Água Limpa... Oitocentos e setenta e nove!

Meses e meses para se qualificar todo aquele povão. Antes, apenas o prático e paciencioso Pé-de-Meia, a correr fazenda por fazenda, biboca por biboca, catando um a um os moradores do dilatado município. De um rancho a outro, nunca menos de duas, três léguas. E trabalho feito a pé, raros trechos de estrada vencidos a cavalo, raríssimos em garupa de jardineira ou caminhão. Caneta, tinteiro, papel almaço – novidade naqueles fundos. Mas Pé-de-Meia era uma preciosidade: nem um isto de afadigado ou de implicante, e jamais saía sem o requerimento, todo de acordo com a lei. E correto: fosse outro, não recusaria a proposta do Chico Belo, feita na presença do secretário dos Negócios do Interior. Além de Chico Belo e Carvalhinho, ninguém mais assistira à conversa, mas o que o Pé-de-Meia contara ao Antero bem que parecia ser verdade. O cabo alistador estava na Vila quando o secretário chegou no aviãozinho vermelho. À noite, o Alcindo da Coletoria fora buscá-lo em casa, a chamado do doutor Carvalho de Meneses. Que recurso senão ir? E os dois se fecharam com ele na sala de visitas e foram entrando logo no assunto: passasse para o lado dos liberais e levaria vinte contos – indenização das despesas que já havia feito – e mais vinte mil-réis por título novo conseguido por ele. E, depois da eleição, um emprego de fiscal na Prefeitura. Mas Pé-de-Meia pediu um prazo para pensar: precisava consultar a patroa, o sogro... Tapeação: foi mas foi quente contar o negócio ao Antero, que achou de recompensar a lealdade do Pé-de-Meia com a garantia de igual vantagem: vinte contos logo que o doutor Paulo viesse, e a promessa do lugar de fiscal, se o João Soares ganhasse. E ele, Antero, do bolso dele, ainda gratificaria o cabo com um bom achego! Mais vinte contos a desfalcar a magra caixa do partido! Mas que valeram, pois o Pé-de-Meia, se antes já era aquela especialidade de sujeito, mais esperto e incansável ficou: um azougue, o cara de cutia! O serviço de qualificação não poderia render além do que rendera: mais três auxiliares o partido deu ao Pé-de-Meia, pagos cada um a quinze mil-réis por eleitor alistado; vinte por cabeça, ao todo, porque o Pé-de-Meia levava cinco para superintender o serviço.

A briga eleitoral pegou fogo. Eleitor novo, eleitor certo! De um lado e do outro, improvisaram-se qualificadores. O sertão foi vasculhado, cabeceira por cabeceira, grota por grota, beira de corgo por beira de corgo. No paiol do cartório eleitoral, empilhava-se a colheita: requerimentos, certidões de idade, atestados de residência...

Na cozinha da venda, Paulo conversava, recapitulando os sucessos da eleição. Roda pequena, que quase todo mundo viajara para Santa Rita. Dos candidatos, apenas seu Sebastião e Neca Lourenço haviam ficado. O Neca, esse já se considerava eleito e continuava na provocação aos liberais. Sempre vinha um ou outro trazer novidades do paulista: – "Seu Neca está no largo da igreja... Se algum liberal passar perto da rodinha que ele fez, é capaz até de sair morte..." Saía morte nada! – o homem, com aquele corpo e rompante, impunha mesmo respeito. Passara, pouco antes, pela venda, e bulira com Paulo: – "Me falaram que a gente tem de chamar os vereadores de Vossa Excelência... Na primeira reunião da Câmara, vou acabar com a moda: adversário comigo é de ladrão pra baixo! Chamar essa cambada dos Belos de Vossa Excelência... pois sim!" Brincadeira do Neca, todo mundo sabia. Mas que o fazendeiro do Bacurizal ia dar trabalho, isso ia! Paulo, Aurélio, Jorge Turco e Xixi Piriá, essa a roda armada na cozinha. A Ambrosina não contava – sempre resmunguenta, a mexer no seu fogão, a coar café a todo instante.

– Oitocentos e setenta e nove. Pelas contas do Antero e pelas minhas, trezentos e vinte e tantos eleitores nossos, das roças. Os liberais não trouxeram mais que uns duzentos e cinquenta, duzentos e oitenta no máximo. O resto, pessoal da Vila. Aí é que pega o carro – eleitorado consciente! Votaram em nós, votaram neles? Se os cálculos do Antero andam certos, João Soares e o seu Sebastião se elegeram. Maioria da Câmara, também nossa. Mas, pudera! Você sabe do total das despesas, Jorge Turco?

– João Soares foi quem tomou conta do caixa. Mas a festa não vai ficar em menos de trezentos contos. Nos últimos dias, o senhor viu: todos nós tivemos de reforçar o bolo.

Paulo continuava falante, animado:

– E o que gastaram eles? No mínimo, uns oitocentos ou novecentos contos. Tudo a peso de dinheiro: no Nélson, só de títulos comprados, uns cinquenta contos; e no Fundão? Quase que acabaram com o João Soares! Quase que o pobre deita com as cargas de uma vez. Chico Belo começou pagando os títulos a quinhentos, depois a seiscentos, a oitocentos, a conto de réis... E emprestou dinheiro, abonou gente, comprometeu-se até os cabelos. Com os eleitores dele, então, é que a despesa não deve ter sido pequena. Não ficou um sem votar. Houve alguns, que eu sei, mandados buscar de automóvel em lonjuras de mais de vinte léguas! Eleição como esta, nunca vi... Mas amanhã a gente já vai dormir sabendo do resultado; não adianta ficar fazendo mais contas.

Paulo tinha o que fazer, porque se levantou, chamando os companheiros:

– Vamos até à casa do padre, pessoal. Quando o alemão está de veia, prosa como a dele é difícil. O Nequinha Capador deve estar por lá também, que combinamos. Já viram que beleza ficou o couro da onça-preta?

Roda formada outra vez, agora na casa do padre Sommer. E roda grande: quando Paulo e os companheiros chegaram, ali já se encontrava o Nequinha Capador com o Vigilato Capataz, e mais o Cordeirinho, presidente da Liga. O Crispim, esse não largava mesmo o padre hora nenhuma.

Mas não se tocava em política. Nem adiantava – como Paulo dissera a sorte já tinha sido lançada e o resultado do pleito nada mais poderia alterá-lo, guardado como estava pela Polícia da Aeronáutica – nem padre Sommer consentiria. O homem era intransigente: era sacerdote e, além do mais, estrangeiro, alemão.

O padre trouxera o couro da onça-preta. Encolhera um pouco depois de seco ao sol: quinze palmos e coisinha, do focinho à ponta do rabo. Contra a luz do lampião de querosene podiam-se ver as pintas. Onça-preta, pintada de preto, como de fato dissera o padre. Jaguarana-pixuna, da raça já quase extinta do terrível jaguar das furnas do alto Tocantins!

Uma história puxa outra, e, como Paulo era o que mais falava, o assunto foram só as pescarias. E na casa do padre Sommer, em matéria de bebida, não havia apenas o vinho doce e sem graça que ele usava nas missas. Para os amigos sempre havia garrafinha ou outra, e empoeirada, da pinga do Bilé – não a pinga nova de hoje, mas a antiga, a fabricada ainda nos bons tempos do alambique de barro. Roda de caçador e pescador, num começo de noite, sem ninguém com doença em casa ou outras obrigações urgentes, é roda que acaba durando a noite inteira. Com a pinga velha do Bilé então...

– Conte aquela pescaria do Rufino, Paulo. A do dia em que vocês chegaram aqui na Vila dos Confins. Mas comece do comecinho...

– O Jorge Turco é que sabe contar a história – Paulo respondeu. – Foi ele quem deu o banquete... Até discurso houve...

A chegada de Paulo e Rufino à Vila dos Confins acabara mesmo em acontecimento importante. Não tivesse o Gerôncio a ideia de levá-los à venda do Jorge Turco, e talvez que fosse outra esta história. Mas o Rufino agradara tanto, e pusera tal encanto nas conversas da hora do almoço que o Jorge Turco mandou arrumar para as visitas, que caiu de uma vez na simpatia do vendeiro. Não tivera o Rufino segunda intenção quando disse, depois do almoço, entusiasmado pelas perspectivas da pescaria de dourados já marcada para a tardinha: – "Pode convidar os seus amigos para hoje à noite E tudo por minha conta." Nem Jorge Turco se ofendera: espontânea e imediata a resposta que deu ao Rufino:

– A festa é minha, que o dono da casa sou eu. E é com o maior prazer deste mundo!

E foi um festão.

Logo que Paulo e Rufino se esticaram nas redes, para o sono comprido até à hora do peixe, começaram as providências:

– Vá buscar a Rosa e a Ritinha, Gerôncio. Enquanto isso, vou atrás da dona Castorina.

Dona Castorina veio e assumiu o comando da cozinha, de óculos e avental. E trouxe a Iaiá. Dona Castorina do seu Lucas e a filha: duas joias! A moça, então... – enérgica, falante, cheia de expedientes. E nada boba, não: dois moços de fora, sem alianças...

Duas dúzias de zigue-zagues de carteiro – atravessa, desatravessa, atravessa a rua outra vez – e o vendeiro convidou toda a Vila. Daí aquele povão entupindo a sala, a cozinha, o quintal. Pessoa estimada, o Jorge Turco.

Depois, havia outro motivo: Rufino fizera sucesso na exibição da barra do Pretinho. Entusiasmara mais que artista de circo. E aquela delicadeza, aquela simplicidade, apesar do palavrório... E que mestre em matéria de pescaria! Deixou todo mundo embasbacado.

Em terra de pescador, o caso não era para menos.

Lugar beira-rio – e rio piscoso, da marca do Urucanã – acaba viciando o pessoal. Que outro divertimento? E diversão rendosa, de sustância: um surubim dos médios – dez, quinze quilos – bem que dá comida para um punhadinho bom de gente. E o rio está ali – é só ir buscar.

Por isso, a praga de piraquaras: tudo o que é homem e mulher e criançada. Duvidam?

Fins de cheia. As águas começam a baixar, correndo ao contrário, rumo à caixa mestra de onde vieram. O rio desincha, pegando de traição a peixaria desprevenida que ficou pastando o capim das vargens. Água decide rápido: ou segue viagem com o rio, ou aquieta no lagão. Tomado o partido, babau – secou-se o caminho entre os dois. E agora? Assim de peixe preso, na desconsolada esperança de nova enchente. Mas essa não vem mais, não. Só para o ano.

Vem outra coisa. Se tem nome de batismo, ninguém sabe. Casou-se com a Rosa do seu Raimundo e virou Dico da Rosinha, moreiro no Capão do Ingá.

De tardinha, na véspera, o Dico andava muito ocupado em afinar um sabugo de milho que a mulher lhe pedira para arrolhar a garrafinha de pimenta. Parou o serviço e olhou para o céu: o rufe-rufe cansadão era de socó, e o rumo, o buritizal da lagoa. Acompanhou com a vista o passarão, que é mesmo divertido um socó voando, e deu com a nuvem de garças abicadas nos mangues do resfriado.

Novidadeiro que só, espalhou a notícia:

– A peixama enchiqueirou na lagoa do seu Mundo. Está assim de garça e jaburu!

E o convite, também:

– A gente faz dia santo. Tinguijada, pessoal!

A farra principia cedo. Primeiro, o cipó venenoso socado a porrete até virar bagaço de cana, e jogado, depois, na lagoa. Peixe que não morre, tonteia. E tome cacete! Tudo quanto é mulher, de saia arregaçada. O pega dura o dia inteiro, emboca pela noite. Cachaça e peixe frito na hora, sanfona, viola – pagode. É divertido ou não é?

Essa, a pescada de tingui. Bem diferente, a bundada.

– ?!

Bundada, sim senhor. Lá em-vem a canoa, no escuro, descendo de roda. Mansinha, mansinha... Na popa, o piloteiro; na proa, o piraquera. De repente, pluf! O que foi? Chuvão de peixe caindo, enchendo a canoa. Mais perto, agora, que o bote continua rodando, rodando... Vê-se bem o piloteiro, vê-se o outro assentado na proa. E é este quem se levanta, ligeiro, e bate com o assento no fundo: plof! Mais peixe despejado dentro. E outra vez – bundada de novo – e mais outro cardume na capanga. Pescaria de promombó – alguns chamam. Promombó ou bundada, é a que traz mais proveito, dês que se descobriu que peixe é um povo fácil de levar susto.

Muitos outros sistemas, ainda. Gente velha, pacienciosa, essa já gosta mais de vara de anzol; vez na vida, uma pinda, vá lá uma linha-larga... Isso, modas de velho barranqueiro, que os de canoa apreciam outras tretas: sondá e cabaça, principalmente. No sondeiro, a anzolama encastoa-se em fieira, tudo iscado de minhoca e pedacinhos de muçum; e a corda corre livre no oco da chumbada grossa, de mais de quilo.

– E na cabaça?

Muito mais divertido! O anzol já vai encabrestado no pescoço da cabacinha. No meio do rebojo, a gente solta um lote delas e vai esperar o resultado, um estirão rio abaixo. Lá vêm as bichinhas... Oi, afundou! Boiou de novo, a danada! Olha a outra lá em cima – lá vai ela, subindo o rio... E peixe grande, que sobe de toadão!

Raça de pescador parece raça de lambari: acaba mais não. Espinhel, rede de malhar e de arrastão, tarrafa, rede de estiva: ferramenta de gente ambicioneira, que não se contenta com pouco. Fisga, zagaia, flecha, facão: tralha dos valdevinos, de povo cachoeireiro – peste de beirada de ferrador. É aí que se instalam: espremida na passagem apertada da corredeira, sobe a procissão da peixada adulta, rumo à desova. Carniça de juntar urubu... Ruindade!

Covos, paris, pescaria militar...

– ?!!

É, há dessa, também! Lá está ele, o cabo Benedito, comandante do destacamento. Amontoado na forquilha da gameleira, fuzil apoiado no galhinho da frente. Embaixo, água rasa, lugar empedrado. Vem vindozinho o cardume, distraído, avoado – família de pacu-prata. E o praça, de cima do pau, prega fogo. Nem aponta, que não carece – o estalo da bala na pedra é o bastante: vira tudo de bucho para cima. E é cada rodeira de peixe!

Mas, como toda história, por mais comprida que seja, tem sempre o seu fim, aqui está, por derradeiro, o caso do sem-paciência. Com esse, a coisa é de carreira, que gosta de pouca ou nenhuma conversa. Chega à beira da água e, mal assunta, decide. O importante é saber para onde puxa mais a corredeira – coisa, aliás, sem grandes mistérios. Decidiu, escolheu. Na capanga, o fala-a-verdade. Aproveita o toco de cigarro, acende o pavio e pincha o estrondo na água. Pum!

Logo embaixo, a rasoura. A correnteza carrega a desgraceira que a dinamite aprontou. Mas o sem-paciência é miúdo e não vai com serviço pesado: aparta a cabeceira da defuntada – dois, três quando muito. Para que mais?

– E o resto?

O resto, piranha come...

Compreende-se, agora, o sucesso do Rufino, chegado de fora para desafiar tantos especialistas. E, depois de contado o acontecido, mais fácil ainda a explicação.

A coisa começou às quatro, quatro e pouco da tarde. Na barra do Pretinho, ror de gente chegando, muitos de canoa, a maioria de a pé mesmo.

Venda, farmácia, tudo fechado. Dia de domingo – não era, mas ficou sendo. A igreja, fazia tempo que não se abria, com o padre Sommer no sertão. Mas, se estivesse na Vila, já teria rodado para a barra – que dúvida! – o seu canoão de mangue-verdadeiro, pintado de azul e branco.

Gerôncio abandonara o porto. Lá estava, do outro lado, a balsa acorrentada no toco de aroeira do barranco. Quase que se acaba, o pobre, de tanto subir e descer o rio, carregando gente de canoa. Só parou quando a dor de lado – a pontada fininha no encontro – não o deixou mais remar. Antes, porém, fizera mais um sacrifício: buscar o Zezé Alfaiate e carregá-lo com cadeira e tudo, pois o coitado era entrevado das pernas.

Debaixo da figueira grande, as pessoas gradas: seu Juvêncio Juiz de Paz, seu Braulino Delegado, e o Peixotinho, fiscal da Prefeitura de Santa Rita. E mais: o professor, o farmacêutico, o escrivão. Senhoras e senhoritas, também.

Paulo ficara com Rufino, para ajudar – ambos num banco de pedras, bem no meio do Pretinho e a pouca distância do encontro das duas águas.

O rio Pretinho, mais estreito que o Urucanã, mas de igual fundura, percorria o mesmo tipo de terreno arenoso e solto. Por isso, o canalão espremido no meio dos barrancos. Mas a poucos metros da barra, levantava-se o paredão de pedra preta que tomava toda a área da confluência. Redemoinhos, canaletes, golfos. A água se despejava ali, espumante, obrigada a rolar por sobre a rasoura acidentada. Ponto certo do peixe. Caminho forçado para a desova nas águas pequenas e nas cabeceiras.

E, para rematar a festa, espichava-se a figueira grande, cobrindo a barra, galharia levada até quase ao barranco do outro lado. Dia inteiro, noite toda, o pinga-pinga das frutinhas roxas – pum... tibum! pum... tibum!

O céu, parece até que lavado e esfregado de novo: nem uma paininha, nem uma penugenzinha de nuvem, nada, nada. E vento, tampouco. Se alguma grimpa balançava, o motivo era outro: briga por causa de lugar – ranhetices de tucano e arara.

Beleza de tarde! Camarada de sorte, o Rufino!

Na mão direita, a vara de aço com a carretilha: complicação de alavanquinhas e reguladores, tal e qual máquina de tirar retrato. No cinto, as iscas artificiais – colheres de aço cromado – em rigoroso alinhamento, as menores numa ponta e as maiores na outra, ordenadas, brilhantes, musicais: xilofone de orquestra. E o chapéu verde, camiseta e calção verdes, sapato de lona verde – tudo verde, relampeando ao sol.

Ao lado, perto da canoa poitada, Paulo segurava a fisga.

O professor olhou o céu e o sol, mão em pala protegendo a vista. Olhou e assobiou baixinho, displicente. Sem pressa, escolheu a colher apropriada; experimentou o corte da fisga do anzol na ponta do dedo, examinou a linha de seda; travou e destravou, disparou e regulou no ponto a carretilha. E arrochou, afinal, a laçada, prendendo firme o cabo de aço na linha.

Agora!

Não. Rufino era a distinção em pessoa, e faltava ainda o cumprimento à seleta assistência da figueira grande. Não só distinto: democrata, também, porque não se esqueceu da turma das gerais, acocorada no barranco.

As cigarras pediam silêncio – psiu, psiu, psiu...

Atenção!

Ambas as mãos no cabo da vara, Rufino girou o tronco ao máximo para a esquerda, os braços continuando a seguir mais para trás ainda. Calcanhares unidos, rotação completa, um, dois... isso! Zunindo que nem florete, ei-la, a chicotada do lance. A isca, centelhando, foi a andorinha solta – lá vai ela! – livre, livre, louca, louca... para pousar entre as duas cabeças de pedra que espremiam espuma na corredeira.

Mal tocara a água, a carretilha começou a cantiga rilhada, enrolando a linha. Lambari de prata a cortar, veloz, a superfície encrespada do golfo – comboiado pela seda transparente, subia ele, sozinho, heroico, desafiando o perigo da água-braba. Subia, vencia... Trinta, vinte e cinco, vinte, dezoito, quinze metros...

No barranco, a expectativa. E a descrença:

– Qual... Vou nisso não. Dourado ferrar em peixe de lata? Pois sim! Eu vou mas é embora.

Dezesseis, quatorze, doze metros...

Perfeita, a ilusão. O que mais, além de peixe, pode vencer correnteza? O lombo da isca reflete também o sol, igualzinho a escama. O oscilar do corpo, o mesmo; o gingado da nadadeira, tal e qual.

Onze, dez, oito...

– Nossa! Virgem, que tamanhão!

Ouro. Ouro vermelho, ouro velho, toda ouro a armadura de malha das escamas. Lindeza de peixe a nadar, agora, em saltos soberbos, no ar parado da tarde.

Sim, tinha razão o Rufino. Que graça poderia ter a luta brutal de um peixe lodoso, feio, empacando como última reação nas locas das profundas do rio? O dourado, não: enfrenta, salta, investe; negaceia, procura as quintas de pedra onde possa cortar a linha, alia a sua força à força da água-braba, bambeia de propósito o cabo de aço. Sim: quando o pescador menos espera, o dourado dispara em sua direção, apruma o corpo num salto amplo, e sacode, sacode desesperadamente a cabeça, mandíbulas escancaradas para que o anzol mole, bambo, se despregue do céu da boca. Daí o tão repetido e desconsolado "peguei mas escapou...".

Mas Rufino era mesmo o rei. A vara, mantida sempre na mesma curvatura, a carretilha dando e recolhendo linha, cedendo e negando no instante exato, permitindo, aqui, fugas propositadas, recuperando, ali, distâncias generosas, mas táticas, calculando sem um palmo de erro.

Até que o peixe confessava a derrota. Última esperança – a correnteza. Corpo embodocado, recebendo todo o peso e força da água, dobrava, triplicava assim a resistência derradeira.

Mas a linha de seda resistia mais, ajudada pelo fletir do caniço e pelo desenrolar do molinete. E o último recurso se anulava ante a paciência e a técnica do pescador.

Grande tarde! Onze dourados – onze! – Rufino ferrou nas corredeiras da barra do Pretinho. Mas o sol tinha de seguir viagem, que do outro lado do mundo esperavam por ele. E de noite as colheres não relampejavam mais.

Rufino entrou carregado no arraial, cantando, fazendo discurso. Só na venda do Jorge Turco foi que desceu dos ombros do Gerôncio: acabada a pescaria, acabara a doença também. Mas o herói entrou cambaleando – cada dourado, meia cuia de cachaça em homenagem. O professor entrou na Vila dos Confins mas entrou bêbado – bêbado que nem um gambá, ou, como diria o Zé Garricha, bêbado que nem uma vaca.

30

OUTRA NOITE BEM-DORMIDA, A DE segunda para terça-feira. Noite de chuva grossa, demorada.

Dezembro entrava farto em águas, mantendo a mesma cadência dos fins de outubro e de todo o mês de novembro. As chuvas compensavam de sobejo as tristuras da seca braba.

O deputado se levantara cedo – raridade! – e descera para o porto, acompanhado de Aurélio e Xixi Piriá. Sentado no barranco, contando e ouvindo casos, passou toda a manhã assistindo à travessia da boiada do Nequinha Capador. Voltara à venda para o almoço. Boa sesta na rede e... beira do rio, outra vez, a fazer hora.

Dia comprido, o dia de quem madruga. Eito rendoso de serviço para o povo da roça, acostumado a acordar com as galinhas. Depois, vinha o hábito – todo mundo fora de casa ainda com o escurinho da madrugada, a zanzar pelas ruas do povoado, a esperar que as vendas se abrissem: as mesmas rodinhas ao quenta-sol, a prosinha preguiçosa ao cigarrar cheiroso do fumo capoeira. Diz-que-diz-que, futricas, novidades...

As cidades cresciam, mas o costume ficava. Em Amburana, o coronel Santuzo a passar sustos nos genros... O velho, rico e com a família criada, bem que podia levar o restinho da vida na maior tranquilidade. Mas, que o quê: mal clareava o dia, já descia ele a ladeira dos Irmãos – barbeado, de colete, botina de elástico engraxada, chapéu e bengala. E acuando novidades, irrequieto. Os pontos de prosa, fechados ainda: só às sete o seu Fernando abria a loja, e o Guima também – esse, já de café coado, pois morava pegado à farmácia. Enquanto os dois não abriam o negócio, o coronel Santuzo ia visitar a família. Gostava de pegar filhas e genros de surpresa. Variava sempre a primeira visita: hoje, o doutor Geraldo; amanhã, o doutor Antônio; depois de amanhã, a vítima seria o marido da Filoca, o sério e importante doutor Atanagildo. Mas não tinha regra fixa: variava a ordem das visitas. O resultado foi que botou regime na família, levantando-se todos com o escuro, a casa já arrumada e o café pronto, todos à espera, que ninguém queria cair no desagrado do patriarca madrugador. Mas havia um genro – o casado com a caçula do coronel – que vivia bem com o sogro sem deixar a boêmia: era o doutor Totó. Passava a noite no jogo, mas levantava-se da mesa de pif, ganhando ou perdendo, quando se aproximava a hora perigosa. Nem precisava de relógio: pontualíssima a carrocinha do Diogo padeiro, mais infalível ainda que os despertadores da galaria de briga do doutor Moacir ou o sininho do Seminário chamando para a diária missa das quatro. Totó recomendava: – "Se continuarem, me mandem recado pelo Leleco. Vou dar o meu contragolpe no sogro." Doutor Totó lavava a cara, penteava o cabelo e batia para o palacete do coronel Santuzo. Às vezes pegava o sogro na cama, mas a sogra sempre já na cozinha, a acender o fogo para o café. E tirava a vingança quando o velho aparecia: – "Perdendo a classe, hem, coronel? Mas eu o desculpo, realmente, a idade..."

Que diferença a Vila dos Confins depois de acabado o movimento da eleição! Pela rua barrenta – poças de água suja acompanhando o sulco fundo deixado pelo intenso tráfego dos automóveis e caminhões; restos de cédulas ainda esparramadas e enlameadas; palmas de coqueiro caídas dos caminhões e largadas ali... Passara o fogo do pleito: a Vila voltava à vidinha sossegada de povoado sertanejo: uma ou outra velha à janela, dois animais arriados, apenas dois, a cochilar debaixo da umbela crescida na esquina do Armazém Carrilho. Barulho mesmo, mais nenhum, que a gente podia ouvir a escandalosa gritaria da galinha pega em flagrante no ninho escondido da moita de piteira do fundo do quintal da tia Isaura. A casa da velha era afastada da cerquinha de pinhão enfeitada pelas moitas das pencas vermelhas do bico-de-papagaio. Maria da Penha, lá dentro da casa velha da chácara, decerto a pensar, impaciente, na hora em que Paulo viesse, escondido pelo escuro da noite. Haviam combinado tudo, naquela prodigiosa rapidez com que Maria da Penha falava, aproveitando-se de um descuido qualquer. Fora na cozinha de dona Isaura – "tão sem seca, o doutor, tão simples..." – que a viúva lhe dissera: – "Papai vai ver um gado amanhã cedo na fazenda do seu Bento. Vai pousar lá... Você pode vir, a tia mora sozinha... entre pela porteirinha do fundo do quintal... tem perigo não: espero você na janela do quarto, pegado à escada da cozinha..."

Por isso Paulo não fora a Santa Rita. Queria descansar, desculpou-se. Maria da Penha dissera que ia ficar uns dois ou três dias na Vila; não pudera ser mais explícita por causa do Bernardino que chegava na hora, naquela afobação toda. Mas no dia seguinte, antes de apanhar o padre Sommer na igreja e ir com ele para a barrinha dos Moreiras, fora tomar o prometido café com seu Sebastião, na casa da dona Isaura. E esperara, paciente, na cozinha, a hora em que pôde ficar a sós com Maria da Penha. E combinaram, sim, haviam combinado tudo...

E tinha de ser aquela noite ou nunca mais. O pessoal chegaria tarde, com o resultado – nove, dez horas, no mínimo, João Soares mandara o Daíco avisar. Não, chegaria mais tarde, com certeza. Até que se abrissem as urnas, conferissem a papelada toda... E a estrada daquele jeito, mais estragada ainda pelo trânsito dos dias agitados... Na hora de despedir-se do João Soares, o deputado bem que recomendara ao Antero: – "Logo que você tiver o resultado pegue um teco-teco no aeroclube de Santa Rita e venha de avião. Vou ficar aflito aqui na Vila..." Mas o campo do pasto do cemitério servira só para a chegada do secretário. Serviço feito às pressas, sem cortarem a enxurrada que descia do escorrido do chapadão. As chuvas acabaram com o campinho, informara o Antero... Que sorte!

Bom até, se combinasse com o Gerôncio. O negro era amigo, pessoa de confiança. Não, não diria ao Gerôncio quem era ela... não contaria o nome do santo, apenas o milagre. Falaria com ele para ficar escondido na barra do Pretinho com a canoa de tamboril; avisaria também o Jorge Turco de que ia rodar pelo rio com o balseiro, que talvez fossem até ao rebojo da peroba-rosa. Se os companheiros chegassem antes dele, que esperassem, pois ele subiria o rio logo que pipocassem os foguetes... Boa, a ideia: se o pessoal voltasse de Santa Rita enquanto ele estivesse com Maria da Penha, era só escapulir pelo fundo da chácara, ganhar o pastinho das gabirobas, e pegar o trilho que ia até à barra do Pretinho. E chegaria ao porto na canoa do Gerôncio, sem que ninguém pudesse desconfiar de nada...

Duas horas. A apuração em Santa Rita já teria começado. As quatro urnas abertas – abri-las-ia o doutor Braga todas de uma vez, ou dilataria ainda mais a apuração, organizando uma junta só, deslacrando as urnas uma a uma?

O deputado já passara pela experiência. E imaginava, ali no barranco do rio Urucanã, o sofrimento dos candidatos da Vila dos Confins.

Primeiro, a complicada conferência das atas – fiscais a ler e reler, a protestar, a impugnar, a redigir recursos. Depois da decisão do juiz – abre ou não abre? – é que se deslacravam as urnas. Contavam-se os envelopes, reconferiam-se as listas de votação. Enquanto isso, os candidatos irrequietos: cigarrões sobre cigarrões, pescoços por cima de ombros alheios, olhos grudados nas mãos dos apuradores.

Pronto. Vai começar!

Empurrões, com-licenças, muito-obrigados.

O primeiro envelope, sacudido e batido de um lado, do outro, no tampo da mesa grande. Antipático do Alexandrino, escreventezinho mequetrefe, sempre metido! A sobrecarta era espiada contra a luz; espiada, e apalpada, e cheirada. Tesourinha de unhas, também: lá vai ela, reque-reque, reque-reque, cortando a beirada. Meu Deus, para que aquela invenção de soprar dentro? Ah! é que o vento embarrigava o envelope, facilitando a intromissão dos dedos do escrevente na extração da cria – dobradinha ao meio ou em quatro, que nem bilhete de namorado. Outra espiada esquadrinhante – olhar de raio X contra a luz da janela. Saliente, o tranca do Alexandrino!

Mas a importância não lia antes de consultar o meritíssimo.

Novos empurrões, novos com-licenças, novos muito-obrigados.

O integérrimo autorizava. E seu Alexandrino caprichava na cantiga:

– Para prefeito municipal...

Palmas. Calorosas, umas; desenxabidas e por obrigação, outras. E os comentários:

– Falou a verdade. Urna não falha, não. O primeiro que sai... Vai deste jeito até ao fim.

– Está frito, o coitado! Primeirou, morreu...

Mas os pescoços se espichavam novamente:

– Para prefeito municipal...

Apertada deveria ter sido mesmo aquela apuração. Nada de urnas especiais para esta zona ou para aquela. Não senhor, nada de maroteiras. Urnas em fazenda, na aula da dona Clementina, na venda do Tião Baiano? Resultado conhecido de antevéspera? Não: nada de carga cerrada, de enxurrilho. Doutor Braga fora categórico: ordem alfabética, quatro seções no perímetro urbano, sob sua própria vigilância. Os homens, na Intendência, e as mulheres na Coletoria.

Passadas as primeiras encenações, a coisa pegava ritmo: um a um, um a dois, dois a dois, dois a três...

– João Soares passou na frente!

Dois a quatro, dois a cinco, dois a seis...

– Opa, desembestou que ninguém pega mais!

Três a seis, quatro a seis, cinco a seis, seis a seis...

– ?!!!

Sete a seis, oito a seis, nove a seis, dez a seis...

– Nossa Senhora, lá vai indo a vaca para o brejo!

Dez a sete, dez a oito, onze a oito, onze a nove...

– Ô estrumela custosa!

Aflições. Colarinhos desabotoados, testas porejando frialdades. Sala esfumaçada, olhares trocando angustiosas mensagens, levantamentos de sobrancelhas, balanceados de cabeças.

A hora é dessas em que não faltam os entendidos:

– Deixa chegar nas Marias...

– Escute: estão entrando na Joãozama... Eles vão ver o estrago mas é agora!

E os supersticiosos, os cismados:

– Tenho birra de jota não é à toa! Letrinha encafifenta! Desbronco vai ser quando começarem a pingar os eles. A elaria é toda nossa: o Leonardo, o Leodoro, o Limírio da dona Inácia...

– E o Lico do Brejão, também, uai! O Lesbãozinho filho, o Lesbão pai...

Chico Belo – pálido, calado, chapelão panamá, terno branco cento e vinte. João Soares – chapéu na mão, miúdo na roupinha preta de ver missa.

Conversa baixa, de quarto a defunto. Pescoços doendo de tão repuxados. Raspados de garganta e de caixa de fósforos, batidos de binga. Fumarada, catinga de suor. E muita desilusão:

– A fingida da Beatriz me paga. Na urna em que os bês votaram, nem uma vezinha só eu fui chamado. Me garantiu, aquela sonsa...

Voto de vereador. Também, com tanto candidato...

Os anotadores extraoficiais – sempre os há – riscavam em maços de cigarros e em beiradas de papel, enfileirando quadradinhos chanfrados em diagonal. Cada figurinha daquelas, cinco votos.

Quatrocentos e três a trezentos e noventa e nove.

Quatrocentos e onze a quatrocentos e dez.

Quatrocentos e onze...

Paulo, esticado no barranco, via o rio correr, cada vez mais cheio. Cevado pelas enxurradas, descia, barulhento, o Urucanã. Pelos lados do Batista, a chuvarada fora feia: mundo de moitas de colonião, navegando no vermelho sujo do massapé longínquo.

Duro, aquilo! Espicha-encolhe agoniante deveria ter sido a apuração em Santa Rita. Meses e meses de luta... a dinheirama gasta... as inimizades... as noites sem dormir. Ao vencedor, as glórias. Ao vencido – o pouco caso. Quem perdesse... Levar uma sova daquelas e ainda ter de desovar os cobres!

Entardecia quando padre Sommer atravessou o rio, aproveitando uma das viagens da balsa. Vinha desculpar-se: não podia ir até à barrinha do córrego dos Moreiras. Esperava um chamado a qualquer hora. Seu Sinésio da Cachoeirinha estava pelo mais-hoje-mais-amanhã.

E enquanto Gerôncio embarcava o resto do gado – última viagem, que custo! – o padre ficou pelo barranco, apreciando o movimento, proseando:

– Quantas cabeças, seu Nequinha?

– Quatrocentas, afora a tropa e a zebuama. Deixei o resto empastado no Boi Solto. O angola, na lagoa, está que é melado só. O gado aguou muito, na seca: com menos de um mês não pode cair na estrada. Só vou levando esta cabeceira, e assim mesmo com muito jeito: três léguas, três e coisinha, em cada marcha...

– Mas nessa batida, Nequinha, você vai chegar atrasado a Uberaba – intrometeu-se Paulo. – Ou você já desistiu de expor este fenômeno, descendente do tal de Lontra? A exposição é em maio, conforme você falou.

– Desistir? Isto é primeiro prêmio, seu doutor. Mas o boi não vai por terra, não. Em Santa Rita freto um caminhão, faço um especial só para o garrote. Vai embarcado, deitado em palha de arroz, tratado a torta, a fubá de milho. Quando as irmãs dele chegarem, lá pelos fins de janeiro, já encontram o boa-vida em cocheira, passando a aveia e pão de ló.

O bezerro azulego já embarcara. O bicho tinha apanhado corpo e alisado o pelo, no angola do Boi Solto. Escovado, com certeza, todo dia, raçãozinha extra à tarde, mão do dono acarinhando-lhe o lombo...

Lá estava ele ao lado das novilhas, todas da mesma era e tipo, azulegadas também. Lá estava o garrote – sangue do Lontra nas veias! – tranquilo de dar gosto, acostumado já com aqueles movimentos no porto e na embarcação. E superior, importante, olhando para tudo com pouco caso, os brincos compridões das orelhas a pendular ao lado da cabeça modorrenta. Sujeito de sorte, o Nequinha! O garrote alcançaria preço em Uberaba. Aurélio, entendido em zebu, previa-lhe sucesso. Depois, com os floreados da história...

Dia cheio para Gerôncio! Vinte e duas travessias, desde o amanhecer, lidando com o gado teimoso e meio xucro ainda. Quatrocentos bois de corte a refugar, a desgarrar, a escorregar no tabuado da balsa lambuzada de barro e esterco...

Paulo falou com o padre:

– Meu primeiro serviço no Rio vai ser a verba para a ponte aqui no Urucanã. Olhe o rio: mais uns vinte dias, um mês no máximo, e a balsa tem de parar. Na força da cheia, a água espremida nestes barrancos arrebenta com qualquer cabo de aço. Um perigo, este porto!

Embarcados os animais de sela da peonada e um resto de bruacas e sacos de viagens, estava na hora de desatracar. Gerôncio chamou os passageiros. Subiram o padre, Nequinha, Aurélio, os peões da comitiva. Mas, antes de Totonho soltar as correntes, chegou mais um passageiro: Ritinha. E de vestido novo.

– Ué, Ritinha, vai exibir essa beleza de vestido na Vila? Ou vai botar alguém de cabeça inchada? Você anda escondendo segredo, Ritinha...

– Não senhor, padrinho. Vou ver a dona Iaiá...

No barranco ficaram apenas Paulo e Xixi Piriá. Caranguejando daquele jeito engraçado, a carretilha a cantar no cabo de aço, a balsa começou a morosa travessia. Paulo gritou:

– Não se esqueça, tio, de me mandar chamar na barra dos Moreiras, se vier notícia de Santa Rita. Mande recado pelo Crispim, na canoa do padre. E volte logo, Gerôncio! Solte essa cambada no barranco, bem depressa, que já está me principiando a escurecer.

Como consertara, a Ritinha! Pena aqueles dentes se estragando, o cabelo tão mal-arrumado. Mas crescera e encorpara, a diaba! Virara mulher feita, mesmo. Ainda mais com aquele vestido vermelho, de chita estampada – mangas curtas, decote, saia pelos joelhos...

Lá se ia a balsa do Gerôncio, atopetada de gente e de gado. Cantava a carretilha no cabo de aço, malhava a correnteza no lombo dos canoões. O padre ia diminuindo de tamanho, Aurélio também, Ritinha também.

Já não se via o sol. Lusco-fusco, o dia morre-morrendo por detrás da restinga de mato. Hora de a passarada se reunir nas grimpas da ramaria, e de se recolherem os casais de arara, de papagaio e de tucano. Trabalhando, escandalosos sempre, passavam eles, os barulhentos.

E os patos-do-mato? Chegavam, também, os matracas – aos pares, aos ternos, às quadras. E às quinas, como aquela esquadrilha de bombardeiros que subia o rio, buzinando a pedir caminho:

– Quááá... quááá... quááá...

E os martins-pescadores? Rio cheio, carregado de bichinhos e outras petisqueiras, a peixada miúda e desajuizada... Lá vinha um deles, roupa preta e camisa verde-branco. A um palmo da água espumosa, em voo rasante, olho vivo, anzol no bico. Um, dois, e... fisgou, o ladrão! Piaba nos beiços, lá se foi o almofadinha a cear peixe no pé de jenipapo...

A correnteza aumentava mesmo, que o rio cantava grosso. Perigosa, aquela travessia. E se o cabo arrebentasse? O padre, o tio Aurélio, a Ritinha... O bezerro zebu do Nequinha Capador... Outra vez rico, prepotente outra vez, quem sabe, o boiadeirão dos outros tempos... Não. Ideia besta, aquela. A balsa chegava ao barranco da Vila – trinta, quarenta metros, quando muito.

Grande sujeito, o padre Sommer! Passava os seus sermões, vez ou outra, mas bom amigo. Obrigação de padre, costume...

O foguete estalou. Longe, lá pelas bandas do cemitério. Um tiro só. Surdo – taboca rebentando em queimada. Chinfrim – tireco de espingarda passarinheira.

Mais outro. Perto, agora, três estourões valentes:

– Pum! pum! pum!

E a coisa ferveu.

Chiando que nem caldeira de locomotiva, subiu o foguetão de rabo de assa-peixe. E alto, o rabudão! Estralou primeiro, que nem traque baiano, largando claror no fundo azul-turquesa do crepúsculo. Depois, o estrondo: bomba cabeça-de-negro! A passarada calou. Trovão dos infernos, mesmo, que até enxofre fedeu...

– É o resultado, Xixi! – exclamou Paulo, levantando-se.

Mas os gritos de Rosa fizeram-no voltar-se:

– Nossa Senhora!... Ritinha do céu!...

No rio, alguma cena pavorosa, que a negra deixara cair a cafeteira e as canequinhas de folha, louca varrida a correr para o barranco.

– Virgem, mãe de Deus!

E Paulo viu. Viu aquele horror acontecendo na balsa: o garrotão azulego precipitara-se no rio, arrastando no mergulho escachoante o vestido cor de sangue da Ritinha.

Antes que as águas se fechassem sobre a roupa de chita estampada, chegou o berro desvairado de Gerôncio:

– Boooi! Diabo!

Na balsa, a desgraça: os paus da cerca improvisada nas beiradas do jangadão viravam porretes enfurecidos, empinando-se, esbordoando, derrubando. As reses atiravam-se no rio, arrastando aqueles cacetes gigantescos onde tinham sido amarradas pelas cordas no cabresto, e a carga toda se despejava, varrida pela confusão: gado, cavalhada, gente... Tio Aurélio, padre Sommer, Totonho...

Mais outro foguetão. Mais outro. Mais alucinação na zebuama em pânico.

– Pum! pum! pum!

E Ritinha, e Ritinha, santo Deus?!

Lá estava ele, o possesso, arrastado pela correnteza. Era ele, sim, o zebu, cabeça aos safanões, tentando libertar-se do corpo de Ritinha. Lá estava o vestido vermelho a sacudir-se na espuma barrenta – capinha de toureador doidejando nos guampos da fera. A água braba arrastava o assassino; rolava-lhe por cima, chupava-o para as profundezas. Cada mergulho – nova laçada da corda do cabresto, novo arrocho do comprido e boiante pau de cerca, novos e rijos nós a enterrar ainda mais nas carnes roxas de Ritinha os punhais dos cornos espácios do guzerá.

Mergulhou outra vez – sumiu. Reapareceu mais embaixo – derradeiro adeus de afogado, lerdo sacudir do trapo cor de sangue.

E o Nequinha, e o Totonho?

Paulo, porém, não mais pôde olhar para o barranco do outro lado, que o inferno surgia na superfície lamacenta do rio cheio. Flechas escuras riscavam, voantes, o lombo grosso das águas. Mais velozes que a correnteza, mais galopantes que a própria morte que conduziam nas navalhas da dentuça, os demônios arremessavam-se...

Furiosas, mais impetuosas que os próprios pensamentos de Paulo, as piranhas compareciam, aos mil cardumes, chamadas pelo cheiro de carne fresca, atraídas pelo acenar do vestido novo, da mesma cor vermelho-escura do sangue que encharcava a cabeça do boi zebu.

O bando passara a fervilhar num só ponto do rio. Já não desciam, em alada fúria, as hienas do Urucanã: acompanhavam agora – sinistro borbulhar de espumas – a marcha vagarosa da correnteza, que esse era o triste andar da procissão dos restos carregados pela cheia.

Mas continuava o ribombar nos céus do povoado. Rojões esfagulhantes, alegres salvas de morteiros.

E os foguetões de rabo subiam alto, cada vez mais alto, a anunciar o resultado da primeira e importante eleição municipal da Vila dos Confins.

31

Sol inchado, morangão maduro de sol, de tão redondo e vermelho. E já na horinha de se esconder por detrás da escovinha de mato crescida bem no topo da careca do morro da Bruaca, talvez o mais saliente e importante dos morros da serra do Fundão.

A caatinga – outro aspecto, agora, depois que as chuvas a lavaram e refrescaram. Exagero de passarinho, exagero de perfume nas flores desabrochadas. Beleza de sertão, na tarde a cabecear os seus primeiros cochilos.

A estrada boiadeira, um jardim. Entrecruzando-se, ali se esparramavam os canteiros verde-escuros da grama-forquilha e as touças rasteiras e amarelo-vermelhas do mata-barata. Outro que veio de longe, trazido pelas boiadas, esse unzinho: por debaixo da areia do chão, a raizama entrançada em grossa lenha, mas por cima a galanteza das folhinhas redondas e envernizadas. Praga de pasto das mais renitentes, o lustroso e chique mata-barata; mas uma simpatia de planta, o ladrão!

Porém, naquela tarde de sol vermelho começando a se esconder na cacunda do morro da Bruaca, Xixi Piriá caminhava triste. Nem ligava às reinações da sua sombra, que se encolhia ou se espichava de acordo com os caprichos do sol. Nem se divertia com as travessuras dos bandos de passarinhada que, de revoo em revoo, de árvore em árvore, acompanhavam o passinho apressado, rilhento, na areia úmida da estrada. Vinha dos lados do Boi Solto, do fazendão velho do seu Sebastião de Almeida. Mas carregava na alma um peso qualquer. A mesma elegância na roupinha de brim amarelo, vincada a ferro; a mesma chiqueza no lenço do bolsinho do jaquetão, a mesma pilantrice na gravata de pinguinhos vermelhos em fundo amarelo de ipê. E o chapéu tombado de banda... Mas havia tristeza nos olhinhos de quati fincados na cara miúda de porquinho-da-índia.

Lá vai ele...

– 'bicho foi que te mordeu, ô Xixi Piriá?

Na venda do Fiico – encruzilhada com a salineira do Riso e a carreira do Bacurizal – a roda de sempre. Seu Isé das Toldas e a súcia dos três Rivalinos do corgo do Araçá – os quatro no fecha- não-fecha de complicado negócio:

– Mas o diacho da eguinha, seu Isé... A bicheira no rabo apanhou má feição...

Eduardão e Osorinho, chegadinhos da invernada, a roupa num barro só. E Xixi Piriá, descansando do estirão sem fôlego desde o Boi Solto, quase escondido no canto escuro da venda – boneco de pessoa pendurado na tábua do banco, os pés balançando-se a mais de palmo do chão. Miudeza de dar pena...

Um átimo durou o trote apressado da besta bem ferrada tamborilando alto na terra batida da porta da venda. Caboclo desinquieto, o chegante, que mal apeou foi gritando:

– 'tarde, moçada. Ué, seu Fiico, cheguei na horinha do requentado... Desce a pinga primeiro, que ando louco p'rum roxo-forte!

Desenferrujaram-se as pernas do bando acocorado a esticar o negócio da eguinha de bicheira no rabo. Espigou-se a caboclama num pulo só; e até o Eduardão se empertigou ante o novo freguês aparecido tão de repente:

– 'tarde...

Filipão passeava os olhos pela venda. A barba, crescida, mostrava a viagem longa. As mesmas botas de mateiro pelo avesso, o mesmo paletó sujo de casimira, o mesmo lenço barrado da última vez em que fora visto na fazenda do Honório Vale, na manhã seguinte à tocaia do mato do Corrente. No carão atrevido, o sorriso velhaco. E viu seu Isé das Toldas, viu os três Rivalinos; viu Osorinho, Eduardão, Xixi Piriá. Percebeu o efeito do supetão da chegada e não o deixou amornar:

– Desce a pinga, seu Fiico. Rodada geral por conta da minha volta. E em copo graúdo por conta da nossa política. Anda, moçada, vamos festejar a vitória!

Osorinho, Eduardão... O rapazote, filho do Nélson, vereador do João Soares; Fiico, o dono da venda, também tido e havido como eleitor de cabresto do fazendeiro do Brejal; dona Teresa, coitada, com a menina ao colo chupando a boneca de rapadura, cabelinho de milho arrepiado, e a olhar alegrinha para o tipão de barba roxa e crescida. E Xixi Piriá? Chefe do quartel da União Cívica, espécie de capatazinho do deputado...

Filipão recebera o recado pelo Marcolino, aparecido de madrugadinha nas matas do Pedrinho Belo, de passagem para a invernada da Mutuca. Um festão da Vila! Foguetório a noite toda, cerveja à vontade, pagode que emendou até à hora do almoço de outro dia. E ele, Filipão, escondido nas furnas, passando fome, levando vida de bicho, com a soldadesca soltada no seu rasto... Mas o patrão ganhara! Por pouco – oito votos só de diferença – mas vencera! Que pena não estar na Vila na hora em que a notícia chegou, para estourar meia dúzia de cabeças de negro no quintal do Antero e fazer peneira do telhado da venda do Jorge Turco a tiro de carabina! Mas ia sobrar tempo: por enquanto, ainda estava na Vila o delegado novo mandado pelo governo... mas já-já Chico Belo despachava o homem de volta...

Filipão enchia os copos grandes com a cachaça nova do Bilé, e a cabeça de muitos maus pensamentos. Tivera de abrir três garrafas para completar o décimo copo. Dona Teresa também ia festejar a vitória! Que exemplo ia dar àqueles unionistas da venda!

Acabado o serviço, afastou-se até se encostar na parede, a aba do chapéu roçando na folhinha, em que se via uma moça vestida de boiadeiro, de botas, e laço na mão. Pernas abertas, paletó de casimira desabotoado deixando ver a fivela grande da guaiaca, Filipão continuava sorrindo a risada maldosa:

– Vamos, moçada! Eu bebo por derradeiro...

Seu Isé das Toldas foi o primeiro a apanhar o copo. Seguiram-se os três Rivalinos, depois Eduardão, o Osorinho... E o Fiico, e a dona Teresa, também.

– E o senhor, seu Xixi? Está-me desfeiteando?

– É que eu não posso beber, seu Filipão. Nunca pude nem com o cheiro... Tenha paciência, sou fraco do fígado...

– Tu é fraco mas é de tudo, seu porqueira. Apanha o copo e beba logo...

Encostado à parede, pernas abertas, o riso diabólico chispando nos olhos apertados, Filipão levantava o braço com o rebenque pendurado no punho. Dedos grossos abarcados no cabo da taca de duas solas, o jagunço rosnava:

– Seu porqueira... Ou tu gosta mais de pinga misturada com mijo?

Que fazer? Os outros continuavam de copo na mão, obedientes. Nenhum armado de jeito que prestasse – só de faquinha de picar fumo por baixo das camisas encardidas... Nem o Eduardão, nem o Osorinho – os pobres eram lameiro só, vindos da lida no varjão da invernada. Fiico? Hum-hum, pexote de vendeiro, curtido por desaforos de tudo quanto era cachaceiro de balcão... Enfrentar o bandido? Cadê coragem? O rebenque balançava na mão da fera, o cano do 44 aparecia-lhe por baixo do paletó desabotoado e que já mostrava palmo e tanto da guaiaca... E não errava tiro, o Filipão!...

Todos obedeciam. Por que iria ele, o Xixi, o menor, o mais franzino, o mais insignificante da roda, bancar o valente, desatender ao maldito? Ainda tentou comover o jagunço, adoçando a vozinha inocente:

– Pelo amor de Deus, seu Filipão...

– Bebe logo, seu cachorrinho chaleira...

Porqueira mesmo, o Xixi Piriá. Lá se foi o coitado, rumo ao balcão. Apanhou com a mãozinha nanica e sardenta o copão cheio de cachaça. Levantou-o, conformado.

Doutor Paulo! Tão bom moço, o doutor... Estaria longe, a uma hora daquelas, depois de perdida a política, dispersados os companheiros – todos de rabo entre as pernas, cada qual enfurnado em casa, aguentando o choro da mulher apavorada com tanta ameaça... O deputado passara a noite no rancho, consolando os pobres da Rosa e do Gerôncio, consolando João Soares, Antero, consolando as vítimas das duas desgraças acontecidas numa hora só: Ritinha e a maldita política. Ele e o padre Sommer, este ainda de batina encharcada do barro vermelho carregado das invernadas do Batista pela enchente do Urucanã... A cabeça enfaixada por causa do talho fundo rasgado pela machadada do coice de uma das novilhas estouradas. Quase morrera o santo do padre, mas salvara o Totonho, e ainda nadara até o meio do rio para recolher o seu Aurélio carregado pela brabeza da cheia... Bondade de pessoa! E Ritinha? Pobre da moça... Estrear o vestido novo para agradar ao padrinho, justamente nesse dia – e acabar daquele jeito, comida pelas piranhas... E sem direito a caixão nem a enterro, coitada...

Maldita política! Maldita eleição! Não fossem os foguetes soltados pelo pessoal do Chico Belo, justinho na hora da travessia do gado... E o seu Nequinha Capador? Tanto luxo com a zebuzada – e lá se foi perdido, rio abaixo, o bezerro azulego, e mais quatro novilhas cabeceira, tudo raça do Lontra! Tudo engolido pelo rebojo da peroba-rosa... Oito votos de diferença! Miserável do Pé-de-Meia! Por causa de vinte contos, vinte notas de conto de réis, cortadas à tesoura pelo Chico Belo, no meiozinho certo, metade das notas entregue a ele, Pé-de-Meia, a outra metade ficada em poder do coronel... – "Se nós ganharmos, lhe entrego os outros pedaços... depois é só colar..." – todo mundo contava como foi a história... O Chico Belo contava, o Alcindo contava, todos eles morrendo de rir... Tudo na mão do Pé-de-Meia, o cachorro! Todo o pessoal qualificado por ele, acreditando nele, e o safado a trocar os envelopes dentro do automóvel...

O estralo das duas solas da taca do Filipão chamou Xixi à realidade. E o vozeirão:

– Vamos logo, seu porqueira. Bebe logo, sua bostinha de gente!

Xixi Piriá levantou ainda mais o copo, levando-o à boca – que remédio! Olhou sem querer para a cara barbuda do Filipão: o riso mau continuava, os olhos apertados, as pernas a sacudirem-se compassadamente, o chapéu na cabeça balançando de um lado e de outro da folhinha da parede – a moça de bota e de laço na mão aparecia, sumia, aparecia outra vez... O chicote balançava também, pendurado do punho direito. Era canhoto, o miserável, e lá estava a mão esquerda livre, a menos de um palmo da abertura do paletó de casimira e do cabo de madrepérola do *ximitão* 44.

– Agora, cachorrada! Viva o coronel Chico Belo!

Chico Belo, Chico Belo, Chico Belo! O nome latejava na cabeça desorientada do pobre Xixi Piriá... A afobação do Antero em ter brigado com o seu Elias do Colégio... O professor gostava de fazer discurso, tinha nada demais aquilo... Bastava o povo dele ter deixado de votar no Chico Belo para votar no João Soares, e os liberais teriam perdido... Oito eleitores, só... Quatro que tivessem votado diferente! Palerma também do Jeová, que se foi esquecer de buscar logo a família do Caixeta – ele, a patroa e mais cinco... E o pessoal da vereda da Anta Grande, esquecidos também... Gente firme, de confiança – amiguíssimos, meu Deus do céu, amiguíssimos! Chico Belo, Chico Belo, Chico Belo... Já teriam prendido o Haraldo do Bento Correia? O pobre do seu Bento foi teimar, foi apoiar na última hora o João Soares...

– Isso! Vão bebendo, negrada! – gozava alto o Filipão. – A farra depois vai ser no Boi Solto, seu Xixi Piriá! Vou dar uma sova no velho, e daqui a pouco estou dormindo gostoso com a cadelinha da tua Maria da Penha... Sei que tu é apaixonado por ela, mas ela não te liga, não. Tu vai ficar por aqui mesmo, caído no porre, vomitando pinga, seu bostinha de cachorro...

Fogo vivo que lhe queimou a boca, a garganta, o corpo inteiro, quando engoliu a primeira golada daquela maldição. Fogo misterioso, porque explodiu dentro do corpinho piquira, dentro da cabecinha miúda. Explosão mesmo, que a fumaça lhe baralhou a vista, embaçando os olhinhos de quati. Maria da Penha! Força esquisita aquela a sacudir-lhe o braço, sem que nada, nada, a pudesse impedir. O copo voou – cheio, pesado, transbordando da pinga nova do Bilé – para se espatifar no meio da testa do Filipão. E, inteiramente atuado pelo capeta que tomara conta do seu corpinho magricela, o mascate saltou. Uma das mãos no pescoço do bandido, a outra agarrada ao cabo do punhal de prata – presente do seu doutor, dado ali, ali na venda do Fiico! Quando as mãos de Filipão largaram de esfregar os olhos queimados pelo fogo da cachaça e procuravam a cintura, era tarde: trançadas, agarradas que nem trepadeira em tronco de pau, as coxinhas de passarinho de Xixi Piriá lhe abarcavam a cintura, rijas que nem cipó, fechando o caminho da mão canhota, prendendo o revólver na capa da guaiaca.

– Filho da...

Mas a dor era por demais. A primeira pontada, o jagunço sentiu-a na altura dos rins; a outra, no encontro, e tão fininha e tão funda que lhe bambearam as pernas. E a ferroada de fogo não se firmava em lugar nenhum, furando e saindo, emergindo e mergulhando... Filipão via-se de bruços debaixo de desembestada agulha de máquina a costurar-lhe o corpo inteiro. Cinco, dez, cem vezes o bracinho franzino de Xixi Piriá ergueu e abaixou a chave e meia de lâmina de puro aço, que se enterrava até o cabo – pica-pau dos infernos a esfuracar o tronco macio da carne ruim do jagunço Filipão.

Eduardão e Osorinho a custo conseguiram despregar um do outro os dois corpos enlameados de sangue. Nem carniceiro em dia de matança – vermelho grosso e quente a escorrer dos cabelos, da cara e das mãos pequetitas e sardentas de Xixi Piriá.

O mascate olhava abobado para os homens da venda, com os braços pendidos e o punhal de prata a contagotar sangue no chão de terra da venda do Fiico.

Dona Teresa, agarrada à filha, escondia no peito a cabecinha cabeluda e arrepiada da criança. A lamparina, impassível e fumarenta: as latas de conserva nas prateleiras; as garrafas, as caixinhas de botão, os carretéis de linha; a penca de cabrestos pendurada numa das ripas do telhado... E Xixi Piriá viu seu Isé das Toldas, e viu os três Rivalinos do corgo do Araçá – quatro carinhas espantadas de cachorro-do-mato. Em cima do banco, a mala – companheira de tantos anos, de tantas marchas pelas estradas do sertão, toda, toda a sua riqueza. Ali estava o seu capital, arrumado em mil pacotinhos e embrulhinhos, tudo recendendo a sabão-de-cheiro. Encomendas, recados, bilhetes...

Encaminhou-se para a porta da venda, as botinas de elástico chiando agora um chiado gosmento no sangue que se coalhava no chão. O corpinho miúdo mal encheu a portinha estreita e baixa da venda, e desceu, vagaroso, o degrau do toco de aroeira do barrote da casa.

Pelos lados da serra, derradeiro aceno vermelho-sangue do sol que acabava de descer o cupim achatado do morro da Bruaca.

Xixi Piriá. Lá vai ele...

E grande, e corpulento – beleza mesmo de caboclão! A luz da lamparina saía toda pelo escancarado da porta da venda do Fiico, e ia bater-lhe em cheio nas costas, recortando-lhe a sombra no chão limpo do terreiro. Sombra que se espichou até ao pé de cagaiteira da cerca de pau deitado, que se estendeu além da porteira do corredor, e que se esvaeceu no imenso da noite – da noite fechada sobre aqueles ermos perdidos da caatinga sem fim.

Para saber mais sobre a vida e a obra do autor, acesse o Portal Mário Palmério, parte do projeto Memorial Mário Palmério desenvolvido pela Universidade de Uberaba (Uniube). O portal tem o objetivo de organizar e divulgar o legado cultural e a memória do escritor, disponibilizando, entre outros, textos, documentos, fotos e o Glossário Palmeriano, criado pelo próprio Mário Palmério, que contém termos utilizados em seus livros. Confira: https://www.uniube.br/mariopalmerio/

felista, cafeísta - cafeicultor

igar - fumar pelo nariz

ta fora do baralho -

inguita - nome feminino.

garantir - garanti

mpança - rompante

lheira - velhice

penga - manco

á - bagunça

reparar - reparar.

trupício - impedimento, atrapalho

pa-do-taxo - última coisa

par o taxo -

uchiba - carne, mulher velha

11

sgraça pelada

Este livro foi composto com tipografia Adobe Garamond e impresso em papel off white 80 g/m² na Formato Artes Gráficas.